舟山市文艺精品工程扶持项目

浙江文化艺术发展基金资助项目

PROJECTS SUPPORTED BY ZHEJIANG CULTURE
AND ARTS DEVELOPMENT FUND

来 其 著

浙江工商大学出版社——杭州

图书在版编目（CIP）数据

逐梦远洋 / 来其著. —杭州：浙江工商大学出版社,2023.12

ISBN 978-7-5178-4756-4

Ⅰ.①逐… Ⅱ.①来… Ⅲ.①报告文学—中国—当代 Ⅳ.①I25

中国版本图书馆CIP数据核字(2021)第251093号

逐梦远洋
ZHU MENG YUANYANG

来　其　著

出 品 人	郑英龙
策划编辑	沈　娴
责任编辑	沈　娴
责任校对	何小玲
插　　图	郑思佳
封面设计	观止堂_未泯
责任印制	包建辉
出版发行	浙江工商大学出版社
	（杭州市教工路198号　邮政编码310012）
	（E-mail:zjgsupress@163.com）
	（网址:http://www.zjgsupress.com）
	电话:0571-88904980,88831806(传真)
排　　版	杭州朝曦图文设计有限公司
印　　刷	浙江海虹彩色印务有限公司
开　　本	880mm×1230mm　1/32
印　　张	11.625
字　　数	220千
版 印 次	2023年12月第1版　2023年12月第1次印刷
书　　号	ISBN 978-7-5178-4756-4
定　　价	78.00元

鱼丽于罶，鲿鲨。君子有酒，旨且多。

——《诗经·小雅·鱼丽》

目 录

1

引　子
在定海远洋渔业小镇

　　在舟山渔业历史上，有过许多渔业小镇，比如东沙渔镇、嵊山渔镇。这些渔业小镇都是中心渔场所在地，比如东沙渔镇紧贴大黄鱼中心渔场，嵊山渔镇在带鱼中心渔场的中央。现如今这些传统渔业小镇都衰落了，伴随着中心渔场的消失，昔日繁华烟消云散。渔民们回忆起来时，常常会扼腕长叹，唏嘘不已，但过去的毕竟过去了，新的契机会来临，新的产业基地会蓬勃发展。

　　在舟山国家远洋渔业基地核心区块，有一个定海远洋渔业小镇。它的入口标识是一块巨大的"中国远洋渔都"中英双语标牌，耸立在揽洲路与澜港大道的交叉口。夜色降临的时候，深蓝色背景墙上，由灯光组成的一大群橘黄色鱼儿欢快地游动。

小镇人告诉我，它们是来自远洋的鱼，从四面八方游到了这个小镇里。

远洋渔业小镇是鱼的集散地。过去的东沙渔镇如此，嵊山渔镇如此，现在的定海远洋渔业小镇依然如此。2021 年，远洋渔业基地的线上交易额约为三十五亿元，交易量约为三十八万吨。其中，鱿鱼是大头，约三十一万吨；其次是金枪鱼，约六万吨。它超越了中国所有传统渔业小镇，形成了如此巨大的能量。

远洋渔业小镇是渔船的集散地。与传统渔业小镇一样，远洋渔业小镇也是一座渔港，渔船常来相聚，码头上塔式起重机林立，运输车来来回回。不过在这里靠泊的，是从太平洋、大西洋、印度洋驶来的渔船和运输船。没有一个传统的渔业小镇，能够像它那样辐射到世界各地。

远洋渔业小镇是水产品交易的集散地。传统渔业小镇的渔获交易方式是现场交易，采购商和货主一对一询价、议价。远洋渔业小镇却采取"远洋云＋"在线交易方式，能容纳一百万用户同时在线，让五百笔业务在一秒内成交。凡此种种，任何一个传统的渔业小镇都无法做到。由于这种更加广泛的集散性，远洋渔业小镇也吸引了全国沿海地区的远洋渔船开始货投舟山。2021 年，舟山远洋自捕水产品报关总量达五十三万吨，远洋水产品口岸进关量则达六十五万吨，其中大约有十二万吨的自捕外增额，就是因为舟山国家远洋渔业基地所带来的虹吸效应。

远洋渔业小镇是水产品加工的聚集地。中农发集团、浙江兴业集团、大洋世家、浙江大菱、大连巨戎、上海宇培、宁波欧亚……三百多家水产企业在远洋渔业小镇落户，涉及捕捞、加工、贸易、冷链物流、装备制造等多领域。没有一个传统渔业小镇能有如此大的容量。

2018年8月23日，定海远洋渔业小镇开市。那天，一万多位游客涌进了小镇。人们围观金枪鱼解体秀和刺身制作，硕大的鱿鱼、帝王蟹、澳洲龙虾被堆放成一座座海鲜塔。穿过彩虹拱门，就能走入散发着阵阵鱼香的水产品加工厂房，透过落地玻璃墙，可以观看鱿鱼如何变成一条条"烤丝"。以上这些，都是在传统渔业小镇看不到的景象。

小镇里有座中国鱿鱼馆，融合声、光、电等多种媒体技术，全景式演绎"鱿"来已久、"鱿"业荣耀、"鱿"钓之旅三大展览板块。轻触占满一面墙的液晶显示屏，来自世界各大洋的几十种鱿鱼优哉游哉地向你游来。走进CAVE影院，可沉浸式体验一次鱿鱼捕捞的过程。在参观虚拟现实中的鱿钓船时，可近距离观察其内部结构。

2021年舟山鱿鱼总产量约五十三万吨，大约占到全国总产量的65%。从2003年起，中国的鱿鱼捕捞量一直居世界首位。由此说来，舟山不仅是中国鱿钓渔业第一市，也是世界鱿钓渔业第一市。

尽管在舟山人的餐桌上，鱿鱼仍替代不了近海小海鲜，成不了海鲜大宴的主菜，毕竟几百年的饮食习惯，不是说变就能变的，但若论哪种渔产的产业效应发挥得最淋漓尽致，就必定是鱿鱼了。2021 年，在舟山，鱿鱼的全产业链产值规模超过七百亿元。

定海远洋渔业小镇可以说是鱿鱼小镇。但它显然不会止步于此，规划中，它还将成为金枪鱼小镇。

小镇里，一个叫"大洋世家"的新兴远洋集团，投资约十二亿元打造了金枪鱼全产业链，其中包括鱼柳、罐头、生物制品、综合食品等四条全自动生产线。它还正在建造储藏量达四万吨的超低温冷库。它的目标是使这座小镇成为世界范围内重要的金枪鱼加工与交易中心。

金枪鱼属于高度洄游鱼类，广泛分布于太平洋、印度洋、大西洋的热带和温带水域。由于它经济价值高，金枪鱼渔业一直是各渔业国家和地区，尤其是远洋渔业国家和地区发展的重点。2021 年，舟山口岸金枪鱼进关量约为二十三万吨，一年前的这一数据还是约十四万吨，可见金枪鱼的自捕量和投售量都在以超乎寻常的速度增长。

舟山远洋渔民出海，最短的航线是在北太平洋，单趟行程达四千多海里；最长的航线是到西南大西洋，单趟行程约一万三千海里。一趟远洋捕捞的作业周期大概在两到四年，其间，除了每两年必须回舟山靠岸维修，其他时候，渔船都漂在各个大洋上。因此，过去嵊山渔镇冬季带鱼鱼汛时万船云集、十几万渔民挨山塞海的情景，如今在定海远洋渔业小镇是看不到的。若被问舟山远洋渔业的渔场在哪里，渔民在哪里，那就回答——在三大洋公海及十多个国家专属经济区中。

驰骋远洋，离家乡有万里之遥，舟山渔民需要包含渔船修理、人员中转、物资补给等功能的后勤配套服务基地，这样的海外基地已在秘鲁、斐济、乌拉圭等地组建设立。从舟山国家远洋渔业基地，到万里之外的海外远洋渔业基地，一个完全不同于传统渔业的大格局在中国渔业史上出现了。定海远洋渔业小镇所依托的是整个世界，所贯彻的是全球化思维。

"一带一路"是联通世界的合作共赢之路，这在舟山远洋渔业中有着充分体现。远洋渔业分为大洋性渔业和过洋性渔业。大洋性渔业利用的是公海资源，捕捞的大多是高度洄游鱼类，像金枪鱼、鱿鱼等。过洋性渔业则指与国外渔业公司合作，取得该国政府的渔业捕捞证，在离该国海岸线十二至二百海里之间的海域从事渔业捕捞作业。地球上还有一些国家渔业落后，甚至仍有用鱼叉捕鱼的，需要舟山远洋渔民去帮助发展。在莫桑比克、安哥拉、吉布提等国，都有舟山的过洋性渔业合作项目。在中太平洋基里巴斯共和国，舟山的大洋世家投资建造大型金枪鱼围网船，帮助当地居民就业，赞助基里巴斯全国运动会，受到了当地政府和民众的欢迎。

舟山远洋渔业的意义，其实已不是一个远洋渔业小镇所能够承载的了。但透过远洋渔业小镇去看舟山远洋渔业，看中国远洋渔业，无数过去的、现实的和未来的渔业景象，便会扑面而来。

毋庸讳言，舟山乃至中国远洋渔业的起步，是因为近海已"无鱼"。"无鱼"的意思不是一条鱼都捕不到，而是鱼汛难以形成，渔场逐渐消失。

千百年来，舟山渔民一直在舟山渔场捕鱼，渔场是他们赖以生存的"蓝色土地"。没有人比他们更明白舟山渔场就是他们自己的家园，岛上生活再艰难，他们也不愿背井离乡。所以在近海渔业资源还丰富的时候，再小的岛屿，只要靠近渔场，能够让渔民早出晚归、养家糊口，就有人居住。如今，在那些人去楼空的小岛上，我们依然能看到建在悬崖边的小学校舍，没有操场，只有几间用石块砌墙的教室。小岛平地稀缺，建校时岛上已找不到其他空地，只能辛苦孩子们天天翻山越岭，沿着弯弯曲曲的小路走到悬崖边读书。尽管如此，那时小岛上还是人丁兴旺。渔民一有积蓄便翻新住宅——原本他们就是准备世世代代都住在这儿的。

随着近海渔业资源的衰退，短短十余年间，舟山渔场中有二三十个小岛从人声鼎沸变为荒无人烟：有的小岛上是所有居民一次性迁走；有的则是年轻人和孩子先走，留下老人独守家园。随着留守老人渐渐离世，这些小岛也慢慢变成无人岛。普陀东港，有座围垦造地八平方千米建起的新城。这座新城的首批新居民，不是近在咫尺的沈家门镇缺房户，而是远处的东福山岛、黄兴岛、庙子湖岛、桃花岛、虾峙岛、葫芦岛等小岛上的渔民。他们之所以会无牵无挂地离开小岛，是因为住在小岛上捕鱼与住在城里捕鱼已相差无几。现在的渔场已是远洋，不再是家门口的近海了。

要是没有近海渔业资源在短短二三十年间的急剧衰退，就没有逐梦远洋浪潮的迅猛到来。回望历史，我们不得不反思：人类一直以自我为中心，很少从其他生物的角度去观察世界，如同陷入一个小小窠臼。在浩瀚无垠的海洋世界，海洋生物有着自身繁衍和进化的规律，人类只有不违背这种规律才能与它们和谐共生。如果人类酷渔滥捕，它们在强大的人类面前或许只能悲怆退场，但人类渔业的繁华也会随之落尽。所以当我们向远洋渔业高歌猛进的时候，最重要的是反思我们为何不得不从近海走向远洋，如何才能避免重蹈覆辙。

只有彻底明白曾经的苦果结自我们自己的过失，我们才能找到新的良缘，结出新的硕果。

作为一个负责任大国的渔民，舟山渔民在逐梦远洋时，一直在做蓝色大海的守护者。2020年7月1日起，我国首次在西南大西洋公海相关海域试行为期三个月的自主休渔；9月1日起，又在中东太平洋公海相关海域实施三个月的自主休渔。舟山是公海休渔的积极倡议者。2019年，在舟山举办的中国远洋鱿钓发展三十周年总结大会暨可持续发展高峰论坛发布了中国远洋鱿钓渔业可持续发展倡议书，提出加强公海鱿鱼资源保护、自主实施休禁渔等措施。公海自主休渔开始后，在上述海域的约三百五十艘舟山远洋渔船均停止作业。

公海自主休渔，是舟山渔民从家门口的渔场中获得的中国经验，他们将它贡献给世界。这个经验是从惨痛教训中得来的。

舟山渔场是中国最大的渔场，它曾是浙江、江苏、福建和上海三省一市渔民的传统作业区域，以大黄鱼、小黄鱼、带鱼、乌贼为主要渔产。这些渔产，如今都"溃不成军"，甚至濒临绝迹，难以形成汛期了。有鱼才有渔，有鱼汛才有渔场。渔场就是在特定的时间、特定的地点，以特定的作业方式捕捞特定的鱼。从这个意义上说，舟山渔场已经没落了，已经成了历史。

由此，我从定海远洋渔业小镇，还看到了它所承载着的历史的沉重一页。

一首歌曲中唱道："一路伴飞不停的海鸟，在为我牧云耕海助威呐喊……就连那骄傲的海豚，都在为我起舞歌唱。"

好在，我们还有远洋渔业，还有定海远洋渔业小镇，还有舟山国家远洋渔业基地！

第一章 古老的舟山渔场

01

让人怦然心动的鲎和鲟

　　对舟山渔民走向远洋的叙述，我想从两种古老的海洋生物开始。

　　舟山渔民走向远洋前，世世代代生活在舟山渔场。这个中国最大的渔场有多古老？至今这个渔场中仍生存着两种远古的海洋动物。其已寥若晨星；偶现踪迹时，依然让人怦然心动。

　　我说的是鲎和鲟。

　　鲎，舟山人俗称鲎鱼。这是一种海洋节肢动物，四亿多年前，当恐龙尚未崛起时，它就生活在海洋里了。与它同时代的动物，或者进化，或者灭绝，但它一直保留着原来的面貌。

　　20世纪七八十年代，每年夏、秋之交，在舟山水产集市，常常可见到鲎，一种戴盔披甲的"怪物"。它的甲壳，头胸部呈马蹄形，腹部呈六角形，尾部像把剑。

鲎是暖水性海洋节肢动物，春、夏之交从东海深处游向近海。雄鲎在上，用强壮的步足夹住雌鲎的腹甲，雌鲎在下，缓慢地爬上滩涂，挖穴产卵。

滩涂捕鲎，那时是海岛渔民的一项副业。

1983年，舟山岛上顺母乡有位叫杨志文的渔民，用三百米长的拉钩，在一个月内捕鲎一百八十三对，被称为"捕鲎高手"。

舟山渔民捕鲎有久远历史。清朝定海进士陈庆槐就在《舟山竹枝词》中写道：

面条鱼细墨鱼鲜，鲎酱螺羹上酒筵。

橄榄村中贩虾米，桃花山下种蛏田。

这是对海岛渔村生活的田园牧歌式摹写。诗中嵌入了六种海产品：面条鱼、墨鱼（乌贼）、鲎酱、螺羹、虾米、蛏子。其中"鲎酱"，就是用雌鲎腹中卵子所制的，也就是鲎鱼子酱。

鲎被捕获时，都是一对对的。雌鲎负雄鲎而行，爬上滩涂时，虽风浪汹涌但它们仍难分难解，故古书中有"鲎媚"之说，寓意相依为命，现代人则称它们为"海底鸳鸯"。可惜还没人将它们的形象开发成文创产品，否则定然会成为受欢迎的舟山旅游纪念品。

　　我国《野生动物保护法》自1989年3月1日起施行，鲎被列入保护名录。此时鲎已很稀少。此前的大量捕捉，倒并非为了食用。鲎酱固然十分鲜美，鲎肉却是舟山人不太喜欢吃的。虽说那时渔民们还不晓得鲎肉中含有大量嘌呤，多吃易患痛风，但渔村老人都说吃了鲎肉，皮肤会红肿瘙痒。况且那时在舟山渔场，除了大黄鱼、小黄鱼、带鱼、乌贼这四大渔产，其余鱼、虾、蟹都要次一等，鲎、螺更是排不上号。小伙子清一色下船去捕鱼，只有老人小孩才捉鲎摸螺。

　　鲎被大量捕捉，是因为鲎血是蓝色的，这种蓝血引起了医学家的浓厚兴趣。经过研究，人们发现鲎血中含有一种变形细胞，没有输送氧气的红细胞和抗御细菌进攻的白细胞。面临细菌进攻时，鲎的血液变形细胞只有一招，即一旦接触细菌内毒素，就迅速凝固，将细菌包裹后使其失去活性。研究人员利用鲎血变形细胞的这一特性，制成一种具有特异性能的检测试剂——鲎试剂。这种试剂能准确又迅速地测出细菌是否侵入机体，价格昂贵。这促使从20世纪70年代开始，大量鲎被高价收购，以至于捉鲎成了渔村里一种具有高收益的副业。

　　我看到过那时候渔村海滩上捉鲎的场景。

　　那天雨后，村口滩涂上出现了一堆堆光溜溜圆鼓鼓的东西，像是一顶顶灰褐色头盔。滩头有人喊："鲎鱼游上来了！"村子里顿时跑出一群人，老人在前头，小孩跟在老人身后，一窝蜂拥向海滩。滩涂上，潮水刚退去，一对对鲎伏着。老人孩子们操起鲎的尾剑，将它们翻个身，这就算捉到了。捉到的鲎最小的也有五六斤重。在一个下陷的沙质水潭里，还捉到好几对二三十斤重的大鲎。

这样的捉鲎场景，在旧时的渔村是极其常见的。

鲎喜欢潜在海底泥沙中，靠附肢划动随潮水游动，上了岸还是不改这习性。捉鲎人说，滩涂上礁石旁，若有水潭，里面一般都会有鲎。逆光看水面，有水泡冒起，一定有鲎，鲎在水下发情交配呢。这时候，只要用脚在水潭中来回扫动，一碰到那倒扣的"头盔"立即踩住，就能捉到一只雄鲎，而它的下面，通常会有一只雌鲎。

后来，爬上滩涂的鲎越来越少。再后来，连滩涂也在减少。于是有人开始尝试养鲎。2008年，鲎育苗终于在舟山获得成功，一家名叫"兴海"的养殖种苗选育研究所，购入一批鲎，育出六万多只稚鲎。只是，稚鲎生长期为八到十年，产业化从一开始就面临经济价值短期内难以兑现的困境。

那年12月，在这家研究所的孵化池里，我最后一次见到鲎。这种早在四亿多年前奥陶纪就有的节肢动物，安静地趴在池底。

所里的工作人员告诉我，它们还在冬眠，天气一热，到了十几摄氏度，就会成双成对地活动了。

他还跟我说，有一次他特意给每对鲎做了记号，然后将它们分开，过几天再把所有鲎放在一起，任其自由搭配，之后黏在一起的，竟然都是"原配夫妻"。

哪怕不是野生的鲎，而是人工培育的鲎，也依然保留着这种生活习性。顽强的遗传记忆，或许是它们历经四亿多年仍然原模原样存在于世界的原因。

除了鲎，《诗经》里的"鳣"，也仍生活在舟山渔场。

《诗经》中有我国古代关于鱼文化的最早记述。其中的一首诗《周颂·潜》中这样写道："猗与漆沮！潜有多鱼：有鳣有鲔，鲦鲿鰋鲤。以享以祀，以介景福。"这段话的大意为：漆水河，沮水河，河里的鱼儿真是多，有鳇鱼有白鲟，有鲦鱼鲿鱼鲇鱼鲤鱼。我们享用，我们供祭祖先，祈求祖先降下大福祉。

诗中的"鳣"指鳇鱼，鲟属中的一种；"鲔"指鲟鱼。如今仍能见到的中华鲟也是鲟属中的一种，为我国所独有。舟山渔场一直有捕获中华鲟的记录。

1987年10月在定海祖印寺开馆的舟山最早的博物馆中，有一个渔业陈列室设于大雄宝殿内，展出六十多种舟山海洋生物标本。殿的中央，各一条一人长的鲨鱼、中华鲟、宽面海鲀、真鲨、犁头鳐，围着一副近十四米长的灰鲸骨架，构成一个海洋生物圈。这些，都是舟山渔场远古时的海洋生物。其中，中华鲟至今仍生活在舟山渔场。

中华鲟平时生活在东海大陆架，在海中生长发育，从幼鱼长到成鱼需八至十几年，一旦性成熟期到来，就在5、6月间集聚于河口，秋季上溯至长江上游，产卵后亲鱼多数迅速离开产卵场。第二年春季，产出的卵已长成幼鲟，就又从河流返回东海。

中华鲟是舟山渔场最长寿的鱼类。其中长寿者甚至可达四十龄。在舟山渔场，目前已知大黄鱼自然年龄最大的是二十九龄，小黄鱼的是二十三龄、海鳗、鳓鱼、白姑鱼、灰鲳、鮸鱼的均在十龄左右，其余的基本没有超过十龄的，最常见的是一龄至三龄。

1983年4月13日国务院发布《关于严格保护珍贵稀有野生动物的通令》，中华鲟被列入珍贵稀有野生动物保护名单。就在通令公布后的5月18日，普陀登步渔民张网时捕获一条重约二百九十六公斤、长约二点九米的中华鲟，这条鱼后来被公社食堂分食掉了。此事披露后，水产科研部门呼吁捕到罕见鱼类一定要妥善保护，从此便有了一次次中华鲟"捉放记"。

1990年6月6日早上，定海的小沙乡毛峙村渔民傅贤成，在嵊泗的滩浒岛附近海域，用跃筝网捕到一条浑身长鳞甲的"怪鱼"，长约三点六米，重三百多公斤。他从未见过这种鱼，觉得新奇，运回村里。认识这鱼的人告诉他，这是中华鲟，捕到时活着的要放生，死的也不能自食或出售。他就把这条鱼送到了浙江省海洋水产研究所。

紧接着，这个村的另一位渔民孙大毛也捕获了一条中华鲟。这次捕获地点在峙中山岛周边海域，距离舟山本岛不远。他在收取定置张网渔获时，发现有条"怪鱼"被网裹住。他也不认识中华鲟，另一个老渔民认出了，对他说："这条鱼很名贵，把它杀掉，鱼胶也能卖几百元钱呢。"孙大毛没听他的话，把奄奄一息的中华鲟暂养在马岙对虾养殖场空置的育苗池里，还给它喂了新鲜鱼虾。第二天，毛峙村村民簇拥着孙大毛来到金鸡山埠头，将这条长二点五四米、重逾一百五十公斤的中华鲟放归大海。历经二十七个小时奇遇的中华鲟，遍体完好无伤痕，回到海里后，沉游数米又游回来，浮出水面，像是在与放归它的人告别，然后溅出一朵水花游向远处。这一情景被传扬得很广，人们听了都啧啧称奇。

从那年起，中华鲟"捉放记"几乎隔一两年便发生一次，有几年甚至一年内发生好几次，渔民在不同海域都曾捕到过中华鲟。接二连三的发现使许多人觉得，舟山渔场一直就有中华鲟，没什么稀奇，只不过因为它们受到了保护，受到了重视，才会爆出这么多新闻。

除捕到过中华鲟，舟山渔民还捕到过达氏鲟。

达氏鲟又名长江鲟，主要生长于我国的金沙江下游和长江干支流。

1987年5月，螺门渔民沈平国、徐利文，在单拖作业时捕到一条与中华鲟不一样的鲟鱼。老轨（轮机长）沈平国猜想这属于珍稀鱼种，与渔老大（船长，也叫船老大、老大）徐利文商量后，将这条鱼放在船舱里暂养起来。返港后，沈平国立即联系浙江省海洋水产研究所。经该所鉴定，这条鱼是国家一级保护水生野生动物达氏鲟。虽然达氏鲟同中华鲟一样属于洄游性鱼类，但它一般不做远距离的洄游。有水产专家说，在舟山海域捕到达氏鲟是少有之事，历史上没有过文字记载。不过，后来我查阅元大德（1297—1307）《昌国州图志》，所列海产品中有"鳇鱼"，鳇鱼就是达氏鲟，说明历史上还是有过记载的。

古老的舟山渔场里，至今仍生活着远古海洋动物。

这两种古老的动物，只不过再次印证了是沧海桑田造就了舟山渔场。

历史地理学家陈桥驿 1989 年给定海区史志办的一封复函，揭开了舟山群岛远古时期的一段沧海桑田的变故。

在此之前，我们以为舟山群岛一直都是孤悬海中央的，原来并非如此。

陈桥驿在那封信中说：两万五千年前，发生过大规模的海退，中国东部海岸曾后退约六百千米。东海中的最后一道贝壳堤，位于大陆架前缘，在今海面以下一百五十五米处，碳-14 年代测定法测定为（14780±700）年前。此时，舟山以东，尚有大片海滨平原。

贝壳堤是由海生贝壳及其碎片和细沙、粉沙、泥炭、淤泥质黏土薄层组成的，与海岸大致平行或交角很小的堤状地貌堆积体，形成于高潮线附近，为古海岸在地貌上的可靠标志。

碳-14 年代测定法是根据碳-14 的衰变程度来计算出样品的大概年代的测量方法。扎实的依据，让陈桥驿信中的结论无可辩驳。

陈桥驿信中内容在那时候掀起了舟山学术界探究舟山群岛地理变迁史的热潮。

于是，两万多年前舟山群岛所处的东海平原景象被勾勒了出来：

两万多年前，世界气候开始进入冰期，冰川大量生成，海平面下降。到距今约一万八千年时，海平面下降约一百三十米，中国海岸线退至东海外大陆架、台湾岛附近，渤海、黄海和东海的大部分海域消失了，整个亚洲大陆与日本列岛、台湾岛连接在一起。现在舟山群岛上的一个个岛屿，就是当时东海平原上的一座座山丘。

那时候，中国西北大陆地势就已高于东部，江河东流归大海，从长江分流的入海河流有十几条，东海平原上河湖密布，淡水资源很充沛。平原边缘浅水滩中的沉积物富含有机物，滩中慢慢地生长起芦苇，渐成草丛泥沼。一批批古菱齿象、德氏水牛、麋鹿，从日益寒冷的江淮流域迁徙到东海平原。

"海峡人"——中国科学院院士贾兰坡根据泉州发现的古人类化石命名的早期人类，在东海平原上采集野果，追逐野兽。他们猎杀最多的应该是麋鹿。到了今天，当舟山渔民从金塘岛、中街山列岛、虾峙岛和桃花岛附近海域打捞起古动物骨骼化石时，还在麋鹿化石上发现了人工砍痕，那是"海峡人"猎杀麋鹿后为了剥皮，用石器砍过的痕迹。

金塘岛附近的灰鳖洋，是发现史前东海平原动物古化石最频繁的地方，从那里打捞上来的化石已达数百件。2003年，还发现了一件国内迄今少见的旧石器时代木棒化石标本，经碳-14年代测定法测定，该化石年代在逾四万年前。专家推断，该木棒化石系逾四万年前生活在舟山的古人类加工使用过的木棒残段。

史前成陆时期，舟山是一个古木参天、植被茂密，非常适合人类和其他动物生存的地方。然而到了距今约一万年时，天气又开始转暖，海平面逐年上升，东海平原渐渐变成"沉没的大陆"。至距今约六千八百年，海浸到了全盛期，海水溯长江古道和钱塘江而上，一度进至会稽山、四明山、天台山的山麓，今舟山群岛就在这期间与大陆分离。

东海平原上的"海峡人"，有的向内陆迁移，有的留在舟山，在马岙、白泉、展茅等地生活。现在从这些地方出土的石器、陶器，考古时发现的稻谷壳痕迹，就是他们或他们的后裔在这块土地上刀耕火种的见证。

远古东海平原，造就了舟山渔场的海底，海底以细颗粒沉积混合物为主，其中的粉沙质软泥或黏土质软泥，极其适合各种鱼类生长。

长江、钱塘江、甬江——三条大江将含有大量营养物质的淡水，源源不断地注入舟山渔场。年均径流量达一万亿立方米，形成了强大的低盐水团，提供给各种浮游动物和鱼类丰富的饵料，使生物链得以完整形成。

　　同时，沿岸流、台湾暖流和黄海冷水团交汇于舟山渔场，形成南北带状的水团混合区；渔场为半日潮区且有众多岛屿环列，又使渔场潮流呈回转流、往复流等不同状态。就像运动使人强壮一样，在奔腾回旋、跌宕起伏的海水中生长的鱼儿，自然不同凡响，出类拔萃。

　　这种生存环境，堪称鱼类的天堂。

　　在这种环境中生长的鱼类，不鲜美也难。

02

从滩涂到近海

　　20世纪70年代以来，在舟山群岛陆续发现了二十多处原始居民遗址，其存在时间为距今六千年至距今四千年。诸多出土的贝壳鱼骸，证明数千年前舟山先人们就已在这里采蚌拾贝、捉鱼摸虾。

　　这些居民，最有可能是海岛与大陆分离时被截留下来的"海峡人"的后裔。那时还没有可供渡海的船，人口除了自我繁衍，得不到外来补充。海岛生活艰难，一些留在小岛上的先民，其部落渐渐凋零乃至灭绝，到后来，只剩下几个大岛有先民了。

　　直到公元前10世纪前后，人们开始"刳木为舟，剡木为楫"（《易传·系辞下》），才有一些人或因被追杀，或因对海上风险懵懂无知，从大陆偷渡来舟山群岛。从开始有偷渡者，到有人偷渡成功，经历了一个极其漫长的过程。其时的独木小船，原本只能在风平浪静的江湖河内划行，大海无风三尺浪，大多半途颠覆。一百回偷渡，九十九回失败，但终究会有侥幸存活者。那些幸存者，先划船至离大陆最近的小岛，然后由近及远，逐岛摆渡，最后才到达面积最大的舟山本岛。

他们看到的是一个上有麂獐麋鹿成群奔跑的岛，为了生存，他们从此开启猎杀模式。麋和麂胆小温驯，容易猎获，于是最先消失了。但直到明代嘉靖年间（1522—1566）舟山本岛上还有鹿的踪迹。据载，胡宗宪治军海上时，曾把岛上猎户捕获的雌雄两头白鹿进献朝廷。獐一直存活至今，是由于它们拥有超强的游泳能力，能泅渡数千米，从这个岛游到那个岛，从而逃脱了被全部猎杀的命运。

岛上猎物殆尽，礁边鱼类开始受到关注。

那时鱼儿真大，肆无忌惮地在礁石边的海水里游弋着。起初，它们的天敌只有自己的同类，岛上赤身裸体奔跑的先民还奈何不了它们，它们在海水里逃生容易得很。后来先民们终于想到把木棒和骨钩绑在一起，最早的鱼叉问世了。萧瑟长风里，滔滔碧海边，先民们挥舞着鱼叉从波涛中叉起一条条鱼，再后来他们熟悉了水性，下到浅水里持刀杀鱼，鱼就渐渐被用来弥补稻米不足造成的食物短缺。

海岛可供种植的土地本就不多，为了人口繁衍，人们愈来愈受重视渔猎。但直到秦汉，仍以"结绳而为网罟"（《易传·

系辞下》）。涨潮时，将一列木条或竹竿插在滩涂前沿，把渔网系在木条或竹竿上。鱼、虾、蟹随着涨潮游进海湾，一头撞进渔网，有一些会被网眼卡住。待到退潮时，就能收网捉鱼、虾、蟹了。

唐开元二十六年（738），舟山建立翁山县，终于有了自己的首个县衙，但翁山县"寿命"很短：到了唐宝应元年（762），袁晁率领农民起义军占据翁山县，官军久攻不克；大历六年（771）朝廷就废翁山县，将其并入郧县。约三百年后，舟山才重新有了县衙，县名改为昌国，其时已是北宋。一般认为，这时期的舟山渔业，发展到摇着小船在沿岸浅海里捕捞了，但并无具体的史书记载。南宋舟山才始有方志，宝庆年间（1225—1227）编修的《昌国志》，所列海产品有石首、春鱼、鳢、鲨、鮠、地青鱼、鳖鱼、泽鱼、银鱼等。

石首就是大黄鱼，因"鱼首有枕，坚如石"而得名，耳石用于平衡鱼身，喻之为鱼头之枕，倒也贴近事实。春鱼就是小黄鱼。宋朝人为何叫它春鱼？是因为它在舟山渔场的产卵期为农历二月中旬至四月初。舟山渔场四大渔产中，大黄鱼和小黄鱼自宋代开始就被大量捕捞了。

宋代之后，丰饶的渔场，吸引一批批渔人前来。他们先是像候鸟：鱼汛到了，驾船而来，择一小岛居住；鱼汛结束，驾船返回家乡。渐渐地，就有一些人的妻儿随船而来，家家户户在岛上开荒种地，于是粮食蔬菜也有了，鱼汛结束后他们就不忙着回家。人们逗留岛上的日子多了，其中便有一些人举家迁徙到了小岛，一个个小岛村落就这样慢慢形成了。

那时，沿岸浅海捕捞也开始向近海拓展，随着渔船开始到黄大洋、岱衢洋、大目洋捕捞大、小黄鱼，沈家门有了最早的居民，在六横、虾峙、桃花等岛屿和定海、嵊泗、岱山的一些小岛上，零星分散的定居者亦逐渐增加。

宋代舟山渔场上已出现各种渔船，这样才捕捞到了宝庆《昌国志》所载的海产品。1974年春，白泉农民兴修水利时，在一块水稻田下挖出大批木头，经考证是宋代沉船遗骸，船长约二十一米，宽约四米，有三道桅杆，船体结构与近代大对渔船已十分相似。

至于当时渔船的数量，开庆《四明续志》有一则记载。南宋开庆元年（1259），官府为防范海盗，在明州的象山、奉化、慈溪、昌国等六个县征用民船。结果是，无论船幅一丈以上还是一丈以下的船只，昌国县都拥有最多，征得三千三百多艘船，约占总量的四成多。舟山没有大江大河，所征之船都是渔船，有大对船、小对船、墨鱼船、大捕船、淡菜船、流网船、张网船、小钓船、串网船、海蜇船等。

到了元代，大德《昌国州图志》所列舟山水产已达五十几种：

　　虹鱼、鲈鱼、鲵鱼、鲳鱼、梅鱼、春鱼（似石首而

小者）、鳙鱼、石首鱼（一名鯼，又名洋山鱼）、鲑鱼
（可为鲊）、带鱼、鲎鱼、魛鱼、箬鱼、比目鱼、泥鱼、
短鱼、华脐（一名寿鱼，一作绥，一名老婆鱼，一名
琵琶鱼，以其形似之）、乌鱼、鲻鱼、鲋鱼、邵洋鱼、
乌贼、鲵鱼（一名河豚，一名乌郎）、书篦鱼、黄鱼、
鲞、海鲗、马鲛鱼、黄鲫、鳗、水母、竹夹鱼、章巨、
鳔、望潮、香螺、赤虾、苔虾、蛤蜊、淡菜、蛳蚜、
赤蟹、蟛、桀步、彭越、蛏子、白蟹（有子者曰子蟹）、
白虾、瓦垄、辣螺、丁螺、拳螺、生蛆、地青、龟脚、
弹涂。

从图志中看到，此时有了带鱼和乌贼，舟山渔场四大渔产
至此全部亮相。

《昌国州图志》所列舟山水产中鲈鱼位列前茅。舟山的鲈
鱼，肯定是海鲈鱼。它们常常大群聚集在礁石边。潮水与礁石
相撞，翻滚的涡流把沉积海底的养分卷上海面，引来各种小鱼
光顾，此时鲈鱼便可借机捕食。鲈鱼排位靠前自有道理。那时
候，虽近海捕捞已存在，但礁边采撷仍属主流。且礁边的海鲈
鱼，彼时还很多，正是采撷的主要对象之一。

鲵鱼，现在很多人不熟悉。《尔雅》有一篇专门讲述鱼类命
名，其中写道："鲲，大鮦，小者鲵。"舟山海域有鮀鲲，也就
是俗称的炸弹鱼，喜栖息于岩礁底质的深水海域，在冷暖水团

交汇的礁石边也能钓捕。如今炸弹鱼属舟山海产品中的杂鱼，渔民并不会特意去捕捞它，常常是混杂在其他鱼类中被一起捕获的，而在元朝，它在海产品中排名靠前，地位可是举足轻重的。

鲳鱼、梅鱼、春鱼（小黄鱼）、鳙鱼、石首鱼（大黄鱼）都广为人知。紧接着便是鳇鱼，就是前文讲到的达氏鲟，想不到元朝时，排名这么居前。

之后所列海产品中，魛鱼一般被认为就是刀鱼。元代可能会有关于现已灭绝或当代人反而未发现的海产品的记载，但《昌国州图志》所列的大部分海产品如今仍然存在，其中有些看起来比较陌生，只不过是因为新旧名称不同罢了。

华脐是什么鱼呢？其实是丑陋的琵琶鱼。琵琶鱼也就是鮟鱇鱼，是一种中型底栖鱼类，通常生活在几百至一千米的深海海底，产卵时才会移动到浅海地区。20世纪90年代大量捕捞此鱼出口日本时，渔民一直认为这是新发现的鱼种，想不到元代就有记载了。

黄鱼应该指黄婆鱼，舟山人又叫它黄婆鸡。

图志中蟹有五种，分别是蟳蚄、赤蟹、桀步、彭越、白蟹（有子者曰子蟹）。那么，现在舟山的三疣梭子蟹是其中的哪一种呢？白蟹（有子者曰子蟹），才是指舟山梭子蟹。舟山梭子蟹有白蟹、子蟹、膏蟹之分，《昌国州图志》中已出现两种。农历九月以后才捕捉的膏蟹，多在嵊山一带，估计那时候还没有被捕捞。元代舟山蟹的品种比现在丰富。蟳蚱、桀步、彭越，现在极少见到；赤蟹倒还有，只是数量上无法与三疣梭子蟹相比。

生蟟，又名蝛蟟。《本草纲目》记载："蝛蟟生东海。似蛤而扁，有毛。"这应该是偏顶蛤。生于东海的偏顶蛤也就是现在嵊泗一带大片养殖的厚壳贻贝。元朝时，野生厚壳贻贝就已被捕捞了。

龟脚，如今叫佛手，在舟山群岛以南岩石海岸，常成群依附在岩石缝隙中。外地人看到佛手，常会问"佛手"两字怎么写，舟山人便一笔一画地写出来。外地人看了吓一跳："怎么连'佛手'都敢吃呀？！"怎么不敢吃呢？"佛手""龟脚"，都是以形取的名。这种味道极为鲜美的海中珍品，其实是藤壶，一种节肢动物。它有六对胸足，用以捕食水中的浮游生物。佛手有厚厚的坚壳，若其顶部被剥开，便露出一簇鲜白嫩肉，入口柔滑。《海错图》云，其"鲜时现取而食其美"。"鲜时现取"就说明了只有亲自到舟山才能尝到最美味的佛手。

从《昌国州图志》所列海产品中不难发现，早在元代时，舟山渔场的丰饶就已被人们充分发现。

03

废县徙民，渔场犹在

舟山渔民对舟山渔场的开发，被明、清的各一次海禁打断。

第一次海禁是从明洪武三年（1370）开始。舟山废县徙民，除定海准留五百四十七户共八千八百零五人外，其余四十六岛一万三千余户共三万四千余人，悉数迁往浙东、浙西各州县和安徽凤阳。朱元璋规定寸板不许下海。明永乐年间（1403—1424），海禁曾一度松弛，虽朝廷规定民间私人仍不准出海，但沿海渔民为谋生，开始潜入舟山小岛。但在嘉靖年间（1522—1566），为防倭寇之患，海禁严厉程度登峰造极——明世宗下令一切违禁大船，尽数毁之，私造双桅大船下海者，务必捕获治罪。

明隆庆元年（1567），海禁解除，舟山群岛人口慢慢有了增长，但直到清顺治十二年（1655），将近九十年间，舟山渔场仍未恢复到海禁前的状况。这是因为对渔船出海，仍沿袭嘉靖时的政策。明万历二年（1574）渔民出海时，甚至会有兵船在下网处巡逻管制，只允许他们在圈定的一片海域下网，不允许搀前落后。鱼群是游动的，捕鱼却被严令禁止循着鱼群洄游踪迹追捕。这可以说是旷古奇闻，世界捕鱼史上难以找到第二例。

第二次海禁时已改朝换代，是清顺治十二年（1655）了。舟山各岛居民悉数迁徙。十八年（1661），驱迁潜回居民一千一百十八户共五千二百二十人。这两次徙民只相隔五六年。五六年间有这么多人潜回，可见这项政策多么不得人心。好在清康熙二十三年（1684）舟山县治得以展复，虽然展复之初仍规定"如有打造双桅五百石以上违式船只出海者，不论官兵民人，俱发边卫充军"（《钦定大清会典事例（光绪朝）》），但这种限制，后来也慢慢松懈直至被完全放弃。

但令人惊异的是，虽两次海禁皆十分严厉，但舟山渔场却没有完全荒芜，虽然小岛上已无人居住，但渔场上却还有人在捕鱼。

嘉靖年间（1522—1566）江苏昆山人郑若曾，这位被《剑桥中国明代史》认为是第一个把注意力特别集中于沿海地区的地理学家，在《江南经略》卷八《杂著》中的"黄鱼船议"部分就写到了每年农历四月，宁波、绍兴、温州和苏州渔民到洋山渔场捕捞黄鱼。洋山渔场相对靠近今上海崇明、南汇、金山、奉贤及浙江平湖，从这些地方出发到洋山渔场，非常便利。

成书于明万历年间（1573—1620）的《闽中海错疏》，详细地记叙了洋山的"三水黄鱼"："四月小满为头水，五月端午为二水，六月初为三水。"黄鱼的最佳捕捞期为农历月初和月半的大潮汛时期。"水"就是指代这个潮汛期。制鲞的黄鱼以农历四月头水捕捞起来的为佳。农历八月捕捞的黄鱼叫"桂花石首"，腊月捕捞的黄鱼叫"雪亮"。

除了洋山渔场，大目渔场这时也已被开发，郑若曾在《江南经略》卷一《海防论》中写道：

> 盖淡水门者，产黄鱼之渊薮。每岁孟夏，潮大势急，则推鱼至涂。渔船于此时出洋，宁、台、温大小船以万计，苏州沙船以数百计。

文中的"淡水门"在大目洋南侧，石浦港铜瓦门北侧，半招列岛之间。该渔场自明代中叶起成为象山爵溪独捞船作业的传统渔场。

郑若曾在他最为人熟知的《筹海图编》中，还曾写到嵊山渔场：

> 常亲至海上而知之。向来定海、奉象一带，贫民以海为生，荡小舟至陈钱、下八山取壳肉、紫菜者，

不訾万计。

首句就说，这是他亲赴海上而知晓的。

此处，"定海"并非现在的定海，而是镇海（康熙朝才改舟山为"定海山"，将原宁波府的定海改为镇海）；"奉象"则是奉化和象山；"陈钱"为舟山的嵊山岛；"下八山"为舟山的壁下岛。

嵊山、壁下在那时的渔人眼里已属远洋，风大浪急，所以只能在两个岛的滩礁潮间采集贝藻。嵊山渔场的小黄鱼、乌贼和带鱼资源，直到清光绪年间（1875—1908）才开始得到较大规模的开发。

明崇祯十一年（1638）农历二月十九香会期间，文学家张岱到普陀山朝拜观音。他在《海志》中记叙了登岛途中的见闻，由此也可窥见明朝舟山渔场的一些真实情形。

现在的定海区域，在当时是军港，濒岸有战船数十艘，驻军很多，海禁严厉。当时的居民大多住在篁竹芦苇间，因为田少人多，居民们必须入海捕鱼、捉蟹、抓弹涂鱼等，沙滩边人声喧哗、熙熙攘攘。沈家门一带更是带鱼船鳞集，鱼腥味刺鼻，"江鹳闻鱼腥，徘徊不肯去，掷以鱼肠，则攫夺如战斗"。最后到了普陀山，佛国圣地也有许多渔船。张岱从岭上看下去，只见上千艘钓船，"鳞次而列，带鱼之利，奔走万人，大肆杀戮"，以至于让他感慨：可怜这岭下的礁石岩穴，无不尽被鱼血和血腥味所污染！

张岱游览全山后感到疲倦，就回禅房休息了，但不到片刻又跑出禅院。原来是海盗船与带鱼船在莲花洋上发生厮杀："倦归僧房茶话，更定矣。闻炮声，或言贼船与带鱼船在莲花洋厮杀。"那上千艘带鱼船，闻警躲避进了千步沙，但有十余艘来不及避入的，被海盗船追上袭击，导致数十个渔民被砍杀，三艘渔船被海盗抢去，两艘渔船被焚烧。一时间"火光烛天，海水如沸"。——"此来得见海战，尤奇。"

千步沙外即舟山洋鞍渔场；佛国前的莲花洋，那时也是渔场。张岱描绘的情形，或许是有关大肆捕捞带鱼的最早记录。

张岱的记录中，为何只有带鱼船？这些带鱼船又来自哪里？崇祯年间（1628—1644），台州大陈岛、象山韭山列岛、舟山普陀山岛盛产带鱼。由于舟山仍实行海禁，虽然居民们有捕鱼，但在普陀山捕鱼的，却大多不是舟山本地人，而多是来自福建莆田、福清等地的渔民。

早在张岱登普陀山的约十年前，就有文书记载"独闽之莆田、福清县人善钓"，每年农历八、九月份，"联船入钓，动经数百"。福建船队进行捕捞时，场面就像蚁集蜂聚。关于张岱记录的海盗抢船之事，多年前的这份文书也有写到类似事件：崇祯元年（1628）年底，东南沿海商船主郑芝龙（郑成功的父亲）接受朝廷招安后，他的部下李芝奇背叛郑芝龙作乱。李芝奇有六七百艘海盗船，这些船在海面上踪迹飘忽，官兵常常无力顾及。这种混乱局面一直延续到次年正月。记载这些情况的文书是崇祯二年（1629）农历四月十八浙江巡抚张延登给崇祯皇帝的奏折。张延登在奏折中建议再一次颁布禁海令。从张延登奏请到张岱登普陀山，情况一直未变：福建钓船仍聚集普陀山，海盗船也依然不绝。

福建钓船来舟山钓带鱼的传统被延续了下来。1989年出版的《舟山渔志》说，中华人民共和国成立前，舟山渔场上的钓船大部分来自福建，一小部分来自浙江省的温岭、玉环等地，而舟山本地却没有一艘专业钓船。

总体上，明代，江苏、浙江渔民在洋山渔场捕大黄鱼，福建渔民则在洋鞍渔场捕带鱼。海禁腾空了舟山群岛，但腾不空舟山渔场，有鱼就有渔。

只是舟山渔场，彼时真的不大，海禁还是限制了渔业发展。

04

中国最大渔场的形成

康熙朝开海禁后，舟山渔业一切从头开始。之后百余年间，舟山渔场一下子扩大了。

首先是岱衢渔场崛起。短短几十年间，大黄鱼中心渔场从洋山渔场转移到了岱衢渔场。清康熙四十九年（1710），定海总兵在给皇帝的奏折中，讲到了自开禁以来，渔船来岱衢洋捕捞大黄鱼，"不止数千余只，众十数万"。这样的情形，已与20世纪五六十年代带鱼旺汛时的嵊山渔场有点相似了。不过，来捕鱼者只是在衢山岛上搭寮盖厂，就山晒鲞，还没长期住下来的打算。

海禁甫开时，前来蓬莱乡（现岱山县）定居者不过二百多户，大多是过去的遣迁者还乡，真正的外来户不多。那时岛上百废待兴，相比内陆地区仍是穷乡僻壤，但鱼汛实在太好。岱衢洋因海禁长期休渔，就像回到蛮荒年代，渔情焉能不好？

到雍正时（1723—1735），大黄鱼旺产场移到了岱山岛东沙角洋面。这时候，迁到岛上的人家已不仅限于回迁户。上岛者也不只是来捕鱼，也有来加工鱼鲞、贩卖渔获等做各种生意的，这样东沙角就渐渐形成了一个鱼市。

清道光年间（1821—1850）贡生刘梦兰，曾写组诗《蓬莱十景》，其中一"景"便是当时东沙角横街鱼市情景：

> 丁沽港口海船回，
>
> 小市横街趁晚开。
>
> 狂脱蓑衣寻野店，
>
> 挈鱼换酒醉翁来。

连寻欢"野店"也有了，其繁荣情景，可窥一斑。

清朝文人王希程，也有一首《横街鱼市》诗：

> 海滨生长足生涯，
>
> 出水鲜鳞处处皆。
>
> 才见喧阗朝市散，
>
> 晚潮争集又横街。

从诗中可看出当时东沙角每天朝潮、晚潮时各有一批渔船，前来靠岸卸渔获。

东沙镇上，现还留有一家聚泰祥绸布庄旧址，中西合璧的两层楼店铺，店面外墙高达十余米，迎面塑"福禄寿"神像。这是清末建筑，不过，早在道光年间（1821—1850），它就是宁波鄞县陈氏的布庄所在地，布庄始办时就生意日盛，可见顾客对高档布料需求甚殷。

舟山渔场的全面开发，有一条清晰的轨迹：嘉庆（1796—1820）至道光（1821—1850），马迹、大戢、中街山渔场得以先后开发。嘉庆年间，大对船和大流网船常至里、外洋鞍岛和中街山列岛一带渔区捕捞小黄鱼、带鱼，大捕船常到衢山岛、大戢洋一带海域捕捞大黄鱼、鲳鱼。咸丰、同治年间（1851—1874），捕捞范围向北扩展到浪岗山列岛、嵊山岛周边海域，向南扩展到猫头洋一带海域。从此舟山渔场大致形成。

定海作为舟山群岛的行政中心，开禁后从外地迁入者为舟山最多，许多渔业新技术也是从定海最早引入舟山的。乾隆五年（1740），镇海贵驷桥渔民迁居岙山岛，引入张网作业。嘉庆十五年（1810），镇海澥浦渔民迁居金塘岛，引进大流网作业，鄞县东钱湖渔民引进大对作业。从此大流网和大对作业成为捕捞大黄鱼的主要作业方式。这时候，大对船、流网船、张网船、大捕船等渔船渐趋定型。

去浪岗渔场捕鱼，是舟山渔场开发在清朝时的顶峰。

渔谚"浪岗三块山，上下十万难。家有薄粥饭，永不上此山"说的是渔船去浪岗渔场常有颠覆之险，除非万般无奈，绝不会去浪岗渔场捕鱼。危险在哪里？来看另一句渔谚："浪岗，浪岗，三块石。无风三尺浪，有风浪过岗。"浪岗山列岛由东块岛、中块岛、西块岛组成，说是岛，更像插在海中央的三块光秃秃的大石头，整个浪岗渔场只有这三块大石头可以靠泊避风。更可怕的是，这里常常会出现一种看似波澜不惊实则力量巨大的"涌"，在你毫无警觉时袭来。因此在清朝中叶之前，浪岗山列岛几乎与世隔绝。

可是这么个险恶之地，却是一个鱼仓。渔谚说："带鱼两头尖，生在海礁沿。要想吃带鱼，还在浪岗面。"带鱼群是由北向南逐批游入舟山渔场的，浪岗山列岛在嵊山岛的南面，带鱼游到这里时，已是冬至前后，这时候带鱼完全养肥了。

渔场不断被开发，浪岗山列岛上开始有渔民迁入。清光绪二年（1876），浪岗山列岛上已有居民三四十户，渔船二十余艘。当然，来这里捕鱼的可不只是这个数。

除了浪岗渔场，另一个比较接近公海的渔场，即中街山渔场，也在这时期揭开了面纱。这个渔场主要的岛屿有四座，分别为青浜岛、黄兴岛、庙子湖岛、东福山岛。周围海水呈青、黄两色，汪洋恣肆，恍惚变幻。渔场内，主产乌贼、带鱼、小黄鱼、鳓鱼，尤以盛产乌贼著名。乌贼向北洄游产卵，必经这一带。此处海藻丛生，浮游生物丰富，成为当时舟山渔场乌贼繁殖之中心。

近海渔业兴旺时，中街山列岛上，渔户捕捞方式比较多样化，原因是：中街山列岛定居者，最早为来自宁波鄞县和舟山秀山岛、葫芦岛的渔户。浙南温州、台州渔民则是先候乌式捕捞，乌贼汛时前来，乌贼汛后离开。后来，其中的一部分人落户岛上。就捕捞乌贼而言，迁居最早的人家用网捕，后来者则为笼捕，他们把不同的捕法都带上了岛。

清末舟山渔场的神奇一笔，是张謇创办江浙渔业公司。这家民族企业购入德国人造的蒸汽机拖网渔轮，在嵊山岛附近到花鸟岛附近洋面捕捞小黄鱼、大黄鱼、乌贼、带鱼，从此舟山渔场四大渔产汛期开始被开发。令后人诧异的是，这艘渔轮上还配置快炮一门、后膛枪十支、快刀十把。可见它还具有护渔、缉盗的职责。清光绪三十年（1904）春汛，这艘主桅上高悬大清双龙国旗的"福海号"渔轮第一次出现在嵊山渔场，从无数条小木帆船旁驶过，似乎在预示一个渔业新时代将要到来。只是这预兆来得实在太早，那"突突"吼叫的钢铁怪物，要等七十多年后才成为渔民的主要生产工具。

尽管引进的铁壳渔轮在当时只有极少数，但清末舟山自身的造船技术，确实攀上了一个高峰。2012年，岱山一家文化公司曾制作清末"方尾股大船"的仿真模型船，这船模一下勾起了当地八旬老人孙高慰的回忆："八十米长，十六七米宽，甲板上可摆上十八桌酒席！桅杆要四个人合抱！"他爷爷辈驾驶的正是这种典型的舟山鸟船——中国"四大古船"之一。可打造这种鸟船的传统手艺，已在岁月蹉跎中失传了。当时这家文化公司寻访了数十位造船行家，查阅了不计其数的历史文献，才最终"复活"了舟山鸟船制作技艺。

正因为有了这种等级的渔船，舟山渔场才得以往靠近公海处拓展。

舟山渔场基本形成时，有一首《舟山渔场蛮蛮长》的渔歌道出了它有多大：

> 南洋到北洋，
>
> 舟山渔场蛮蛮长：
>
> 三门湾口猫头洋，
>
> 石浦对出大目洋，
>
> 六横虾峙桃花港，
>
> 洋鞍渔场在东向，
>
> 普陀门前莲花洋，
>
> 转过普陀是黄大洋，
>
> 黄大洋东首是中街，
>
> 黄大洋北边岱衢港，
>
> 穿过衢港黄泽洋，
>
> 马目靠着灰鳖洋，

玉盘山下玉盘洋，

枸杞壁下站两厢，

嵊山渔场夹中央，

花鸟以北大戢洋，

再往北上佘山洋，

穿过佘山上吕泗，

已经不属舟山洋。

　　在一望无际的大海上，区域分界线比陆地上的要模糊。没有导航定位仪的年代，渔船驶到了什么位置，只能由渔老大根据经验来判断。这首渔歌所讲的，是历史上按捕捞习惯自然形成的舟山渔场，包括"南洋"和"北洋"。

　　渔歌中所说的猫头渔场和大目渔场在象山海域，它是舟山渔民眼里的"南洋"，历史上也属于舟山渔场。清道光年间（1821—1850），舟山渔民开始在这两个渔场捕捞大黄鱼。20世纪50年代末，国家划定了舟山渔场的海域范围，为北纬29°30′～31°00′，东经121°30′～125°00′。这片海域共有约五万三千平方千米，大致相当于如今半个浙江省的面积。在这次划定中，由于象山县已被划出舟山而隶属台州，所以猫头渔场和大目渔场也从舟山渔场范围内被划了出去，但舟山气象台仍天天播放这两个渔场的风力预报，直至现在。

　　除此之外，渔歌里所说的，都是舟山的传统渔场和区域性渔场：

"六横虾峙桃花港，洋鞍渔场在东向"中的洋鞍渔场以外洋鞍岛为中心，主产鱼类有带鱼、小黄鱼、鲐鲹鱼。

"普陀门前莲花洋，转过普陀是黄大洋"提及的黄大渔场位于长涂山岛海域与舟山本岛海域之间，主要海产品有鲳鱼、鳓鱼、墨鱼。

"黄大洋东首是中街，黄大洋北边岱衢港"写的是以青滨岛、黄兴岛、庙子湖岛和东福山岛等属于中街山列岛的岛屿为捕捞基地的中街山渔场。那里主产乌贼、带鱼、小黄鱼、鳓鱼，尤以盛产乌贼闻名。岱衢渔场有"前门一港金"之说，意思是岱山岛附近海域盛产大黄鱼。此外，该渔场还出产鲳鱼、鳓鱼、海蜇等。

"穿过衢港黄泽洋，马目靠着灰鳖洋"提及黄泽渔场和灰鳖渔场。"前门一港金"的下半句"后门一港银"，讲的便是黄泽渔场盛产如银盘般闪亮的鲳鱼。除了鲳鱼，该地也出产大黄鱼。灰鳖渔场也称金塘渔场，以盛产鮸鱼闻名，在此也能捕到鲳鱼、鳓鱼、马鲛鱼和海蜇。

"枸杞壁下站两厢，嵊山渔场夹中央"中的枸杞即枸杞岛，壁下即壁下岛，而两岛之间有嵊山渔场。对于舟山渔场的四大传统鱼汛（春季大、小黄鱼鱼汛，夏季并行的大黄鱼鱼汛和乌贼汛，冬季带鱼鱼汛）而言，嵊山渔场都是主要渔场。尤其是在带鱼鱼汛时，在历史上很长一段时间内有十万渔民下嵊山的盛况。

　　"花鸟以北大戬洋"中的大戬洋是古洋山黄鱼渔场的一部分。20世纪初至五六十年代，大戬洋海域仍是舟山渔民大黄鱼捕捞的重要作业区。

　　其实还有一些渔场没有写入《舟山渔场蛮蛮长》这首渔歌：

　　古老的洋山渔场有大洋山岛、小洋山岛、滩浒山岛、玉盘山岛、斗牛山岛等岛屿，系出产大黄鱼之"渊薮"，史书上有阖间十年（前505）在此捕捞大黄鱼的记录（南宋《吴郡志》）。直到明、清时，洋山渔场仍为大黄鱼主要出产地之一。

　　这首渔歌流行时，浪岗渔场还不是各地渔民的主要捕捞地。20世纪60年代初期，在舟山渔场有另一首渔歌《海螺声声震天响》广为传唱，其中出现的"十万渔民上战场……浪岗是大显身手的好渔场……带鱼会发'交交关'（很多）"的歌词，才从侧面印证浪岗渔场作为主要捕捞地的地位。

　　还有大猫渔场和横水渔场。前者在舟山岛与册子岛、金塘岛与宁波大樹岛和大猫岛相环绕的海域内，出产鰣鱼、梅童鱼、鲳鱼和虾，因不出产当时舟山渔场的四大渔产（大黄鱼、小黄鱼、带鱼和乌贼），所以只有附近长白岛和舟山本岛渔民在此捕捞。它也就没能出现在《舟山渔场蛮蛮长》里。位于金塘岛与舟山本岛之间的横水渔场，以盛产海蜇而闻名，歌谣中未提及也是同样原因。

　　处于盘峙岛、长峙岛和小干岛、蚂蚁岛、桃花岛与宁波白峰之间的崎头洋，曾出产大黄鱼。20世纪50年代，崎头渔场大黄鱼逐渐外移到韭山列岛一带海域，所以也没出现在这首渔歌中。

舟山渔场外，毗邻渔场众多。除了渔歌最后所说的佘山渔场、吕泗渔场，还有舟外渔场、长江口渔场、江外渔场等。舟山渔民常常把这些渔场也算进舟山渔场。

如此浩大的中国最大渔场，要说有一天会形不成鱼汛，实在很难让人相信。

第二章　大黄鱼悲歌

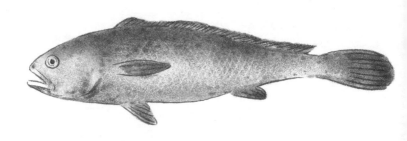

01

一个多么庞大的鱼族

　　那年，岱衢族大黄鱼濒临灭绝已约莫有二十年。洋山镇钥匙村的一对拖网船赴外海渔场捕鱼。出海第八天，船上渔民在起网机拉起的渔网里，发现了一条大黄鱼，阳光下它浑身闪耀着金光。他们欢叫起来：

　　"快看，快看，大黄鱼！"

　　拉网上船，将一网袋鱼铺在甲板上，里面却只有一条大黄鱼。捧起鱼来掂掂重量，估摸四五斤。

　　野生大黄鱼从出生至长到两斤重，需两三年时间。但长到两斤以后，它的生长速度会变得非常缓慢，平均一年都长不了半斤肉。照此推算，这条大黄鱼，起码在海洋里生存了六年。

　　那天渔船回港，渔老大说，他很希望再捕到几条。年轻时一网能捞上来几十担几百担的大黄鱼，现在一网只捕到一条，想想都觉得好笑。

不过他还是很庆幸，因为这条大黄鱼卖了五百多元。

这事发生在2002年。

过了十三年，2015年时，央视财经频道《消费主张》和《第一时间》栏目，联合探访舟山"四大名鲜"。

带鱼、小黄鱼、乌贼都找到了，就是找不到野生大黄鱼。节目组记者四处探寻，终于在沈家门东河菜场找到一条野生大黄鱼，一问价格，要六千元。央视记者没想到会这么贵，当场傻了眼。

摊主报完价，也傻眼了：呀，价格叫低了，但不好意思转眼就改口。

岱衢族野生大黄鱼，若条重超过一斤，当时价格为每斤两千元左右。条重越大，每斤的价格越高。

摊主卖给央视记者的，是一条三斤多重的大黄鱼，只卖六千元，确实是卖亏了。事后，摊主连连摇头说："哪有买条鱼，还背着摄像机拍摄的！我是被那摄像机吓傻的。"

又过了五年，到了2020年底，宁波奉化的两组双拖渔船，在东海一五九海区，捕获了七百多公斤野生大黄鱼，价值近百万元。

这不啻为一则爆炸性新闻，央视财经频道和农业农村频道先后报道。

有人说，浩渺东海又现大黄鱼的踪迹，而且大黄鱼在不断繁衍，量变必然导致质变，大黄鱼从零星游弋到成群结队，应该是迟早的事。

这话大体上说得没错，只是缺少一个时间轴：究竟什么时候能够产生质变？"迟早"究竟是多少年？

其实，小批量大黄鱼的偶尔出现和真正形成鱼汛之间的距离实在太遥远了。之前十多年中，这样的"偶发事件"，几乎隔几年就发生一次。

2005年3月，桃花岛，四艘渔船，捕获约二点五吨。

2012年8月，又是桃花岛，八艘渔船，捕获近十吨。

…………

至于捕到几条或者几十条大黄鱼的次数，那就更多了。

这些小批量捕获事件有个共同特点，就是只有一网，再下网就没有了。

2016年，因为接连几次捕捞到一两百斤大黄鱼，有媒体甚至声称"今年起野生大黄鱼成规模上演王者归来"，但最后证明这只是一个美好愿望而已。

2020年是东海伏季休渔的第二十六个年头，而大黄鱼鱼苗大规模增殖放流也已持续约二十一年。

1999年，首次大黄鱼增殖放流——在过去大黄鱼盛产地黄大洋，投放五至六厘米规格的鱼苗，共约六万尾。翌年，在该海域继续投放同规格鱼苗，共约三十二万尾，以及五十克左右的大黄鱼鱼苗，共约两千尾。

2004年，放流量首次达到百万尾。这年7月20日上午，三艘放流船驶到岱衢洋，将一尾尾肚皮黄灿灿、背部淡褐色、体长七厘米左右、活蹦乱跳的岱衢族大黄鱼鱼苗投放。它们欢快地游向茫茫大海。

2005年7月4日，再次在岱衢洋放流百万尾大黄鱼鱼苗。

2008年，放流量继续增加，在岱衢洋、朱家尖附近海域放流野生大黄鱼鱼苗二百八十多万尾。

2010年，放流量增加到了三百二十多万尾。

2014年，放流海域扩大到了普陀滨海广场附近海域、莲花洋和六横海域，共放流大黄鱼鱼苗也有约三百二十万尾。

尽管在这么多年里，持续放流这么多大黄鱼鱼苗，但在舟山市海洋与渔业局的统计报表上，2013年至2015年，大黄鱼捕获量却为一个个扎眼的零。

2016年，终于，报表上出现了大黄鱼，共有约十五吨的捕获量。这个数字，相比1974年舟山大黄鱼捕获量十三万三千吨，仅为约万分之一，但舟山人仍欢喜得犹如盼得久别的亲人回乡。

2017年的大黄鱼鱼苗放流量，更是达到了史无前例的一千万尾，这些鱼苗都被投放到了莲花洋海域。

2020年，放流量增加到了一千五百万尾。

放流仅是舟山渔场修复工程的一部分，大黄鱼鱼种也仅是众多放流鱼种中的一种。人们几乎穷尽一切办法，甚至把三百多艘船舱里填满钢筋混凝土的淘汰渔船沉到海底，给大黄鱼一个用于栖息的人工鱼礁。但大黄鱼成群结队，浩浩荡荡游弋在东海洋面的壮观景象，却依然只存在于人们的记忆中。

20世纪50年代初，舟山渔场开始流行一首新渔歌，是用杨柳青调唱的，歌词唱道：

舟山是个好渔场，

渔业出产最丰富。

　　杨呀杨柳青呀。

春季里，

小黄鱼；

南北洋，

都有㧟。

　　嗳嗳嗳嗳哟。

黄鱼咕咕叫。

夏季旺汛大黄鱼，

千里渔场都有鱼。

　　杨呀杨柳青呀。

有鲳鱼，

有墨鱼；

鳓鱼长，

鰳鱼亮。

　　　嗳嗳嗳嗳哟。

马鲛鱼晒鲞。

秋汛又名桂花鱼，

海蜇加工运内地。

　　　杨呀杨柳青呀。

晒虾米，

捯大蟹；

蟹黄饼，

香又鲜。

　　　嗳嗳嗳嗳哟。

遍地是黄金。

冬汛带鱼阔又亮，

千担万担运城市。

　　　杨呀杨柳青呀。

还有那，

大鳗鱼；

脂肪多，

营养好。

　　　嗳嗳嗳嗳哟。

鱼货价格好。

沿岛泥涂几万亩，

产量高来花色多。

　杨呀杨柳青呀。

嫩蛏子，

大香螺；

都能做，

罐头货。

　嗳嗳嗳嗳哟。

…………

渔民说，如果还想听，他还能唱下去，唱上一夜都没问题。

中国小说有四大名著，京剧有四大名旦，舟山渔场也有四大名产——大黄鱼、小黄鱼、带鱼、乌贼。做这样的类比一点也不过分，这四大渔产，支撑了舟山渔场自20世纪50年代开始的二十多年的繁荣。

之后，如串珠的链子突然崩断，四大渔产的产量在短短几年内滑入深渊，最后都难以形成鱼汛，最惨的是大黄鱼，几乎是整个鱼族濒临灭绝。

人有时会非常短视，不要说百年以后会怎样看不清，就是二十年以后会怎样也看不清。

1955年5月的一天，正是农历四月初水大黄鱼汛期。黄鱼最佳捕捞期为农历月初和月半的大潮汛。月初时的大潮汛捕捞期被称为初水，月半时的称为半水。

当时在猫头渔场，成千上万条渔船正在紧张捕捞，微波中不时腾跃起一条条金光闪闪的大黄鱼。渔民们赤膊上阵，一次又一次拉起沉重的渔网。当舟山渔场101号指导船慢慢地从渔场中心驶过时，便有了这样的对话：

"老大，这网打了多少？"

"七——百——多——斤！"老大拉长了声调高声回答。海洋上，两船遥遥相对，渔民们习惯这样喊话。随即，指导船上轰起欢腾的喊声：

"加——油——啊——老大！"

——这是当年亲历其境的一名渔老大在接受我采访时蜷缩在被窝里说的。他从渔船上的一个"伙浆团"（在船上负责烧饭的人）闯成了渔老大，再后来无鱼可捕，困守孤岛。他说起那热火朝天的大黄鱼丰收场景时，浑浊的眼珠突然变清亮了。他伸出手，颤抖着指向窗口。窗外的那片海域，在20世纪五六十年代也是渔场，如今却是门可罗雀，不见一艘渔船。

"那时候，船上带着鞭炮，捕到大网头，就要'噼噼啪啪'放鞭炮。那时候鱼真多呀！为了多载点鱼，把船上的压舱石都扔掉了。"

他记忆中的渔场景象，是这样的：

千千万万担大黄鱼被从码头挑到加工厂，挑到附近的加工户，无论是海滩上，还是堤岸上，到处堆满了大黄鱼，密密匝匝。人们日夜不停地剖鲞腌鱼，海防部队的解放军战士和附近几个乡的农民都赶来帮忙。夜里，从港口到海滩，灯火整夜亮着，嘈杂声彻夜不休。码头上停满了渔船和冰鲜船，卸鱼的卸鱼，过鲜的过鲜……

1955年5月，舟山鱼粉厂投产，大黄鱼被运进了鱼粉厂，用蒸干机蒸干，放进榨油机里榨出鱼肉中的脂肪，最后用磨粉机磨成鱼粉。

我从当年鱼粉厂资料中看到，投产当月，有四万多担大黄鱼和小黄鱼，从渔场被直接拉来制作鱼粉。一开始，我以为这是为支持鱼粉厂开工特意安排的，毕竟鱼粉大多被当作饲料，一般是用鱼肉下脚料和小鱼小虾制作而成的。但更多资料表明，这座鱼粉厂的主要原料，就是大黄鱼和小黄鱼。投产第二个月，螺门渔业社有约四十万公斤大黄鱼来不及剖鲞，全都被送进了鱼粉厂。

更令人诧异的是，蚂蚁岛渔业社与鱼粉厂订立合同，约定当年捕捞的九万多担海货，除社员自留部分，以及制成虾仁、螟蝻鲞（墨鱼鲞）、大杂鱼的之外，其余七万二千八百三十五担海鱼，全部供应给了舟山鱼粉厂。

以上这些，完全颠覆了现在我们对鱼粉厂的认知。

舟山鱼粉厂投产第二个月，约二百吨鱼粉被发往上海。这些鱼粉的蛋白质含量，竟在65%以上。鱼粉一直是作为饲料使用的。这标准，赶得上如今价格昂贵的营养品蛋白粉了。

20世纪50年代中期，舟山开始对大黄鱼进行大规模捕捞。

但那时候没有冷库，速冻技术更没研发出来，鲜鱼供应市场除了本地，只有上海、宁波等几个渔运船能直达的城市，大黄鱼鲜货处理成了令人头痛的问题。

在鱼粉厂投产前，大黄鱼除小部分鲜销外，大部分只能用来晒鲞。

一旦渔船回港，加工厂和加工户就收集所有能够找到的大桶、小桶，甚至水缸、舢板，都用来腌鱼。鱼如果还是腌不完，那只得将剩下的扔掉。腌制的鲞，逢雨雪天气，晒不出去，也会腐掉。腐掉的鲞也只能扔掉。在这样的情况下，鱼粉厂投产无疑是一道福音。

我找到了一份1955年农历四月半水时，舟山供销部门制订的大黄鱼处理计划。

当时，有四千多个生产单位（根据不同捕捞方式，一艘渔船或一对渔船为一个生产单位），投入四月半水大黄鱼捕捞。这一水，"南北洋"产量是三十五万六千一百十一担。处理办法是：

> 运鲜五万八千八百担，
> 加工七万九千九百担，
> 供应鱼粉厂六万五千担，
> 市场本销六千三百担。

"运鲜"是指运往舟山以外的市场销售,"市场本销"是指在舟山本地销售,两者相加只占两成不到;收购后由地方国营加工厂进行加工(主要是晒鲞)的,占了两成多;收购后送进鱼粉厂的占了近两成。

照此计算,仍有十四万六千一百一十一担,即四成多的大黄鱼,需要渔民自行处理,当时的处理办法只有一个:晒鲞。

看了这份方案,我完全明白了为什么渔民会把新鲜大黄鱼低价卖给鱼粉厂,还要敲锣打鼓送去感谢信。这是鱼粉厂计划外收购呀!

"贵若黄金的大黄鱼,当年竟然被当作鱼粉原料贱卖?地位如此不堪?"若干年前,在渔区听一位老渔民讲大黄鱼往事时,旁边一位年轻人难以置信地问道。

其实放在那个年代,也算不得贱卖。

从鱼粉厂档案中看到,那时制作的鱼粉,第一批运往上海,出口到当时的捷克斯洛伐克,后来几批,也出口到当时已与中国建交的各个民主国家,以及刚刚与中国达成互派代办协议的英国。

这一年,舟山鱼粉厂生产的鱼粉,出口后从外国换得汽车八十辆、拖拉机六十三辆、五千纱锭的纺织厂一座。当然,这些属于国家,因为鱼粉已卖给国家。

从1955年夏汛起,加工大黄鱼时要"条条取胶,努力挖肝"。要求提出后捕捞上来的第一水大黄鱼,被挖取了两千多担鱼胶、一千多担鱼肝。这些鱼胶、鱼肝，经浙江省供销社舟山办事处与中央人民政府第二机械工业部订立合同，由该部收购后运往工厂。

在新中国经济的困难时期，舟山大黄鱼为国家做出了重大贡献。由无数渔妇挖出来的鱼肝，被送到工厂制成鱼肝油，这在如今仍属于增值生产。有"海洋人参"美称的鱼胶，当时被用作胶汁原料，制成的胶汁是用来给薄型木板和丝织品上胶的，现在看来是有点暴殄天物，但在进口受阻，工业原料极端短缺的当时，确实是解了燃眉之急，不算浪费。

1956年，仅岱山一地，就销售了十三万四千七百斤鱼胶，那得用多少鱼鳔晒成？得从多少条大黄鱼肚皮里挖出鱼鳔来？

大黄鱼是我国独有鱼类，世界上其他国家都没有。它属暖水性近岸洄游性鱼类，喜欢暖流，怕寒冷，会越冬洄游，贪吃桡足类、小鱼、小虾。

舟山大黄鱼平时分散在水深四十至八十米的外海。每年春末夏初，海水回暖，它就由东南向西北浅海方向洄游，到浅海内湾水深八至二十六米，底质多泥沙或软泥，海水比较浑浊处产卵。产卵时，雌鱼上浮到海水中层，雄鱼在后射精。产卵后的大黄鱼又游回外海。所以，每年4、5月份，舟山渔场就有大黄鱼汛。

夏汛后期的大黄鱼鱼群中，有一部分鱼或因生殖腺未完全成熟，或因迟迟未赶到产卵场，或因外界环境突然恶化，如发生风暴、臭潮、水温骤升、盐度剧降等情况，产卵射精还未全部结束就分散到渔场周围的岛屿、礁石、深沟附近索食栖息。到了中秋前后，这部分大黄鱼的生殖腺已十分成熟，它们到了非产卵不可的时候，且水温、盐度又变得适合大黄鱼产卵，再加上正值浙江北部沿海海潮最急之际，大黄鱼有了产卵射精所需要的外界刺激。这时渔民可凭借潮力将十分活跃的大黄鱼捕入网内。于是，舟山渔场就有了农历八月桂花开时的"桂花黄鱼汛"。

桂花黄鱼汛也是舟山渔场的一个大鱼汛。八月金桂飘香，渔场里各种鱼四离五散，难得有这么一个鱼群密集的大黄鱼鱼汛。错过桂花汛，这一年大黄鱼就不能再捕了。入冬以后，水温下降，大黄鱼移居到东南深海区。那时候，过冬大黄鱼是不捕的，而且想捕也捕不到，因为渔船到不了大黄鱼过冬场。

舟山渔场成为大黄鱼的产卵地，是大黄鱼家族在数千年生存中，经过无数次选择，形成的一种"遗传记忆"。如果不是因为后来整个大黄鱼鱼族濒临灭绝，这种记忆是不会消失的。现在培育的大黄鱼鱼苗是否还有这种"遗传记忆"，那就不知道了。

在岱衢港，我曾问当年一位高产的渔老大为什么舟山渔场会成为大黄鱼产卵地。他说跟"潮隔"有关。"潮隔"就是相向流动的寒流和暖流之间形成的狭长交汇海区，海区内会产生水流上升运动，海底营养物质跟着上升，促使浮游生物繁殖生长，吸引鱼类群集索食。而舟山渔场就是台湾暖流和沿岸寒流交汇之所。他说，大黄鱼在舟山渔场聚集繁殖时，生理上发生很大变化，被潮流刺激浮到海水中上层，吸引异性同伴，结成群体进行繁殖，这时候它们会发出叫声：雌鱼的叫声较为低沉，雄鱼的叫声较为高亢。叫声并不是从口腔里发出来的，而是来自大黄鱼的鳔与肌肉，这些身体部位在湍急潮流中发生振动，从而产生"咯咯咯"的声音。大黄鱼叫得越响，雌鱼与雄鱼越容易贴在一起。

在老渔民叙述时，我的眼中出现了这样一个海底情景：

一千三百多个岛屿连同海水成了大黄鱼的庇护所。由于潮流的关系，岛的周围形成涡流和激流，海水浑浊，波涛日夜冲击，扬起海底沉积的养分，大量浮游生物集聚，大黄鱼经过漫长的洄游，鱼卵、鱼精充满了鱼腹，雌鱼、雄鱼都非常兴奋和活跃，急于进行繁殖。于是，大黄鱼繁殖时，由东南向西北浅海方向洄游，大水潮时上浮，小水潮时沉潜到海水下层，经过猫头洋、大目洋、岱衢洋、马迹洋，一路洄游一路繁殖。

大黄鱼的洄游有一条长长的路线，这条路线造就了舟山渔场，也导致各种各样作业方式的出现。20世纪50年代中期，已有大捕、独捞、背舢板、小对、小钓等作业方式，所使用的网具已有大捕网、单式围网、裤脚网、拖网等。捕捞时，自南至北，各地渔船跟随大黄鱼产卵和索食洄游行程，用各种捕捞方式、各种网具，一路追踪捕捞。有时出现"南洋""北洋"大黄鱼鱼汛齐发，"花水""正水""煞水"交替，那就要分兵作战，各个击破了。

就算是这样强度的捕捞，那时大黄鱼资源依然呈现取之不尽之态，鱼族壮大似乎毫无疲态。舟山两个大黄鱼汛期产量，占全年渔业总产量的四成左右。这说明，岱衢族大黄鱼是一个群体多么庞大、生命力多么旺盛的鱼族啊！

这样的一个鱼族，究竟是因为什么，在短短二十多年后，忽然消失得几乎无影无踪？

02

被谁祸害了

我曾相信，对舟山渔场大黄鱼资源而言，敲罟作业是一次致命打击，但随着对20世纪五六十年代舟山渔场渔业状况的深入调查，我对这种曾经被说得有模有样的观点产生了一些怀疑。

一位曾亲历其境的老渔民，向我详细描述过敲罟这种现在已经很少有人说得清楚的作业方式：

捕鱼时，由一两艘十到十五吨位的大渔船，携带二三十艘二至二点五吨位的小渔船，组成一个一百五十人左右的生产单位（俗称"一艚"），让小船上的人不停地敲击黄檀木板或者竹筒，发出"嘣嘣"的响声。由于头部长有两块耳石，大黄鱼遇刺激性声音便会翻浮到海面上，或朝没有声音发出的渔网方向游去，结果便被驱赶集结到包围圈内"一网打尽"。

在舟山渔区调查时，不少老渔民质疑敲罟致使舟山岱衢族大黄鱼资源遭受重大损害这种说法。他们认为，舟山渔民从来都没有施行过敲罟这种作业方式。

"那是广东潮汕渔村的作业方式，后来温州渔民学去，在猫头洋敲过几次，但马上被阻止了。舟山渔民一开始就反对敲罟，为此两帮渔民还在渔场打过架。"一位老渔民非常不忿地说。

对于田野调查中的各种说法，最终还得靠历史资料来辨识真伪。最终，我找到了一份1957年留下来的关于舟山敲罟作业的会议纪要并进行了整理，基本内容如下：

5月24日下午到25日上午，中共浙江省委农村工作部工作组在岱山县东沙镇舟山专区渔场指挥部召开了一个座谈会，邀请在岱衢洋工作的舟山、宁波两专区渔业干部，上海水产学院和福建省厦门市私立集美水产航海学校的教师及广东渔业参观团人员共二十多人参加座谈，讨论敲罟渔业问题。

会上，广东省渔业参观团柏雄伟同志最先发言，他说："广东全省共有五十多艚从事敲罟作业，但在粤西，这种作业到1956年就消失了，原因是年产量直线下降。据粤东汕头调查，从1954年以后，单位产量也逐渐下降，渔获中大黄鱼的比例从70%下降到30%，而虎鱼和一些小鱼数量却增多了。当敲罟船转移到碣州渔场去敲大黄鱼的时候，碙州渔民坚决反对，双方发生纠纷，碙州渔民将敲罟渔民称为'渔霸'。据说，碙州地方渔民很早就认为敲罟作业损害资源，曾立碑禁止。渔民敲罟作业问题经常引起广东渔民之间的争吵，还引起地区之间干部冲突，'官司'一直打到省委。"他表示：敲罟渔业影响钓鱼、拖网等作业方式的生产，相关方矛盾很大；广东过去有很多"鰔鱼"，现在鱼群被敲罟作业敲散，渔民捕不到这种鱼了。

福建省厦门市私立集美水产航海学校教师叶航民接着说："福建省的敲罟渔业是我提议发展起来的。过去我主张发展，今天我主张制止。1952年我与福建省水产局的同志一起去东山岛调查渔情，发觉当时渔民不能去生产，生活很困苦。我回忆二十年前曾在广东省汕头调查敲罟作业，认为东山也可发展敲罟，来解决渔民吃饭问题。于是就写了一个报告给省水产局，1954年在省水产局支持下，开始试验这种作业方式，1955年就在福建省发展起来。敲罟作业虽然产量高，成本也低，可以利用半劳力，但缺点很明显：首先是扰乱渔场，打散鱼群，导致其他鱼也捕不到了；同时，它的渔获中幼鱼占67%，这样滥捕，严重损害资源，发展下去，势必摧毁渔场，使大、小黄鱼有绝种的危险。所以广东渔民就叫敲罟为'自杀渔'或'麻风渔'。有人说'有水就有鱼'，这句话不合理，我们一定要保护资源。我们不能只顾今天吃饱饭，而不顾今后有没有饭吃。另外，敲罟捕的鱼，质量也不好，营养价值偏低。"同时，他还建议水产部召开三省会议采取联合措施制止敲罟作业。

上海水产学院李星颉教授表示同意叶航民先生的意见，他说："敲罟作业究竟是先进或落后，我认为不能光从渔获量来看，从损害资源上来看是落后的。世界各国对渔业资源都很注意繁殖保护，苏联为什么不用电器捕鱼，原因就在这里。中国几千年来也有'竭泽而渔'的说法。所以我们不能光看眼前利益，不顾长远利益。"

宁波专区渔场指挥部信明武、蒋南山说："今年宁波渔民在猫头洋的捕捞量只占去年十分之一，渔民普遍反映：鱼被温州敲罟作业敲掉了。而温岭县敲罟的渔民到健跳卖的鱼，大黄鱼幼鱼占一半以上。敲罟的确是严重损害水产资源。"他们还列举事实说明发展敲罟作业会加深渔民内部矛盾，不但影响温州与舟山、宁波等地渔民团结，而且也影响温州渔民内部的团结。他们还说："今年大陈洋大黄鱼空前丰收，猫头洋则空前减产，这绝不是偶然的。"

舟山渔场指挥部李克昌和王尊贤相继发言，他们也认为，敲罟作业严重损伤鱼苗、破坏渔场，是"杀鸡取破蛋"，渔民将它叫作"吃子孙饭"。王尊贤主张坚决制止发展敲罟作业，并按七次渔区会议规定，外区敲罟作业不能到舟山渔场来生产，他认为在处理这个问题上不能采取改良主义的办法。

上海水产学院助教王尧耕表示，现在对敲罟作业不能全盘否定，但当前不能再发展下去。李星颉教授不同意他的说法，说："现在可以肯定敲罟渔业是落后的，害多利少，不能顾惜，不能拖尾巴。"

从这份会议纪要可以看出，敲罟作业确实在舟山渔场出现过，但持续时间很短。敲罟作业于1957年被叫停——"外区敲罟作业不能到舟山渔场来生产"，这比国务院下达《关于禁止敲罟的命令》早了好几年。尽管短期的敲罟作业也给大黄鱼资源带来了危害，比如1957年宁波渔民在猫头洋的大黄鱼产量只有1956年的十分之一，但由于当时全国各省（区、市）渔船的主要大黄鱼捕捞地都是舟山渔场，因此对于大黄鱼来说，敲罟作业舟山禁约等于全国禁，短期的敲罟作业还不至于给岱衢族大黄鱼带来毁灭性打击。换句话说，岱衢族大黄鱼濒临灭绝的主要原因，并非舟山渔场历史上昙花一现的敲罟作业。

这并不是替敲罟作业开脱，不管是不是负主责，敲罟作业都有问题。但是，不该由它负责的却让它一肩扛起，实际上是在掩护真正的责任者。

石首鱼科是个庞大的体系，大黄鱼、小黄鱼、黄姑鱼、梅童鱼、鮸鱼、黄唇鱼、毛鲿鱼，头颅里面都有一对耳石，舟山渔民称它们为"黄鱼七兄弟"。

"黄鱼七兄弟"中，大黄鱼无疑是老大，从1955年开始的一系列技术革新、网具改良、渔船机械化乃至渔业体制变革，几乎都围绕着捕捞更多的大黄鱼这一目标来进行。到大黄鱼濒临灭绝之前，其实有个"温水煮青蛙"的过程。

在叙述这一过程前，不妨先来看看除大黄鱼外其余"六兄弟"的遭遇。

"六兄弟"中，梅童鱼、黄姑鱼可以忽略不计，它们是价格低廉的杂鱼，一直没被当作主捕对象。

一说小黄鱼。

小黄鱼主要产于我国东海南部、黄海和渤海；在朝鲜半岛西海岸也有分布。在我国，黄海、渤海产量最大，东海产量居第二位。每年春天，南风吹来、天气回暖的时候，小黄鱼就成群结队从南向北游来，经过渔山列岛，韭山列岛，里、外洋鞍岛，东福山岛，海礁岛，佘山岛附近洋面，直到吕泗洋。

小黄鱼捕捞最早可追溯到宋代，宋代渔场在里、外洋鞍岛周边海域。清代同治、光绪年间（1862—1908），渔场扩大到北至嵊山岛、南至渔山列岛一带海域。民国六年（1917）佘山渔场得以开发。1950年至1955年，舟山渔民仍主要在洋鞍、佘山渔场作业，年产量一万吨左右。从洄游路线看，这时期的捕捞属于"定点伏击"。小黄鱼一路游来，游到洋鞍、佘山渔场的时候，一部分"队伍"被截住，另一部分则逃脱了。

可到了1956年，情况就不同了，那年船队开始南下大陈渔场。惊蛰至春分，是大陈渔场的小黄鱼旺汛，比舟山渔场的旺汛早一水。舟山渔民为比往年提前半个月时间捕捞小黄鱼，组织船队南下大陈渔场。1958年，南下渔船达一千五百条，并提出"人随船走，船随鱼走，边走边捕"，也就是，开始一路追踪鱼群一路捕捞：从春分到清明，小黄鱼渔场从大陈渔场转移到渔山列岛，韭山列岛，里、外洋鞍岛、东福山岛、浪岗山列岛一带海域。清明以后，渔场又转移到了海礁岛、花鸟岛、佘山岛、吕泗洋一带海域。从此，小黄鱼捕捞就遍地开花了。

吕泗洋是东海小黄鱼鱼群洄游路线上的最后一个产卵场，它在江苏省北部沿海，面积达一万余平方千米。这个渔场中沙洲特别多，东西排列，沙洲之间有深浅不一的沟壑。一路游来的小黄鱼在这里产卵后，便向东南外海散去。

吕泗洋小黄鱼汛通常是三个汛期，清明汛、谷雨汛和立夏汛，其中以谷雨汛为旺汛期。以前舟山渔民是不去吕泗洋捕小黄鱼的。1955年春，两对机动船试捕成功。1956年春，舟山渔民就首次大规模北上，出动渔船达千余对。

"合作化"了的舟山渔民，将吕泗渔场作为新渔具的试捕地。各个合作社带去的新渔具，有"两截舢板"、"短舵"、"棉纱网"、"一千四百二十眼大网"、"背舢板"（二帆式大捕船背两只小舢板）、"背子"（一只大船背两只小舢板），形形色色，各式各样。新渔具加上新渔场，让渔民们的热情更加高涨。

清明汛时，第一风（鱼汛中的第一波捕捞）就打了一个大胜仗，最大的单位产量有一百三十担，一般的单位产量有八十担到九十担，最小的也有三十担到四十担。衢山有条渔船一网就捕获了四千六百六十斤。捕上来的小黄鱼，条子大，颜色赤，眼睛红，鱼还孕育着满满一肚子鱼子。整个渔场陷入狂热，当时谁也没想到，这最后一个产卵场里的小黄鱼绝不能捕。一位渔业社社长在给后方的信中写道："近日来，吕泗洋上小黄鱼旺发，真像遍地黄金；有的打洋船（能出外洋打鱼的船，以两艘船为一对，船直接放网进行捕捞）已经捕到一千多担鱼。渔民兄弟们喜气冲天，日夜捕捞。在渔场上有一两千对渔船穿梭不绝，白天像是龙舟竞渡，晚上像是龙灯飞舞，好一片丰收景象！"

这种狂热，在1959年吕泗洋大风暴导致渔民伤亡惨重、渔船损失严重的情况下，仍没丝毫减弱。

这一年春汛生产的第一个战役——"南洋"生产，渔民们整整奋战了两个月，但由于海况异常恶劣，渔获量并不大。于是就有了第二个战役——北征捕捞，渔民们提出了"决战吕泗渔场、夺取鲜鱼百万担"的目标，为此还举行了三万渔民北征誓师大会。

4月6日下午，三千余条渔船、三万多名渔民，会集于沈家门渔港。

从外道头到马峙门，长达数千米的港湾里，桅樯林立，渔船密密麻麻，挤得水泄不通。沈家门镇上几个大会场，包括人民大会堂（当时确实就叫人民大会堂）、海滨电影院、群艺越剧场、普一中礼堂、驻军礼堂，都被参加大会的渔民和渔业干部挤得满满当当。大街小巷和整个港湾的喇叭，也都在传送着广播大会的实况。此外，后方渔业干部、社员、妇女，以及浅海养殖渔民、嵊山渔场渔民和供销单位职工，也都收听了广播大会的实况。第二天晚上，北征船队陆续起锚出发，沈家门港里渔火彻夜不灭，机帆船的马达声、汽笛声和木帆船的角螺声此起彼伏，通宵达旦。当地群众敲锣打鼓给渔民送行。

这年云集吕泗洋的，有来自浙江、江苏、福建、辽宁、上海五省市的渔船和冰鲜船共计五千多艘，其中来自舟山的有两千余艘。4月10日前，渔场捷报频传，一网就能打上一二百担小黄鱼，一对船一天能捕到四五十吨鲜鱼。据亲历者描述，当时小黄鱼旺发得令人难以置信，渔船起网时，人踏在网内的浮鱼上不会下沉，竹篙插在鱼堆中不会倒下。

异常的渔情有异常的自然因素相伴。东海上空大气环流正孕育着令人难以捉摸的异常风暴。在不到两天时间里，东海海域高气压突然形成，又与东移中的低气压狭路相逢。两个气团互相作用，以至于狂风伴随着大暴雨，于4月11日中午直扑东海，横扫吕泗洋。

当年气象技术、装备十分落后，海上气象资料奇缺，这起中国气象史上罕见的小范围突发性风暴，打得气象台措手不及。

4月11日中午，吕泗洋洋面风力由六至七级猛增到八至九级，阵风超过十级，强风持续达六个小时以上。狂风助海潮，掀起四五层楼高的惊涛骇浪，死死封锁了各地渔船的避风逃生航线。

舟山渔船无法南回嵊山岛、花鸟岛，只得随风漂向吕泗镇方向，被巨浪推向海滩。极度险境中，大部分渔船采取斩网、斩锚、砍桅、抛弃渔获等应急措施，但那时舟山渔民对吕泗洋还不熟悉，受风浪驱迫，渔船在江苏启东沿海一带搁浅，那里滩硬、水浅、风大、浪高，渔船随风浪颠簸，在坚硬的海滩与海浪间跌撞，船体崩裂、翻沉，甚至解体，大批渔民落水陷入绝境……

这起"吕泗洋海难"，是中华人民共和国成立后舟山发生的最大海难。

海难后，吕泗渔场又传来小黄鱼旺发的消息。舟山渔民继续出征，再赴吕泗洋的渔船有一千多条。但这年吕泗洋小黄鱼产量降至约七千七百吨。鉴于海难中所有机帆船都无损而归，之后渔民在舟山渔场掀起了打造机帆船的高潮。

1960年春，吕泗洋生产重整旗鼓，产量又回升至约二万六千吨。这时候，"北洋"产量已约占春汛产量的三分之二，因为吕泗洋是小黄鱼最终产卵场，鱼群密集。由机帆船和木帆船组成的混合编队，大水张，小水柯，无风张，有风柯，以张为主，张柯结合，终于把小黄鱼族群逼至绝境。只是绝境到来之前，人们依然沉浸在丰收的喜悦中。

1961年后，因过度捕捞，吕泗渔场渔业资源遭到彻底破坏，之后一直未能恢复。1967年后，舟山渔民已不去吕泗渔场捕小黄鱼，因为捕不到了。

小黄鱼是最早退出四大渔产丰收之列的。它的产量下降与后面将要写到的其他鱼类不同，是一降到底，没有任何反复：

1961年至1966年，年均产量一万吨以下；
1968年至1987年，年均产量约一千六百四十吨；
1988年，年产量约三百六十八吨。

开发吕泗渔场，是小黄鱼捕捞发展的顶点，也是其走向衰落的转折点。

产卵场，特别是鱼类一路游来的最后一个产卵场，是不能进行毫无节制的捕捞的。但这教训，当时并没有人吸取，之后其他鱼类也就未能幸免，接二连三地衰落了。

二说黄唇鱼。

"黄鱼七兄弟"中，最让渔民骄傲、最珍贵的其实不是大黄鱼，也不是小黄鱼，而是黄唇鱼。2008年，温州苍南县龙港镇的一位渔民捕到一条约十五公斤重的黄唇鱼，鱼贩子出价五十万元，那位渔民说一百万元才肯卖。黄唇鱼贵就贵在鱼鳔，当时半公斤重的黄唇鱼鱼鳔，市场价高达三十万元，赛过野山参。

一生中难得捕到一条黄唇鱼，这是舟山渔民的说法。

2008年3月4日，普陀六横两位渔民在悬山岛铜锣甩以东近海流网作业时，捕到了一条约九公斤重的黄唇鱼，轰动一时。

因为难得捕到，所以谁也不会去研究如何捕到它，这使得原本就极其稀少的黄唇鱼，反而平安度过了滥捕酷渔期，并未绝迹。

三说毛鲿鱼。

毛鲿鱼的价值，比黄唇鱼逊色不少，鱼鳔市场价每公斤三万至五万元，不过如今有价无市。定海有位刘先生，将一个约九两重的毛鲿鱼鳔在米缸里珍藏三十年，要当作传家宝。普陀一位袁姓渔民，2008年捕获一条雌毛鲿鱼。该鱼长约一点六米，重约七十四公斤。他说："捕了大半辈子鱼，没看见过介大的毛鲿。"

其实这只是他个人的感受。20世纪50年代，舟山渔场有过一段短暂的规模化捕捞毛鲿鱼的历史。

那时候，普陀葫芦岛附近洋面，嵊泗嵊山渔场洋面，都有毛鲿鱼鱼汛。定海的峙中洋，更是富饶的毛鲿鱼渔场，每年农历五月，会有一百多艘渔船来峙中洋捕捞。1956年一则渔业资料记载，大黄鱼鱼汛结束后，长白乡三个渔业社和六个农业社紧接着组织了七十五艘渔船到峙中洋捕捞毛鲿鱼。6月22日，毛鲿鱼开始起叫，23日开始旺发，峙中渔业社的十六艘渔船，在这天晚上捕到了三百七十六条毛鲿鱼。24日晚上，又捕获六百多条。这些毛鲿鱼条重五六十斤，"80%以上都是雌鱼，鱼子很饱满"。

"80%以上都是雌鱼，鱼子很饱满"，当年渔业档案中的这句话，是作为一项成绩来记录的。或许那时人们不知道，毛鲿鱼的稀少，一是因为它的繁殖期相当短暂，二是因为能够产卵的亲鱼必须是重达八十至一百公斤的大鱼。

如此滥捕酷渔，导致峙中洋毛鲿鱼第二年就形不成鱼汛了。可人们并不在意，马上去寻找新的汛地。

1957年一则渔业资料记载，定海云龙渔业社发现一个新的毛鲿鱼渔场，在西码头附近叫灌门的地方，那里潮流湍急，人迹罕至。6月初小水，在晒鲞山（秀山岛临近小岛）附近洋面作业的云龙社四艘渔船，在灌门边听到了毛鲿鱼的叫声，一网就捕获三十多条，第二天更多渔船去那里捕，到6月25日，共捕得一百七十多条毛鲿鱼。

那时之所以到处追捕毛鲿鱼，是因为有个极大诱惑，就是出口。

1958年，舟山水产供销公司与中国食品出口公司、上海鱼品加工厂，签订了一份水产品出口合同。舟山渔场计划当年出口水产品十三万一千六百担，比前一年出口数额增加四倍多，可为国家换回五千四百余吨软钢片。这新增的水产品，主要是黄鱼子和毛鲿鱼。舟山鱼粉厂为生产高蛋白质鱼粉，也十分欢迎渔民投售毛鲿鱼，之前的1955年7月，鱼山渔场毛鲿鱼旺发，七十多只流网船捕获四万二千三百五十多公斤毛鲿鱼，全部投售给了鱼粉厂。

1958年夏末秋初，在定海长白岛附近洋面，毛鲿鱼、鮸鱼、鲳鱼、马鲛鱼和海蜇相继旺发。当年，舟山渔民开展了一场多捕毛鲿鱼，大捕鳓鱼和鮸鱼，兼捕海蜇的"夏汛超规划运动"。以往都是在礁头岛附近洋面捕毛鲿鱼，但这年散洋捕也试捕成功，使捕捞量增五成。甚至连捕鳓鱼的渔船，也兼带一顶毛鲿鱼网，白天捕鳓鱼，晚上捕毛鲿鱼。

毛鲿鱼大规模捕捞的历史，停止在1959年。

这一年6月16日，金塘大鹏山附近海域，毛鲿鱼旺发。金塘公社渔业大队十一艘小流网船，捕到毛鲿鱼四百九十六条，多数是雌鱼。第二天这个大队组织七十一艘渔船围捕，捕获量比头一天猛增六倍。7月，毛鲿鱼群洄游到岱山渔山列岛附近洋面产卵，东沙公社渔山大队组织三十二艘渔船，不再"守株待兔"，一路追捕毛鲿鱼，捕获毛鲿鱼一千五百多条，每条都有二三十公斤重。

短短四五年时间，毛鲿鱼基本被捕光。再有毛鲿鱼的消息，已是1982年——岱山两艘渔船，捕获两条总重一百八十公斤的大毛鲟鱼，一时成为人们奔走相告的喜讯，许多机动船赶去搜捕却一无所获，但中国水产舟山海洋渔业公司（以下简称舟渔公司或舟渔）两艘渔轮赶到，一网捕上三百一十五条毛鲟鱼，最大一条，鱼体长达一点八米，竖起来比人还高。之后又沉寂八年，1990年7月，在灰鳖洋海域捕到毛鲟鱼七条。再沉寂六年，在渔山列岛附近洋面捕获十八条，这次，有媒体报道的标题是《毛鲟鱼"起死回生"》。

这些或许是名贵鱼类毛鲟鱼最后的告别吧。不知是否还有漏网者生活在海底。但愿人们不再去打扰它们，但愿不再听到毛鲟鱼被捕获的消息。

毛鲟鱼的濒临灭绝，其实是二十年后大黄鱼濒临灭绝的序幕。但在1959年，毛鲟鱼形不成鱼汛这一噩耗在舟山渔场没有掀起一丝波澜。

当时一位专家这样分析舟山渔场的鱼类资源：舟山渔场除四大渔产之外，像海蜇、虾、蟹、鲳鱼、鳓鱼、鳗、鲨鱼、青鲇、黄鲇、虎鱼、马鲛鱼、海豚、鮸鱼等海洋动物数量众多，还没有很好地加以挖掘利用。渔场捕捞面积，如以水深一百米以内的海域来计算，还只利用了十分之一。

十分之一，还有十分之九！东海里的鱼无穷无尽，甭说这辈子捕不完，下辈子也捕不完。

这如今看来如同天方夜谭的"专家之言"，当时没人怀疑。

四说鮸鱼。

在舟山渔场，鮸鱼的命运具有另一种标本意义。

鮸鱼在舟山渔场海产品中的地位，大约排在大黄鱼、小黄鱼、带鱼、乌贼、鲳鱼、鳗、马鲛鱼、鳓鱼，马面鲀、虾、蟹、鱿鱼之后。这一排位是我归纳的。前四种鱼，是舟山渔场四大渔产，如今虽地位早已丢失，但人们还是习惯这样称呼它们。中间四种鱼，即鲳鱼、鳗、马鲛鱼、鳓鱼，一直以来都是美誉度靠前的海鱼，但一直以来都属小批量捕获的海产品，从没爬上过舟山渔场主要渔产的位置。最后四种海产品，即马面鲀、虾、蟹和鱿鱼，是四大渔产资源衰退后，先后领一时风骚的主打海产品；它们交替接棒，弥补渔业产量因四大渔产减产的亏空。排在这些鱼之后的，就是鮸鱼了。

说起鮸鱼，几乎每个舟山人都会说一句渔谚：

宁可荒掉廿亩稻，不愿丢掉鮸鱼脑。

鮸鱼脑袋真值廿亩稻吗？没人会去责怪海岛人的夸张，因为鮸鱼头吃起来油滋滋、滑嫩嫩，越嚼越鲜，夸张背后还是有底气的。若论舟山渔场现有鱼类中哪种鱼的鱼头最好吃，那当数鮸鱼头了。但鮸鱼所有身体部位中最值钱的同样是鱼鳔，在黄唇鱼、毛鲿鱼鱼鳔已无法买到的今天，它的鱼鳔已是市面上最走俏的鱼鳔了。一本有关中国药用海洋生物的图书收入了"鮸鱼鳔"词条，所介绍的功效中有一条是"补肾固精"，许多人在册子岛鮸鱼菜馆点鱼胶大菜时，都要引用这一条向客人介绍。过去舟山民间还有男孩发育或结婚时，用鮸鱼胶与冰糖隔水蒸成滋补品，让他每天早晚服一汤匙的习俗。

20世纪50年代，几乎与捕毛鳋鱼同时，在舟山渔场也开始了对鮸鱼的规模化捕捞，但幸运的是，鮸鱼摆脱了濒临灭绝的厄运，直到今天仍能形成小汛，每年都能被捕获一定数量。这到底是什么原因？

其实，这与鮸鱼的捕捞时间和所用网具有关。

鮸鱼是夏末秋初产卵洄游鱼类。按老渔民的说法，它的洄游路线是：从桃花岛石彭港集群出发，夏至时游到金塘岛沥港北面的灰鳖洋，在那里开始产卵；之后经过崎头洋，向北洄游到菜花岛，东霍岛，西霍岛，大、小鱼山岛，大、小洋山岛一带洋面；立秋以后产卵完毕，鮸鱼鱼汛即告结束。这个时间段，正值两个大黄鱼鱼汛间隙期，渔民叫作"秋闲"，因此在近海渔业繁荣时期，捕鮸鱼对渔民来说只是打牙祭。从现存渔业资料看，在20世纪五六十年代，捕捞鮸鱼的主要是住在它洄游路线附近岛屿上的渔民，不像大、小黄鱼那样被整个海区的渔民追捕。

捕捞鮸鱼，直到现在用的仍是传统网具，不像大黄鱼捕捞网具，从20世纪50年代起进行了好几次改进。海里捕鱼，并不像湖里河里捕鱼那样用一顶网可捕各种鱼，而是有对网、流网、围网、张网、拖网之分，这些网分别用来捕不同的鱼，捕鮸鱼用的是张网。那时虽然提倡"对流围钓张兼作，红黄蓝白黑齐捕"，但备齐各种网具毕竟要额外投入很多成本，从渔民角度来讲，既然捕一种鱼就能捕得舱满舷溢，何必多此一举。

根据产卵点不同，渔民把鮸鱼分成"散洋鱼"和"礁头鱼"两类："散洋鱼"在没有暗礁的海域；"礁头鱼"散落在暗礁附近。捕"礁头鱼"要熟悉暗礁的位置和形状，根据潮流缓急放网，不然网就会被暗礁钩住拉破，得不偿失，所以不是人人都能捕的。

种种因素凑在一起，才使鮸鱼在20世纪50年代开始的近海大捕捞中，没有被捕光，幸免于难。

十多年前我曾两次随渔船出海捕鮸鱼。

两次作业方式都是张网，但所用网具还是有区别的。定海的一次，用的是最古老的桁杆张网。渔船驶到灰鳖洋后，渔民从船尾取来一根根用竹竿和塑料泡沫做成的浮杆，打个渔绳结，将一根浮杆和一顶渔网绑在一起，将这根浮杆扔出船，又在渔网另一头绑上另一根浮杆，然后把绑在渔网前端的两块砖头也扔下海，开始慢慢地往海里放网，待到第二根浮杆也被甩下船，才算撒好一顶网。撒了六顶网后，渔船掉头往回驶，寻找第一顶网收网。这种捕法，每顶网都能收获几条，但不会把成群的鮸鱼捞上来。

定海的这种捕法，最具古意，一顶网只捕到几条，不会让鱼绝户断代。

嵊泗的那次出海捕鮸鱼，所用网具是壁下岛"鮸鱼大王"王照隆发明的。王照隆十六岁时，父亲带他去礁石边进行深水垂钓，他父亲一直是这样钓鮸鱼的，钓上来的鮸鱼，条重都有十公斤左右。等到王照隆开始独立捕鮸鱼，他觉得父亲的钓法产量太小，就结合平板张网和低层拖网技术，创制了一种专门捕鮸鱼的埕子网。这埕子网获得县科技项目时，被改名为"跃筝网"，但当地渔民还是喜欢叫它"埕子网"。

我那次跟随出海，就是想看看埕子网是如何捕鮸鱼的。渔船驶到白节岛的螺礁附近，渔民探准位置，打下了桩头，定置了三顶埕子网。这回看明白了，在暗礁旁用两个桩头固定网具，桩头相距百余米，网底绑着重石，使渔网能够贴近暗礁底，网口离海面有三四米，网口方向会随潮流改变。潮水一涌，礁底形成一股潜流，鮸鱼就顺流进网。这时要迅速抽紧网口，然后扳起网袋，几条鮸鱼就捕上来了。

据说，埕子网捕获的鮸鱼比起传统张网捕获的，要多出三倍。这是鮸鱼网具唯一的革新，比起大黄鱼网具1955年的第一次革新，整整晚了二十八年。而且，它的使用范围也只局限于嵊泗一带，并未推广到其他地方。或许这与埕子网适合"礁捕"有关。

如果说大黄鱼濒临灭绝的进程是一根长长的链条，那么链条的第一环就是网具。鮸鱼捕捞一直使用传统的作业方式和网具，是鮸鱼得以生存下来的重要原因。

03

多米诺骨牌

"谷雨"这个节气，对于舟山渔民来说具有特殊意义，它告诉渔民们，天气要暖和起来了，滔滔东海里南方来的暖流逐渐增强了，海水的温度已经适合大黄鱼产卵了，捕捞大黄鱼将从"南洋"开始了。

20世纪五六十年代舟山渔民所说的"南洋"，指的是猫头渔场和大目渔场。它们是每年大黄鱼发汛较早的两个渔场。

猫头渔场北起檀头山岛，南达东矶列岛，西至三门湾，北连鱼山渔场，是大黄鱼发汛最早的一个渔场。从谷雨到夏至，共可捕五水，其中以立夏到芒种鱼汛最旺，渔民叫它"正水"。

大目渔场北起六横列岛，南至檀头山岛，西靠大、小洋山岛，东连韭山列岛。大目渔场鱼发一般要比猫头渔场稍迟一些，自立夏起到夏至共有四水，小满以后鱼才旺发。

在"南洋"，除了捕捞大黄鱼，还可以捕捞带鱼、小黄鱼、乌贼等。那主要在大陈渔场和鱼山渔场。大陈渔场西至台州湾西侧，东至鱼外渔场，北接鱼山渔场，南连洞头披山洋。那里每年谷雨到立夏是墨鱼汛，冬至到惊蛰是带鱼鱼汛，雨水到清明是小黄鱼鱼汛。鱼山渔场离象山石浦不远，盛产海蜒、淡菜、紫菜、小黄鱼、带鱼、鳓鱼、墨鱼等，其中海蜒资源特别丰富。

这四个渔场，行政管辖上猫头渔场和大目渔场现属宁波象山（1954年4月至1958年9月，象山属舟山专区），大陈渔场和鱼山渔场现属台州椒江，但都是舟山渔民传统捕捞渔场。为此舟山气象台至今仍每天播放这四个渔场的风力。

大黄鱼从"南洋"游出来，一路游到岱衢渔场产卵。

岱衢渔场，北到大、小洋山岛，南至岱山，西靠杭州湾口，东至三星列岛。历史上著名的夏季大黄鱼鱼汛，主战场就在那儿。岱山的东沙、长涂、岛斗是岱衢渔场中的三个主要渔港兼市镇，汛期渔船停泊和大黄鱼加工都在这三个地方。

第一个大黄鱼汛期基地是东沙，一个古老的渔镇。乾隆年间（1736—1795），镇海、慈溪沿海居民相继徙居到这儿捕鱼，首建舟山第一个渔业公所，史称"老渔商公所"。1745年至1770年间，东沙渔港形成，成为海上大集，东沙自此称镇。每逢大黄鱼鱼汛，东南沿海诸省渔船云集东沙，船至数千，人至数万。1953年建置岱山县时，东沙为县政府所在地。

东沙渔镇史上最繁荣时期是在20世纪50年代中后期，之后，由于海况变化，岱衢洋的捕捞中心逐渐移到衢港一带，东沙也就渐渐没落了。

繁荣时期的东沙，在汛期能加工多少数量的渔获？这个关键性数据一直缺失。这次我终于找到了1955年农历四月初水汛期东沙搬运工人搬运渔获的数据：六百多万斤。

每年，夏季鱼汛一开始，东沙便会聚集三四百名搬运工人，所有停泊东沙的渔船上的渔获，都是他们搬运的。他们划着舢板把渔获从渔船和冰鲜船上运到海滩上，又从海滩上挑到加工厂里。

整个夏季鱼汛期，农历三月半水以猫头洋、大目洋为重点，四月初水猫头洋、大目洋、岱衢洋三洋齐发，四月半水以岱衢洋为重点。其中，三洋齐发的四月初水是大黄鱼最大的丰收期。1955年四月初水三洋齐发，从西到东，舟山渔民捕了约三十万担大黄鱼，多为黄鳞红嘴红尾巴，条子大、鱼头齐。

一担一百斤，三十万担就是三千万斤。

六百多万斤，约占三千万斤的五分之一。

第二个和第三个大黄鱼汛期基地是衢山岛的岛斗岙和小长涂岛的长涂港。

岛斗岙原名倒斗岙，因岙口似前后倒置的畚斗而得名。和东沙一样，从康熙年间（1662—1722）就毕集诸省份数千渔船捕捞大黄鱼，清末和民国期间，沿涂成市。清朝舟山籍贡生刘梦兰有诗云：

　　　　无数渔船一港收，渔灯点点漾中流。

　　　　九天星斗三更落，照遍珊瑚海上洲。

　　这首诗现在被不少人引用在写东沙的文章中，其实诗题《衢港灯火》，明明白白写的是衢山岛斗岙。

　　1955年夏汛，岛斗岙附近洋面渔况在岱衢洋中为最好，甚至出现了两网共捕到四万零二百五十四斤大黄鱼的大网头。岛斗岙的一艘渔船，第一网拉上来，足足有一万九千二百零二斤，第二网更多，有二万一千零五十二斤。这条渔船的载重量却是三万斤不到，船上渔民只得把第二网鱼连网带鱼浸在水里拖回来。一大网鱼横摊在沙滩上，好像一条大鲨鱼。这个消息当即轰动了全岛，男女老少都奔来围观。

　　东沙渔镇加工大黄鱼，之前一直采用古法腌制。直到岛斗、长涂在1957年新建了一批水产加工厂。在这批加工厂里，有总共能腌四万五千担鱼的大木桶，有总共能冰四万三千担鱼的土冷藏库，有总共可容纳近千名加工工人的加工房。特别是土冷藏库的出现，能够使淡汛期间鲜鱼供应更充足。

　　大、小长涂岛周边洋面，也曾是大黄鱼捕捞地。长涂出过一个有名的渔老大，叫金信定。20世纪60年代，他的渔船连续八年捕捞大黄鱼超万担，因此他被誉为"黄鱼大王"。他善于探测鱼群，每次探到鱼群，主动上报渔场指挥部，待渔船集中捕捞后又主动退出，寻找新鱼群，故又以"乐于助人"闻名渔区。

东沙、岛斗、长涂都是大黄鱼汛期各地渔民的落脚点。若从时间上算起来，一年中有一大半时间，各地渔民除了在海上捕捞，都是在这些落脚点生活的。这些落脚点是捕捞补给站、渔民休憩区，也是用来调节单调乏味的海上生活的精神慰藉所。汛期中，各地渔民妻子有时也会带着孩子来到这些落脚点，住上几天甚至一段日子，这时就会择渔港近处租房落户。于是，在近海渔业资源衰退前，这些落脚点都曾有过一段人丁兴旺的时期。如今潮退水落，这些地方都变得几乎一片萧条。

每年农历一至三月是大黄鱼越冬期，春季随水温上升，分布在越冬场的鱼群逐渐向沿岸浅海进行生殖洄游，形成夏季大黄鱼汛。此外，还有春汛，时间在农历四月；到了农历八、九月份，又有桂花黄鱼汛。

桂花黄鱼汛时大黄鱼的捕捞量，到1960年就到达了顶峰。

是年，岱衢洋桂花黄鱼汛如期而至，捕捞行动声势空前浩大，一万一千多名渔民投入捕捞作业，以往这时候在嵊山洋洋面柯杂鱼的小对船，在"北洋"洋面张小鱼的大捕船，都集中到了岱衢洋。渔场指挥部的指导船和水产供销公司的收鲜船，整天在渔场里巡逻。装着无线电报话机（既可用来收发电报又可实现通话的无线电通信设备）的各条带头船，一天内数次相互联系，交流捕捞情况。是年农历八月初水大黄鱼产量超过有史以来任何一年。

之后岱衢渔场桂花黄鱼汛产量就开始走下坡路了。

其实这是大黄鱼资源衰退的第一个信号。

只是当初渔民们对此浑然不觉。

在"南洋",大黄鱼汛期时舟山渔民的落脚点,主要是三门湾高塘岛的金高椅渔港。那里是猫头渔场的主要港口。20世纪五六十年代,岛上建有规模较大的渔业加工厂,大批舟山渔船去那里过鲜。鱼汛期间,舟山渔场指挥部到那里设点驻扎。为渔业生产服务的供销社也去那里设立临时门市部。因此,舟山渔民可以买到当时按计划供应的橹、桅、舵杆、网、火油、猪血等生产资料,还有大米、猪肉、蔬菜、香烟、酒、柴爿等生活资料。

除了金高椅渔港,南韭山岛也是在大目渔场捕捞的舟山渔民的落脚点。

南韭山岛原是象山的一座荒岛,离陆地一百多海里,1954年象山半山的大徐乡,为了给"剩余劳力"找出路,发动乡民去岛上开荒种植番薯。舟山渔民去大目渔场捕捞大黄鱼后,起先渔船是靠泊在象山石浦的。但从1955年起,舟山渔场指挥部就要求舟山渔民去"南洋"捕捞时把船停泊在南韭山岛。这是因为当时算了这么一笔账:

南韭山岛离渔场近,去那里泊船能减少往返时间,增加作业时间。从南韭山岛开船到将军帽东南首，比从石浦开船要快四个小时，一来一回就能节省八个小时。八个小时至少能多捕八网。如果按每网一百斤计算，那么一个单位一次来回就能增产大黄鱼八百斤，舟山两千个单位可以增产一万六千斤。还有，船泊南韭山岛，出海可以不受风向和潮流的限制，北风、东风、南风都可出海，涨潮时出海能到将军帽东，落潮时出海能到南渔山岛北。

为了支持渔船去靠泊，舟山渔场指挥部在南韭山岛设立了供应站，供应大米、猪肉和生产资料。于是，大批冰鲜船去南韭山岛收海鲜，用来"栲"网（将栲奁中某种树的树皮和网一起煮，从而将网染成棕色）的大淘锅也运过去了。渔民们为了吃水挖掘了水井，还在岛上设立了暴风警报站。渔场指挥部派出干部在岛上建立指挥点，生产指导船也到那里指导渔民捕捞。

一个新的"南洋"捕捞后勤基地由此诞生。

所有这些，都像兵团作战：歼灭战，运动战，快速包围，穿插迂回，讲究效率，注重前后方配合，最大限度地消灭"敌人"有生力量。

尽管如此，海洋上的大黄鱼还是有相当大的一部分从容地逃脱了渔船的包围。

水是流的，鱼是游的，船是动的。海上捕鱼，首先要保证能够找到鱼群。那时候，寻找鱼群凭经验，找到鱼群靠运气，至于鱼群探测仪，十年后才被普遍使用。

十多年前，我曾在渔区分别向最早在"南洋"捕过大黄鱼的几位舟山渔民请教过一个问题：在没有鱼群探测仪的年代，在"南洋"这个他们父辈没有去过的渔场，他们是如何捕鱼的。我把那几次采访都记录了下来，整理成下面的文字：

　　猫头洋的鱼一般比大目洋的早发一两天。从谷雨到夏至，共可捕五水。鱼群从东矶一带进入小鹅冠北、弄堂以南，这时鱼不会叫，到农历十四、十五开始旺叫，捕鱼地点推进到弄堂中岗水、弄堂尾巴。大黄鱼一般在早北水、夜南水时比较多。如果在南水开船，鱼还未叫的话，可到弄堂尾巴去"站锚"（临时下锚）。如果落半潮，鱼仍不叫，可根据风向、潮流情况到小鹅冠北或到草鞋爬屿附近去捕。

　　大目洋鱼发一般要比猫头洋稍迟一些，自立夏到夏至共有四水。大目洋的鱼群，一般分三路进入渔场，第一路从韭山外到外"北洋"口（即东磨盘）进入渔场；第二路从蚊虫山、将军帽方向进入渔场；第三路从三岳山、檀头山方向进入大漠山一带。在起水时可守在这些地方捕。大水开始后，三个鱼群逐渐到四礁、大漠、泥礁一带会合，鱼群密集而旺发。在起水的时候，以西南水为最多；当北水转为东北水时，鱼仍很多。第一水可捕夜南水，第二水可捕早进水。

成群游来渔场的是"进洋鱼"，这时鱼游得很快，听到叫声要马上下网；在进洋以后，开始起叫的是"起报鱼"，这种鱼要耐心找寻，叫声密集处鱼就多，假如鱼群在上风，要等鱼声到船下再下网；大黄鱼旺叫时，鱼是"成行鱼"，这种鱼比较好找，听到叫声在船下时再下网。

上面这些话里夹杂着许多岛礁名。采访时，我对这些岛礁名大多不熟悉。回来时查了多种岛礁名录，有些名字找到了，有些名字找不到，有些称法与老渔民讲的不一样。第二次去渔区时我再去问，老渔民不耐烦地说："眼门前摆的，咋会没有？咋写写，阿拉也是毛估估。"周围的渔民都大笑起来。

那一代渔民没有读过书，最多只是上过识字班，现在他们大多已不在世了。当年，是他们的经验支撑起了舟山渔场的辉煌。那时候，找得到鱼群的渔老大就像找得到野兽的猎人一样，在渔村里享受极高的礼遇，连最漂亮的渔家女都想嫁到这些渔老大家里去。

不过，若只凭着经验捕鱼，即使你用集团军作战的方式捕鱼，那鱼也是捕不光的。

大黄鱼族群走向濒临灭绝，就像多米诺骨牌效应，是从推倒第一张骨牌开始的。

第一张骨牌倒下时，将其重力势能转化成动能，转移到第二张骨牌上；第二张骨牌倒下时，将第一张骨牌转移来的动能和自己倒下过程中增加的动能，一起传到第三张骨牌上……每张骨牌倒下的时候，动能都比前一张骨牌大，速度也一张比一张快，也就是说，推倒的能量一次比一次大。追踪大黄鱼濒临灭绝的过程，我们将看到这种多米诺骨牌效应。

20世纪50年代，没有鱼群探测仪也能找到鱼群，可捕的鱼足够多，但渔民们也有烦恼，就是网太小了，船也太小了，眼见一群群大黄鱼从眼皮底下游走，大家心有不甘呀。

网具改革的第一个探索者叫张家根，是螺门渔业社大捕船老大，经他改良后的大捕网，长度有十八寻半。

"寻"是一个古老的计量单位。直到现在，渔村一些老渔民说起网多长，还是习惯用"寻"，有时也会用"常"，因为"米""公尺"太抽象。双臂的长度就是"一寻"，两倍"寻"就是"一常"，谁都记得住。

经张家根改良过的大捕网，不仅比传统大捕网长，网眼和网肚也都比传统大捕网的大。网眼大，潮水能很快从网眼流出，潮水进网越快，流得越急，大黄鱼越容易进网。网肚大，鱼进网后就不太容易溜走，网也不会被鱼群撑破。张家根首次用改良后的大捕网捕捞，就捕了六百八十九担，他也成了当时舟山专区产量最高的大捕船老大。

这算不算是第一张骨牌？似乎难说。

与十多年后网具改良时网眼由大变小的情况相反，这次的网具改良，网眼是由小变大，因为这时大鱼多。从生态保护的角度来讲，捕大鱼放小鱼是科学的。因此这时候的网具改良，似乎还没有对大黄鱼资源直接造成危害。

但这张骨牌，还是有动能产生了，那就是捕获量增加。

捕获量增加后，渔船装不下怎么办？渔船满载导致摇不动橹怎么办？还有，用大网捕大鱼，近海的大黄鱼捕得差不多了，是不是要到再远点的海面捕捞？这些现成的问题，使人们开始关注起机帆船。

1955年，舟山渔场除了政府的生产指导船是两艘渔轮和八艘机帆船外，其余还都是木帆船。到了年底，舟山的船厂终于成功试制了一对机帆两用渔船。这种渔船装有发动机，好处是不受风向、潮水的限制，能够迅速行驶，而且在风向、潮水情况较好时，又可以使用风帆驶船。

十多年前我在渔区曾听老渔民讲过一件他经历的事：

1956年初，天气反常。农历四月十五和十六两天都刮西北风，小对船不得不躲在内港，大捕船、流网船也无可奈何地抛了锚。只有省海洋水产研究所和蚂蚁岛的渔业社的共七对机帆船，像矫健敏捷的海鸥，乘风破浪，在海上东捕西捞，捕起了一网又一网大黄鱼。一面又一面丰产旗威风凛凛地在船头迎风飘舞。他看着十分羡慕，那一刻起就想着一定要有一艘机帆船。

关于这位老渔民讲的1956年初之事，我在当年一份渔业资料中找到了类似事例。那年农历四月初水，因天气寒冷，猫头洋鱼汛不正常，鱼群洄游很快，但舟山专属的三对机帆试验船和鲁家峙、蚂蚁岛等地渔业社的机帆船，由于拖力大、网脚子大，所以网围得快，也放得深，仍能够捕捞在海底深处洄游的大黄鱼鱼群。

我对机帆船在特殊天气里仍能捕到大黄鱼的解读角度，与那位老渔民的是不同的。大黄鱼汛期正巧在大黄鱼放卵期，这时捕捞本来就对大黄鱼传宗接代有影响，但如果捕到的大黄鱼是已经放了卵的，影响还小些。潜在海底洄游的大黄鱼，都还没放卵，木帆船捕不到是保护了它们，可机帆船能捕到。

又一张多米诺骨牌倒下了！

这张骨牌的力道比网具改良的那张大得多。

1958年初，舟山只有一百六十多艘机帆船，而当时已新建了渔船四千五百多条，机帆船所占比例不高，渔民仍在观望。到了1959年，机帆船的优势进一步显现，机帆船平均单位产量（一对船为一个单位）约为六千五百担，最大单位产量达一万多担；而木帆船哪怕是"尖子"——大对船，平均单位产量也只有约二千二百担，最大也不过是二千九百担。相差这么多，整个渔区都要"砸锅"了。

那时候确实是砸锅卖铁也要造机帆船。在渔村，家里的钱都是妻子管的。于是，妇女勤俭持家投资机帆船在当时成为美谈，直到今天仍被传为佳话。舟山第一对由妇女投资建造，且船员为女性的机帆船是"妇女号"，由岱山县南峰渔业社女社员投资六万多元建造。1958年6月3日，南峰女社员敲锣打鼓，捧着决心书到东沙角向渔场指挥部报喜。当南峰"妇女号"机帆船驶入东沙渔港时，停泊在港内整装待发的数千渔民争相观望。妇女下海捕鱼是从未有过的新鲜事。

紧接着，第二对蚂蚁"妇女号"、第三对登妇"勤俭号"也出海生产了。到了1959年3月，有新闻媒体报道，舟山妇女已建造起五十五对机帆船，下海妇女共有五千二百九十名，其中包括女老大十八名、女轮机手四十八名。

在当时记录中，鼓励舟山妇女对这些"妇女号"投资时创造了不少叫得响的口号："苦干再苦干，勤俭又勤俭。""男捕千担鱼，女织万顶网。""三年不分红，妇女养老公。"到了后来，这些都被简化成一系列名词，如"草绳船""火熜船"。其实，靠搓草绳、卖火熜，置换一艘大捕船或许行，建造一艘机帆船全无可能。

打造一对机帆船船壳，按1958年的价格，最少也得花七万元。船造好后，船上还要装备起网机和远航生产所必备的收音机、报话机等，又要花一笔钱。这些都齐备了，每一对机帆船的渔老大、老轨、出网（捕捞长）等七名技术人员必须被抽调去舟山轮机训练班学习半年，凡被抽调的必是高产渔老大、捕鱼能手。影响半年的生产不说，合作社还要负担这七个人的分配和伙食费，这一进一出起码要花费七千元。所以，对于只有两三百户人家的合作社来说，投资建造机帆船是相当困难的。直到人民公社化运动后，舟山原有的六百十五个合作社被合并为四十一个人民公社，分配上采取"全年分配，半年预分，汛汛结算，按月预支"的办法，公共积累增加了，才有了建造机帆船的可能性。

1958 年的《浙江省苦战五年实现渔业机帆化》这份文件，算过这么两笔账：

第一笔账，如果第二个五年计划的头三年社员增加收入部分的比例不提高，来个苦战三年，那么五年内可积累二亿零六百六十万元，可造机帆船二千五百对、渔轮二十对及大型渔船一千五百艘，还可结余资金五千四百万元。1962 年抽取净利润的 53% 作为公共积累后，渔民的平均收入将可比 1957 年增长25%。

第二笔账，相反地，如果第二个五年计划的头三年，渔民收入和过去一样每年也增长 20% 左右，这样五年内只能积累一亿零五百五十五万元，只能造机帆船一千四百六十七对，那就完不成二千五百对机帆船的任务，也完不成 1962 年产海水鱼三千万担的任务。1962 年抽取净利润的 53% 作为公共积累后，平均每人的收入就只有三百六十元，还低于 1957 年的水平。

这两笔账一算，以少分红、多积累促成渔船机动化，就成为渔区共识。为了三年后过富裕日子，先勒紧腰带吧！而一旦建造了机帆船，就要想尽办法多捕鱼，把投入的钱尽快赚回来。

20世纪50年代中期，国家把水产品列入统购统销范围，大黄鱼、小黄鱼、带鱼、乌贼、鳓鱼成为统一收购物资，多捕大黄鱼更加没有了后顾之忧。

1958年的一份渔业资料中，记录了当时舟山渔场的捕捞情景：

> 虽然今夏大黄鱼只发几潮，墨鱼只旺发三四天，但渔民们发挥了不可遏止的主观能动性，他们相信人定胜天，发扬了敢想敢说敢作敢为的精神，普遍试行和推广赶山头、捕夜鱼、大洋照、拖网用套袋、机帆船拖带小对、张活桩、两船"扛照"、改良网具；并且破迷信，推翻陈规，猛风重雾天气，试验"倒向拖"、兜水拖、横水拖、抛锚拖，捕六面潮、八面潮等操作上的革新。社员们采取集体吃饭、集体睡觉、轮流待潮的办法，争取时间多捕鱼。群众干劲冲天，用他们的豪言壮语来说明就是"只要小船吃得消，白天黑夜都要捕"。

机帆船不仅能使捕捞时间变长，而且能够通过配置起网机，使网具更加大型化。很快，一种长达七十寻的大网开始在机帆船上使用，与它相比，张家根的十八寻半网简直是小儿科。增长网翼，捕捞大黄鱼时可以扩大包围面积，产量便有了成倍增长。

不仅是起网机，船头滚筒、船舷滚筒、起重拗杆、张索活轮、偎船木制起重传动机等一整套起重工具也在很短时间被制造出来，并被配置到机帆船上。出网、拔网、起鱼、起锚等一套操作工序，实现完全机械化。就连木帆船，在机帆船建造热潮的带动下，也被渔民装上手摇起网机、滚筒、张索活轮、拗杆等起重设备，实现半机械化改造了。减轻劳动强度，就能够延长劳动时间，以捕捞更多的鱼。

对海洋渔业资源的脆弱性缺乏认识，让机帆船的"神力"成为导致东海渔场大黄鱼族群最终衰落的第二张多米诺骨牌，加上当时的总体形势，大黄鱼捕捞走上了酷渔滥捕之路。

但这时的人们，依然沉浸在机帆船带来的无比惊喜中。这种惊喜一直持续了十多年。

1966年1月30日，黄石岛的一对机帆船，在离鱼山列岛东南十多海里的渔场中追捕带鱼，一网下来，却意外捕获十五万斤大黄鱼。这是舟山机帆船投入捕捞以来最大的大黄鱼网头。那天，当网船起网机把渔网拉出水，海面上顿时一片金光闪闪，入网的大黄鱼随着波涛起伏，犹如滚滚的麦浪。船上渔民欢呼雀跃，拉起吊杆，让网浮在海面上，把大黄鱼一掏篰一掏篰地捞入船舱。一对船的船舱装满了，舱面上也堆足了鱼，但渔网中还有很多鱼。周围的三艘机帆船渔民看到了，也赶来装鱼，足足花了半天多，才把网里的鱼掏完。

都是捕了大半辈子鱼的人，不可能没人想到，1月底并非大黄鱼汛期，这时候的大黄鱼，就快要产卵了。

事出反常必有妖，但人们却对此视而不见。当一条体重约六十五斤、体长约四尺二寸、鳞片如铜圆大、脊柱骨径达四厘米、鱼胶有三斤多、腹内储有大量未成熟鱼卵的大黄鱼"鱼王"出水，没人感到恐惧；当接连捕捞上五十余斤重的大鳗鱼、约四斤重的带鱼、约十七斤重的马鲛鱼、八斤多重的墨鱼，也没人对海洋生态和生物链是否有所变化产生怀疑。

04

最后的挽歌

1965 年，一些经验丰富的渔老大发现，以往汛期随便能找到的大黄鱼鱼群，现在很难找到了。一些渔老大心里犯嘀咕：鱼儿到哪里去了？也有一些渔老大感到不安：是不是大黄鱼快要捕光了？

这种担忧转瞬即逝，因为又一种"神器"问世了。

1965 年桂花黄鱼汛期里的一天，浙江省海洋水产研究所的一艘调研船，从岛斗岙出发，去侦察鱼群。驶到大西寨岛附近洋面时，调研船上的鱼群探测仪，记录鱼群的淡蓝色纸面上，出现了一群稠密的小黑点。就在这个洋面上，许多渔船隆隆地驶过，船上的渔民并不知道，渔船下海底就有鱼群。调研船上的研究员，举起撩盆往空中挥动，大声招呼起前面对船上的渔民，不一会儿，这对渔船朝他们开来。

下网，起网。水产研究所工作人员从那对渔船上取来二十多条雌鱼，做了鱼体解剖。一位研究员用手指着一粒粒粉红色的饱满鱼卵，向几位上海水产学院实习生说："从鱼体解剖来看，鱼卵大多数是'松花子''丰子'，正是大黄鱼产卵时期。渔船若坚持在这一带捕捞，可以扪到好产量。"随后他拿起无线电报话机，把探测到鱼群这一消息告诉了渔场指挥部。

1964年，在整个舟山渔场，使用这种鱼群探测仪的渔老大还只有十多人。这十多人恰恰是以往最擅长找鱼群的著名渔老大，如陈良银、忻阿来、周叙成、吴正芳。陈良银在他的机帆船上装上鱼群探测仪后，在大陈渔场捕捞，开始用大网捕，网头很小，就用鱼群探测仪探测，发现海底有大群大黄鱼，立即收起大拖网，改用轻拖网，半天工夫就捕到大黄鱼一百一十多担。其他渔船看到陈良银捕到了鱼，也都放下了轻拖网，两网就捕到三百多担。

鱼群探测仪的问世，使当时集团军作战式捕捞的优势被发挥得淋漓尽致。当时的渔业资料记载着这么一个渔场故事：1964年5月25日，渔场上突然刮起了西北大风，已经起发的大黄鱼鱼汛一下子又被"煞"走了。鱼到哪里去了呢？著名渔老大陈良银、郭钦再、忻阿来、周叙成等各带了一对机帆船分散试捕，寻找鱼群，从上午一直找到下午，虽然仍没有找到鱼群，但积累了不少信息，鱼群探测仪记录下密密麻麻的小黑点。老大们经过分析，得出一致结论：鱼仍在渔场，只要风向一转好，就有旺发可能。渔民们满怀信心，像战士伏击敌人，严阵以待。果然，下午四时许，忻阿来老大率先找到了鱼群，三网就捕上一百七十担。消息立刻传遍整个渔场，很快，几百艘机帆船开足马力，从四面八方驶向旺发洋面。夜幕已经降临，渔场上游动着五光十色的渔火，隆隆的机帆船轰鸣声响彻海空，一场"歼灭战"打响了。

如果没有鱼群探测仪，这场歼灭战就无法打起来。

当时的鱼群探测仪，按测向的不同，分为垂直式、水平式、垂直水平两用式和辐射式四种，垂直式可测位于水深两千米以内的鱼群，水平式可测船首左右各一百五十度范围以内的鱼群，辐射式可搜索渔船四周的鱼群。这样的鱼群探测仪在渔民眼里简直是"神器"。

鱼群探测仪迅速被更多的渔船使用。1965年，舟山已有一百多对机帆船装有鱼群探测仪。为充分发挥鱼群探测仪在生产中的作用，舟山渔场指挥部还利用桂花黄鱼汛前的空闲，对操纵鱼群探测仪的人员进行短期培训：生产鱼群探测仪的电器厂老师傅传授了鱼群探测仪安装、使用和维修的技术；浙江省海洋水产研究所技术人员根据使用鱼群探测仪所获得的资料，介绍了进行鱼群分析、追捕鱼群等方面的知识。

从此，原本已经很难找到的大黄鱼群，一下子能在鱼群探测仪里被看得清清楚楚，从此没人再担心大黄鱼被捕光了，觉得它们只是比较狡猾而已。

渔民们高兴地说："无线电报话机是顺风耳，鱼群探测仪是水底眼，有了这两件宝，不愁大黄鱼不丰收。"

于是鱼群探测仪成了被推倒的第三张多米诺骨牌，同时，它的投入使用，把大黄鱼资源快要枯竭的真相掩盖了。

"机帆船＋鱼群探测仪"，成了捕捞大黄鱼的"王牌组合"。

海面上无数机帆大捕船，劈开层层巨浪，哗哗地带着一连串扯着篷帆的风帆大捕船，迅捷地向另一个海区转移。船驶到一片大黄鱼群密集的海域，船员们纷纷抛下木碇，再把白色的尼龙网、淡蓝色的塑料网、棕色的棉纱网，一并撒入大海，开始张网捕鱼。傍晚时分，几十艘大捕船拔碇起网。每顶渔网都沉甸甸的，一网上来，金光闪闪的大黄鱼活蹦乱跳。

过去用木帆船张大网捕，顶风不行，逆水难行，在哪里张网，只能待在哪里等鱼进网。如今有了机帆船和鱼群探测仪，鱼群往哪儿逃，鱼群探测仪看得见，而且机帆船追得上，就跟着往哪儿追捕好了。

大黄鱼，看你们还能往哪里逃！

东海里的大黄鱼几乎无处藏身了，除了在它们的老窝——越冬场。这越冬场，一处叫江外渔场，一处叫舟外渔场。

江外渔场位于长江口渔场东侧，面积约为九千二百平方海里。舟外渔场位于舟山渔场的东侧，面积约为一万四千平方海里。

围剿越冬场，是导致大黄鱼濒临灭绝的最后一张多米诺骨牌。1974年，这张骨牌轰然倒下。

这两处越冬场大黄鱼旺发都是偶然被发现的，其中舟外渔场的发现颇具戏剧性。

1974年4月22日，著名渔老大陈良银率领两艘机帆渔船，在当时被渔民俗称为"中央渔场"的舟外渔场，寻找大黄鱼鱼群。

上午十时许起网时，"奇迹"出现了，海面上如海市蜃楼般出现了一个被渔网围住的大黄鱼鱼群，看上去有数百米长、数十米宽，船上渔民诧异得"哎呀呀"叫了起来。（后来称重，这一网大黄鱼，足有二百五十吨。）由于渔网被大黄鱼装满撑足了，起网机无法像平常那样起网。陈良银只得派七名渔民，划着舢板到被网住的大黄鱼鱼群旁边，用刀割掉渔网袋筒结头，再在机帆船上用撩盆往甲板上掏鱼。舢板上的渔民想试探鱼群究竟有多厚，就跳到鱼群上。他们竟然可以在浮起的鱼背上自由地走动、蹦跳，这让他们乐得手舞足蹈。这时，三艘外国铁壳渔轮驶过来割网抢鱼。陈良银当即拉响船笛，向抢鱼者提出严正警告和抗议，让他们立即停止抢鱼行径，同时通过船上的渔用无线电台和对讲机，向舟山地区渔场指挥部报告。双方相持六个多小时后，舟山渔场指挥部的一艘作业指导船和四五十艘机帆渔船从附近海域赶来，那艘虽停止抢鱼仍赖着不走的外国渔轮才赶紧逃遁。

此事在当时引起轰动，甚至惊动了国家有关部门。5月13日晨，中央人民广播电台播出了我国政府对外国渔轮向我渔船进行挑衅的抗议。

或许是为了防止再次发生外国渔轮争夺大黄鱼事件，当时的浙江省革命委员会组织两千多对大围网机帆船，对这处越冬场的大黄鱼鱼群展开了大围捕。

或许这是最后的岱衢族大黄鱼鱼群了。再过几个月，它们就能孕育出下一代，可是当时的人们连这短短的几个月都不愿等待了。

岱衢族大黄鱼是一个勤奋生育的鱼族，它的个体怀卵量平均为 47614×10^3 个。为了适应人类酷渔滥捕这一外部情况，这时它们已早婚早育，二龄雌鱼性成熟个体已由20世纪50年代的2%～4%增加到30%。可是人类还是不满足。

1974年，整个东海渔场大黄鱼产量达到十九万六千一百吨，创历史最高。

人们为这纪录而激动，以为这处刚发现的新渔场，将带来一个新的大黄鱼捕捞辉煌期。

这激动，其实是近乎绝望之后的激动。因为舟山渔场最近一次大黄鱼围捕，是在1972年。这年农历四月半水和五月初水，岱衢洋里都没有捕到大黄鱼。渔山乡渔业大队两对机帆船去渔山渔场试捕，结果第一网下去，两对机帆船就捞上近六吨大黄鱼。因为船上没有配备对讲机，带头船的老大只得派一艘尾船去大队通知其他渔船速来捕捞。接到喜讯，四对渔船火速赶来。到晚上六时回港统计，全队六对渔船总产大黄鱼达七十六吨。

这一出乎意料的大丰收轰动了整个舟山渔业系统，舟山人民广播电台也在当天播报渔情的节目中，播出了这条消息。次日上午，有四百多对来自舟山的本地渔船，几十对来自宁波等地的外地渔船，云集在渔山列岛附近洋面围捕大黄鱼。当时舟山最有名的"黄鱼大王"金信定、全国渔业劳模陈良银等渔老大，也驾船赶到这里共同围捕大黄鱼。结果那一天，所有渔民都一无所获，空手而归。

1972年那次围捕之后，岱衢洋再也没有捕到过网产较高的大黄鱼。

于是，1974年，舟外渔场冬捕大黄鱼丰收，就像茫茫黑夜里，远方亮起了一盏灯。

但残酷的事实是，这是对岱衢族大黄鱼生存沉痛的一击。

1975年和1976年，继续围捕过冬大黄鱼，打击的重锤继续砸下。

终于，再也不需要多米诺骨牌了，岱衢族大黄鱼已几乎被"团灭"，剩下的只是一些散兵游勇，再也无力维持鱼族成汛了。

1977年，东海渔场大黄鱼产量锐减到十万吨以下。1982年减到约五万吨。从1983年起，大黄鱼已形不成鱼汛，1983年至1987年，年均产量减至四千二百六十三吨。1988年仅产一百七十七吨。到了1990年后，舟山海域已鲜见野生大黄鱼的踪迹。

这以后的某一年，我在渔区访问一位老人，这位当年掌舵带头船去捕过冬大黄鱼，后来又极力主张延长休渔期的知名渔老大，说起1974年冬季舟外渔场的一幕，悄悄地跟我说：

"你知道吗？鱼是会哭的。"

那一年他们到了舟外渔场，鱼群探测仪上发现了毛笋状的奇怪影像，与以往散状分布的黑点完全不一样。他们知道这是遇到了像集团军般的大鱼群了。他们放下一张大网，鱼群被围困在大网中。随着吊杆的升起，一道道金光在眼前闪现，围网里密密麻麻的大黄鱼，"呜呜呜呜""嘎嘎嘎嘎"大声乱叫着，那叫声，此起彼伏，声声不绝，凄惨极了。

这位在我访问时已显得有点萎靡的老人说："我这一生，听惯了大黄鱼的叫声。岱衢洋上大黄鱼交配产卵时，雄鱼'咯咯'的叫声、雌鱼'哼哼'的鸣声，就像男人女人亲热时的叫声一样，是令人销魂的。叫声中大黄鱼还会在鱼群中四处乱窜，相互摩擦身体。船上渔民听到那叫声，都会相互开开玩笑，说你老婆与你亲热时叫不叫呀。可那一次，舟外渔场那一次，在大黄鱼的叫声里，我听到的是痛苦，是恐惧，是绝望，那叫声就像哭一样，我从来没有听到过大黄鱼那样叫过。"

好多年之前，在蚂蚁岛，我看到了一幅大黄鱼壁画。壁画上，一个小男孩骑着一条大黄鱼，一个小姑娘骑着一条带鱼，飞上天空，吓得嫦娥要从月亮上跳下来。画下边的打油诗是：

"鱼儿壮又胖，乘着上天堂。渔民哈哈笑，嫦娥惊又慌。"这应该是20世纪五六十年代的大作。我在这幅壁画前站了许久。我想，难道那时候的人，已想到大黄鱼终究要上天堂，不来人间了。

历时二十多年的多米诺骨牌游戏，终于随着那最后一张骨牌轰然倒下而终结。残留的岱衢族大黄鱼总归还是有的，但肯定不在让它们遭受灭顶之灾的舟外、江外越冬场。1999年，世纪之末，国家做了一次调查，调查显示：舟外渔场游泳生物中，竹荚鱼占89.03%，带鱼占6.19%，日本鲭占0.76%，网纹裸胸鳝占0.53%，刺鲳占0.53%；江外渔场游泳生物中，小黄鱼占26.24%，带鱼占16.31%，花美鮨占15.12%，褐石斑鱼占12.39%，竹荚鱼占6.24%。两个渔场的调查记录中都已找不到有关大黄鱼的数据了。

时间到了1999年，岱山县重金悬赏寻找岱衢族大黄鱼亲鱼，每公斤出价两千元，以求获取亲鱼卵配种。

当年，没有人能捕得大黄鱼"领赏"。

第二年，悬赏金增至十万元，几个月过去还是无人领赏。县里只得组织十四名年龄在五十五岁以上的老渔民，驾着四艘小船去寻找岱衢族大黄鱼亲鱼。这些小船已"待业"多年，宽不过两米，吨位不到三吨，马力不足十匹，被老渔民叫作"涨夜网"。他们所带网具也是早已淘汰多年，特意请六十五岁老网师凭记忆设计的小对网。经过两次出海捕捞，终于网获七十八条岱衢族大黄鱼亲鱼，装进充氧水桶带回港暂养。

之后开启了岱衢族大黄鱼育种和增殖放流，这期间虽"王者归来"喜剧一次次上演，但要真正培育出一支能够形成鱼汛的大黄鱼族群，使它们如同几十年前一样驰骋在东海洋面，洄游，产卵，索食，那可能还需要十年、二十年、三十年、五十年、一百年……

2021年10月29日至31日，在中街山列岛和马鞍列岛附近海域，水产调查船三天捕获一百七十一尾大黄鱼。接着在2022年1月，宁波象山渔船在长江口以东的一六五海区，一网捕获两千多公斤大黄鱼。

这两条消息都产生了一系列连锁反应。

有两所大学对象山渔船捕获的大黄鱼样品进行测试。

厦门大学的DNA检测结果显示，这批大黄鱼为自然长成的野生大黄鱼，并不是人工繁育放流苗种长大的，且具有明显的谱系特征。浙江海洋大学的基因组测序结果偏向于这批鱼与福建的闽-粤东族大黄鱼亲缘关系较近，并非岱衢族大黄鱼。

与此同时，另一组样品被送到武汉一家生物公司，进行全基因组测序，在此基础上的分析认为，经过对三条大黄鱼样品的单核苷酸多态性进行比较，发现其中两条大黄鱼基因与福建宁德海域捕捞群体的亲缘关系较近，另一条则与舟山海域捕捞群体的亲缘关系较近。

三组测试的方向不同，实验结果也有些许差别。消息披露后，许多人感到扑朔迷离。为此，浙江海洋大学大黄鱼科研项目负责人严小军在接受《钱江晚报》记者采访时，说得非常小心翼翼："可以肯定的是，东海的野生大黄鱼种群已经有了变化，我们很想知道，目前舟山海域的大黄鱼到底是以岱衢族为主，还是以闽-粤东族为主。我们这次的科研成果，正好提供了一个很好的参考。"

东海野生大黄鱼种群的变化，据他介绍，是基于这样一个事实：

最初舟山、宁波地区增殖放流的鱼苗，都源自福建。直到2007年，宁波市开始启动岱衢族大黄鱼野生亲本采捕、保活、繁育和种质库建设项目，在舟山岱衢洋成功捕获八尾亲鱼，经过驯养、促熟、催产和人工繁育，到2011年底，已规模化生产全长五厘米以上岱衢族大黄鱼约三百四十万尾。这些年来，舟山、宁波地区的增殖放流以岱衢族大黄鱼为主，数量更是以千万尾计。

若要从这两则消息中得出大黄鱼"王者归来"的结论，在我看来还是困难的。且不说如本书前面所述，偶发性小概率捕获事件离真正形成鱼汛，距离实在太遥远了（这有十多年来的类似捕获事件为例）。就在这两则消息出现的几乎同一时间段内，另一则数据被披露，即2020年野生大黄鱼年产量近一千吨，预估2021年野生大黄鱼产量有望突破四千吨，但就算这个根据渔船捕捞抽样调查结果推算出来的数据，真的能成为今后实际捕捞量，这四千吨产量也仅仅靠近1983年至1987年大黄鱼已形不成鱼汛时的年均产量。

不过，浙江海洋大学在普陀东极磨里湾海域开展的舟山大黄鱼野化训练场项目，确实使从1999年开始的大黄鱼增殖放流迈上了一个新台阶。在中国三个大黄鱼地理族群中，相比闽–粤东族和硇洲族，岱衢族寿命最长，雌鱼为十九龄至三十龄，雄鱼为十五龄至二十五龄。它的自然死亡系数也比较小，约为0.1%。岱衢族大黄鱼一旦野化成群后，靠其顽强的生命力，确实能够抵抗自然界的伤害和淘汰，经年之后，说不定真的能够实现鱼族复兴。

只是，大黄鱼要长到三年以上才会自然繁殖，而要形成一个能够繁衍生息的野生鱼族，需要七八年甚至十年以上。在这个阶段，绝不能再捕野生大黄鱼，最好是全年禁捕，不伤害任何一条野生大黄鱼，让它们在东海中自由繁殖。

人是很容易忘记历史的。在2021年末和2022年初出现的大黄鱼踪迹，让禁止捕捞越冬大黄鱼的话题被再度提起。人们呼吁要建章立制，俨然像发现了一个新课题。其实，禁止捕捞越冬大黄鱼，在之前大黄鱼濒临灭绝时政府就已出台过相关规定，并且多次广而告之，之后这一规定也从没废止过。

第三章　承前启后马面鲀

01

忽有一种鱼旺发

2009年11月28日时《重庆晚报》上，刊登了一篇《餐桌上的耗儿鱼为啥没有脑壳》的报道，说的是天涯社区一个《耗儿鱼的头长什么样子》的帖子引起热议，短短半天就有两千次的浏览量。为何耗儿鱼没头？记者采访了餐厅和超市工作人员、水产户、水产加工厂工人、动物学家等，发现这个小问题还真难倒了一大片人。一路采访下来，发现答案竟有好几个版本，各种说法莫衷一是。

在舟山，这种到了市场上就已没了脑壳的鱼，如今也已经很少见了。说不定再过几年，舟山人也会像重庆人那样，煞有介事地讨论起它为啥没有脑壳。

这耗儿鱼，其实就是绿鳍马面鲀，舟山人称之为"绿剥皮"，上海人称之为橡皮鱼，北方人则叫它面包鱼。

马面鲀产卵期始于5月下旬，终于7月中旬，盛期为6月。卵育后生长较快，至二龄时体长可达二十四厘米，之后生长变得缓慢。二龄的马面鲀已能产卵。它的自然寿命较长。1986年，舟山渔民捕获一尾马面鲀，体长四十二厘米，重一千四百四十克。因其个体大得出奇，被送至舟山市水产研究所，专家检测后说它已有二十龄。

虽然马面鲀长寿，但整个鱼族从被大规模捕捞到衰退得形不成鱼汛，竟只历时十多年。

这是近海渔业资源衰退的又一证明。

大规模捕捞马面鲀始于1976年。这年春汛，舟山六百多对机帆船首次到温外渔场捕捞马面鲀。

虽说在前一年，螺门渔业大队已首次在大陈岛以东海域捕捞过马面鲀，但有组织的大规模捕捞还是始于1976年。《定海县志》历年"海洋捕捞分类渔获量"一表中，对马面鲀捕获量的统计也是从1976年开始的，该年度马面鲀捕获量是两千吨左右，仅低于带鱼（约一万四千吨）和大黄鱼（约七千吨），已超过了小黄鱼（约九百吨）。

尽管这事后来记入《舟山市志》中的"大事记"，但在1976年，那次大规模捕捞马面鲀的行动并没有激起多大波澜。这时候，舟山传统四大渔产的比重仍占约60%，收购价每斤一毛钱的马面鲀，经济价值几乎可以忽略不计，渔民不太愿意捕捞。

况且这种鱼，鱼鳍上长满硬棘，你若稍不留神，就会被刺伤手指。它长相丑陋，味道不鲜，口感又不嫩，放到市场上鲜有人买。那时渔船抲到它，大都把它当作鱼粉原料卖给鱼粉厂。

但没过几年，到了1980年，近海渔业资源的大剧变发生了。

这一年的《舟山水产资源繁殖保护宣讲材料》里这样介绍当时舟山渔业资源状况：

> 小黄鱼原是我们的重要捕捞对象，从60年代起产量急剧下降，资源严重衰退，并一直未能恢复。
>
> 大黄鱼，1967年以后，年产量从二百多万担下降到几十万担，目前大黄鱼资源正处于下降后的低水平状态。
>
> 带鱼是我区产量最高鱼种，1974年产量达四百万担，1978年产量降为二百多万担，同时还出现了鱼体偏小、渔况转差、资源明显减少等现象。
>
> 乌贼的产量波动较大，60年代中期我区最高年产量曾达到六十多万担，1970年到1977年的平均年产量仅三十多万担。
>
> …………

小黄鱼资源早已衰退，大黄鱼更是接近灭绝，乌贼产量波动较大，就连四大渔产中唯一苦苦支撑的带鱼，产量遭拦腰斩半。这种状况前所未有，就像在舟山渔场刮起一股飓风，让许多人惊呆了。

时隔多年，当我看到这份材料，终于明白《舟山市志》为什么要把那次马面鲀捕捞行动记入"大事记"。

这时期的舟山，渔业仍是国民经济收入的主要来源。从20世纪50年代起，由于是国防前哨，舟山一直被赋予两大重任：站好岗，捕好鱼。舟山经济以渔为主，工业特别是重工业一直没有多大发展，就连水产加工业也是在70年代末期才起步的。至于港口开放，更是80年代中后期的事了。所以，那时候的舟山渔业产量下降，就像卡住了舟山人的脖子。于是，开发未被充分利用的渔业资源，便成了当时最紧迫的任务。马面鲀的大规模开捕，也就成了渔业的一桩大事。

这份材料还从另一角度揭示了舟山渔业资源面临的困境。材料介绍的是还有哪些资源尚未被充分利用，但仔细分析这些"优势"资源，便会发现问题的严重性超乎寻常：

> 现在也有一些水产资源尚未被充分利用。
>
> 如鳓鱼、鲳鱼、马鲛鱼，资源较丰富，尚有一定发展潜力。
>
> 又如黄鲫、龙头鱼、鳓鱼、梅童鱼、叫姑鱼等沿岸鱼类，若能改进保鲜加工方法，提高利用价值，从资源角度看，仍有发展潜力。

再如虾、蟹类，资源较丰富，目前亦未很好利用，有一定生产潜力。

另外，外海资源和上层鱼资源，如鲐鲹鱼、鳗鱼、马面鲀等尚未很好开发利用。

当年的分析，自然有当时的道理。时过境迁，从今天再看当年事，就会觉得并不靠谱。

鳓鱼、鲳鱼、马鲛鱼，本来就是舟山渔民的兼捕对象，若想替代带鱼，或者说弥补带鱼产量腰斩带来的损失，根本不可能。

黄鲫、龙头鱼、鲦鱼、梅童鱼、叫姑鱼，那时在舟山渔民眼里是杂鱼，价值上无法与主要渔产相比。

海鳗摆得上台面，但同样早已是兼捕对象。

剩下的只有马面鲀和鲐鲹鱼，以及虾、蟹了。

马面鲀大规模捕捞第三年，舟山八百余对机帆船开到距离海岸线二百海里的外海生产，不到半个月，一举捕获马面鲀约五万吨。在带鱼资源断崖式衰退时，忽有一种鱼旺发，那种感觉就如同溺水的时候，抓到一根木头。

那是个物资贫乏的年代，舟山渔场捕捞上来的鱼，由国家统一收购，被运到各城市供应给当地市场，老百姓凭票购买。1981年浙江省牌价供应每人的海鱼，每月只有八点九斤。对舟山渔区居民来说，捕鱼是唯一的营生，剩余劳动力占总劳动力的四分之一以上。无论基于以上哪一条，都不能让渔业产量降下去。

马面鲀给人带来了希望。

于是，"打出去"一下子成为舟山渔区的热词。

因为捕捞马面鲀必须"打出去"。马面鲀渔场在离岸一百至二百海里的外海，要捕马面鲀，渔船必须"打出去"。

"打出去"其实是舟山渔民中一句流传多年的行话，意思是离开本岛附近海域，到远处的海域去捕鱼。不过具体是哪个海域，不同年代有不同解释。

20世纪50年代，舟山渔民北上吕泗洋，南下大陈洋，算是"打出去"了。

20世纪60年代，去稍远的禁渔线附近捕鱼是"打出去"的目标。

到了20世纪70年代末，"打出去"就是去外海渔场捕捞马面鲀。

但并不是说，你想"打出去"，就一定能够"打出去"。

郭钦再是较早到外海捕捞马面鲀的渔老大，他的机帆船对船产量曾连续三年超万担（一万担约五百吨）。这位1956年成为全国劳模的著名渔老大说："打出去"是向祖祖辈辈从来没去过的外海进军，这可不是件容易事。当时他总结了三条试捕经验：

第一条：要有一支船大、马力大、质量好的机帆船船队。外海渔场风浪比近海大，而且三天两头有大风，船小不仅下网困难，也很不安全。

第二条：组织大规模捕捞前，先要探捕，了解资源，摸清渔情。否则盲目"打出去"，其结果很可能是找不到鱼群，浪费了柴油，得不偿失。

第三条：鱼捕来要卖得出去，在水产加工方面要想办法。捕上来的马面鲀虽然价值较低，但通过冷冻，经济价值就能提高。

之后的马面鲀捕捞行动，印证了他试捕得出的经验，不过出乎他意料的是，捕上来的马面鲀卖得出去，并不是因为他所想到的冷冻。

这暂且不说，第一条也暂且不说，就说第二条。其实渔业发展到这个时候，哪怕是在完全陌生的渔场，凭借现代技术，也能迅速掌握鱼类洄游规律。

大、小黄鱼和带鱼充当舟山渔场"看家鱼"时，人们探索它们的洄游规律，花费了相当长的时间。直到机帆船出现后，渔民沿着它们的洄游路线一路追捕，才几乎完全掌握了它们的洄游规律。

轮到马面鲀成为"看家鱼"时，人们依靠鱼群探测仪和大型机动船，加上一批渔业技术人员的研究，短短几年就把它的洄游路线摸得一清二楚，大批量捕捞也就不再困难，所以它的高产年份也就来得特别快。

马面鲀大规模捕捞没几年，它的洄游路线就几乎被舟山渔民完全掌握：

马面鲀的越冬场在对马海峡和浙东海域。每年冬、春汛，它们由北向南，进行产卵洄游。2月中旬至3月中旬，进入鱼山、鱼外、温台、温外渔场。3月下旬至4月初，进入钓鱼岛周围海域北部。4月底至5月上旬，鱼群集中在北纬25°30′～26°30′、东经122°30′～123°30′海域产卵。

产卵后的马面鲀，按大鱼在前、小鱼在后的顺序，分批离开产卵场北上索食。首批是中条、大条马面鲀：其中一群在5月初经温台、鱼山、鱼外渔场，在5月中旬至7月中旬抵达舟山渔场及舟外渔场，并在此进行短期索食，越过长江口后，于7月至8月进入大沙渔场，再北上黄海分散索食。同批另一群则穿过对马海峡进入日本海，在朝鲜沿海和日本西部海域分散索食。第二批是当年生的马面鲀幼鱼，因活动能力较差，随暖流而动，于6月至7月到达舟外渔场，然后到韩国济州岛南部、西南部或东南部育肥成长。

风向、潮流、潮汛和月光对马面鲀捕捞的影响，也被总结出来了：

南风对马面鲀是否沉底影响很小。刮西南风、南风、东南风时，大部分马面鲀在傍晚时分会短暂沉底，然后马上浮起，仅在个别地方沉底后不上浮。潮流越急，鱼就越贴底。产量不受潮汛大小的影响，有时大水比小水好。月光对浙东海域的马面鲀捕捞却有一定的影响，当月光强时，鱼群探测仪影像显示鱼群有十几米或几十米厚，但鱼群仍不肯沉底。

　　掌握了马面鲀洄游规律，只要有大船，就能到外海捕马面鲀了。

　　但从另一角度而言，马面鲀洄游规律被迅速掌握后，在无节制捕捞下，它的捕捞期也缩短了。

02

为六条鱼的价值而战

多年后，当我追踪马面鲀捕捞兴起的踪迹时，惊奇地发现，最初几年，渔民捕捞马面鲀，看重的并不是马面鲀，而是由于马面鲀捕捞而增产的带鱼。

这听起来似乎有点荒诞，但实际上自有其逻辑。

官方统计更注重渔业产量，那些年舟山渔业年产量一直徘徊在一千四五百万担，这如同卡在喉咙里的一根鱼刺，让人不舒服。渔民更在意的却是收益，哪种鱼卖出的价格贵，就更喜欢捕哪种鱼。但在计划经济时代，捕鱼也得按计划来，渔民就算不喜欢捕，也还得去捕。1976年之后，直到1980年，渔民对捕马面鲀还是缺乏积极性，问起捕马面鲀怎么样，他们会答非所问地说："喔，带鱼增产了。"不了解内情的人听得一头雾水。

　　其实渔民说得没错，那几年捕马面鲀，确实让带鱼增产了。以前春汛时捕产卵带鱼，而那几年春汛时，一部分渔民去捕马面鲀了。以前7—9月捕幼带鱼，而那几年的7—9月开始实行拖网作业禁渔，原先拖网的渔民也去捕马面鲀了。这样一来，冬汛时带鱼确实增产了。

　　渔民变得像喜欢捕带鱼一样喜欢捕马面鲀，这一转折点是在1980年。

　　这一年，这种低值鱼，被加工成了一种新品——调味鱼片。马面鲀顿时身价倍增。

　　以鲜销为主时，因卖不出去而腐烂发臭的马面鲀，曾被整篓整篓倒在田里当肥料。晒成马面鲀鱼干，销路也比不上其他鱼干。后来经油炸、调味，制成"五香狮鱼"罐头，三斤马面鲀制一个罐头，出厂价一元四角，销售仍不温不火。

　　1980年，舟渔公司了解到日本市场畅销的调味马面鲀鱼片，派出技术骨干到外地一家食品厂学习技术。这家食品厂当时是国内唯一生产调味鱼片的厂家。

　　这一趟"取经"之行，并不顺利，食品厂的生产车间不让参观，车间窗户上还特意挂上了厚厚的窗帘。他们只能溜到车间外面，透过窗帘的缝隙向里窥探，暗暗记住烤鱼片加工设备的外形和一些细微之处。

　　光凭这些印象当然无法复制出一套设备来，幸亏后来舟渔公司拿到了上海渔业机械研究所提供的国外烤鱼片生产线设备的测绘数据，才建成了一套由烘道、烘车、鱼片烘架、风机、热交换器、恒温自动控制箱、操纵台和封口机等组成的烘干设备。

这一年下半年，两条鱼片生产线投产，马面鲀被切片、漂洗、调味、烘干、包装，鱼片每吨售价九千多元。舟渔公司与日商签订了鱼片出口协议。

第二年，舟渔公司又研制出了小包装鱼片。首批小包装鱼片投放到宁波、北京、上海、杭州等地试销，结果极受欢迎。来自全国二十多个省（区、市）的客户，涌向这家公司。经销处办公桌上，预订单被摞成一沓。许多客商干脆住进招待所，赖在生产车间，不拿到鱼片誓不罢休。

调味鱼片受宠，很大程度上是因为是不太好吃的马面鲀制成鱼片后变得好吃了。马面鲀一旦好吃了，它的营养价值就有了市场价值。每一百克马面鲀肉，含蛋白质超十九克，比大黄鱼、带鱼、牛肉、猪肉的蛋白质含量要高。以往，这种价值因为不好吃而不受重视，人们重视营养价值但似乎更重视口味。如今，好口味加上好营养，调味鱼片就容易获得吃客的喜爱。

之后几年，舟渔公司增添烘干设备，扩建鱼片生产车间，最后一跃成为全国规模最大的鱼片生产厂家。不仅如此，舟渔公司还设计建造了鱼粉蒸干机和脱脂设备，用马面鲀"下脚料"生产鱼粉，制成鱼肝油，就连鱼骨也被加工成鱼排罐头。马面鲀被"吃光啃尽"。有人算过一笔细账，马面鲀这一条鱼产出了六条鱼的价值。从来没有一条鱼被如此开发过，哪怕是一直占据鱼皇地位的大黄鱼。

忽如一夜春风来，满城皆飘鱼片香。舟渔公司的"明珠牌"鱼片接连获省优、部优产品称号，声名鹊起，市面上甚至出现了商标图案与"明珠牌"极相似的"明球牌"鱼片。马面鲀效应迅速在整个舟山渔场扩散，到1994年时，舟山有二十五家水产企业加工马面鲀鱼片。

调味鱼片旺销后，马面鲀收购价接连攀升，渔民捕马面鲀捕"疯"了。1986年，约六万吨。1987年，约八万四千吨。终于，在1989年达到了空前绝后的九万二千吨。马面鲀成了舟山渔区的"看家鱼"。

捕"疯"的渔民，必须改变最主要的生产工具——渔船。

继木帆船"变"为机帆船后，渔船又一次升级，小船"变"为大船，木质船"变"成铁壳船，这些改变，是从捕捞马面鲀开始的。

"丑陋面鱼鲀，改变大渔业"，这是当年的一句戏谑。

先从一场海难说起：1978年，舟山二千四百多艘机帆船驶到外海渔场捕捞马面鲀，突遇十级以上风暴，十二艘渔船遭灾。这场海难让人领悟到：在离岸一百五十海里至二百海里的外海渔场，木质机帆船抵抗不住大风大浪。

郭钦再试捕马面鲀，三条经验中的一条就是要造大船。但当时国家缺钱，浙江省全年渔业贷款总量才一千万元。哪怕这些钱全部投到舟山渔场，也只能购买三四对钢质渔轮。

举债向国外买渔轮的举措，便在这时候出现了，采用的是外贸补偿的方式，也就是向外国贷款来购买渔轮，再以渔获"还贷"，由此诞生了浙江省舟山第二海洋渔业公司（以下简称舟山二渔公司或"二渔"）。

还没完全对外开放的时候，对外开放是要冒很大风险的。经层层申报，一直等到国家计划委员会批准后，"二渔"才邀请日本大洋渔业株式会社（以下简称"大洋"）派代表团前来谈判。

谈判在杭州西子湖畔举行，一谈就是一个月，经过拉锯式讨价还价，"二渔"与"大洋"签订十年经济合作协议书，商定"二渔"以贷款形式向"大洋"购买渔轮，债款用渔获抵偿。

"借外国的钱，买国外的船，捕外海的鱼，还外国的债。"

——当时的决策者，用这样简明的一句话来说明这种之前在中国大陆从未有过的补偿贸易。但非议仍有很多，政府层面上最具杀伤力的观点是："我们国家既无内债又无外债，舟山为什么要借这么多的外债？"至于民间，则是担心被日本人骗了："和日本人打交道，弄不好要中圈套的。"

风风雨雨中，1979年11月，"二渔"从日本进口的首对舷滑道渔轮投入使用。至第二年3月，共引进七对，组建起一支船队。这支船队生产两年多，就捕回一万七千多吨鱼虾。这数字挺惊人，数字背后的意义更惊人。

渔获质量是前所未有的好。在一对对从外海满载而归的渔轮上，一箱箱木质鱼箱整整齐齐地码在舱里，里面的渔获像刚从海里捕上来一样透骨新鲜。原来这种渔轮一起网，就分类理鱼装箱，将鱼送进冷藏舱，用平板速冻机速冻，国内渔船采用的碎冰冰鲜与这完全不在一个档次。

渔获质量好，就卖得了好价钿。

当时，水产还是由国家统购包销、计划定价的，但外贸市场允许随行就市、自由定价。艉滑道渔轮捕来的渔获，卖到国外要比国内贵得多。但"二渔"没敢多卖，一万七千多吨鱼虾，只有二千四百多吨外销，其余一万五千多吨鱼虾都被销往北京、杭州等重点市场。如此，消除了一些人"外销会影响内销，致使国人吃不到鱼"的顾虑。这是当时人们对外贸补偿最大的担忧，也难怪，物资贫乏时期嘛。

新渔轮开捕两年多，十九批出口鱼虾由该公司冷藏运输船运销日本市场，并按合同规定如期偿还了国外借款本息，其中九艘渔轮的借款本息已全部还清。"二渔"对外开放的举措受到肯定，1982年底就又新引进六艘渔轮。至1984年，"二渔"共引进二十一艘渔轮。

分配到艉滑道渔轮上捕捞的船员，绝大部分是从渔业社队招来的渔民。渔轮上的制淡水、制冰、冰冻及冷藏舱全套设备，是他们从来没见过的。最让他们震撼的是，其中的六艘是双甲板艉滑道渔轮，上层甲板用来进行捕捞作业，下层甲板用来处理渔获。渔轮上配备了可以同时监视三个目标、有避碰装置的雷达，显示渔船所在位置经纬度的卫星定位仪，能探测六百到八百米水深处鱼群的大功率鱼群探测仪，而渔轮上的冷藏舱，温度保持在零到二摄氏度，既不让冰很快融化，又不让渔获冻结成块，怪不得回港时，舱里的鱼虾就像刚从海里捕上来一样新鲜。

这批从渔业社队招来的渔民有多少人，我未能在档案资料中查到准确数据，但当年举办的培训班学员人数是三百六十八人。他们接受日方船长和轮机长授课，其中一部分学员还去了一趟日本，在日本渔业捕捞船上实习，回来后"母鸡带小鸡"，带出一批徒弟。这一切，都因为在签订购船合同时，还签订了技术交流合同。

所有学员都掌握了日本渔轮的操作技术。学员中一部分人，后来在渔村股份制改革中离开了"二渔"，投资打造渔轮，带领一批渔民去闯荡远洋，成为群众性远洋渔业的骨干分子。

只是，这些当时还未发生。当时人们最在意的是，引进日本渔轮后，舟山渔船更显落后了。

03

砸锅卖铁也要造大船

　　然而，外贸补偿的模式是无法被大范围推广的。打铁必须自身硬，我们要"打出去"，关键还是要自己有能力造大船。这个根本性问题在当时还处于无解状态。

　　当时最有优势解决问题的主体，当然是当时舟山唯一的部属国企——舟渔公司。

　　1981年初，我国第一对六百匹马力双拖艉滑道冷冻渔轮，在舟渔公司下水投入捕捞马面鲀。这是由中国水产科学研究院、旅大渔轮修造厂、东海水产研究所和舟渔公司共同研制的新一代船型。它们被命名为"舟渔621号"和"舟渔622号"。

　　渔轮下水后试捕，结论是：适航性、适渔性良好，速度快；网具设计合理，大风浪中操作安全、省力、省时间，网产比同功率渔轮高；冻结保鲜效果良好，渔获质量高，一个月后运至北京时仍能达到国家一级鱼标准。

最引人注目的是，当时在由国家水产总局主持的鉴定会上，专家们在介绍中还特别强调一点：综合了我国渔轮和日本渔轮的优点。这不由得让人想起"二渔"那引进不久的日本渔轮。实际上，"二渔"补偿贸易方案中就有一条：为国产渔轮选型设计提供借鉴。

这样的渔轮，每一对年捕马面鲀三千吨左右，年均产值五百多万元，盈利约为一百五十万元，抵得上一座效益好的中型工厂的利润水平。但它的造价也不菲，每艘需要约四百万元。

在20世纪80年代初，只有像舟渔公司这样的国企，才造得起国内领先的渔轮。渔村这时刚刚开始实施家庭联产承包责任制，靠集体积累还无力建造，"造大船，打出去"只能是雷声大雨点小。但再小的雨点落下来，也是有作用的——新造的渔船还是要比过去高了好几个等级。不过，计划很丰满，现实却很骨感。到1989年，九年过去了，舟山水产部门的统计数据依然不尽如人意。当年舟山机动渔船已有九千九百十二艘，但平均马力只有五十六匹，平均吨位只有约二十五吨，整体情况还是"小船多，大船少"。

限于财力，大部分渔村造不起大船，不过还是有一些地方脱颖而出成为"领头羊"，这些"领头羊"基本上是渔村人民公社解体后冒出来的渔工商联合体。1982年，舟山船厂设计建造了第一对八一九型铁壳机动船，这艘渔船属于螺门渔工商联合体，九十吨位，一百八十五匹马力，虽比不上舟渔、"二渔"的艉滑道渔轮，但总归是能够去闯荡远海的大船了。

这个螺门渔工商联合体，后来组建成舟山第三海洋渔业公司，以每年几对的速度，建造一百吨、二百五十匹马力的大船，最后建造了二十五对，拥有了一支当时浙江省规模最大的群众渔业外海捕捞船队。

捕马面鲀的高收益诱惑难以抗拒，那些造不起大船的渔民，鼓足勇气开着小机帆船，跟随大船出海，那是命悬一线的冒险。

1989年，一艘只有三十四吨位、一百二十匹马力的渔船去外海作业，八天后接收到大风警报，也未立即起网回港，结果待到风暴袭来，浪头愈激愈高，这艘船就与其他船中断了无线电的联系。一周后，有渔民在花鸟岛附近洋面，打捞起两具着该船号救生衣的尸体，原来渔船已被风浪吞噬，船上八名渔民全部遇难。他们的年龄均在三十岁上下，其中一名新婚才一个月，还有一名的妻子再过一个月就要分娩了，他们都撇下亲人，走了……

事故发生后，许多人都觉得这样的冒险不值得、不应该。但对于渔民来说，这时候近海作业，形势更加严峻。事故发生的那年冬汛，东海区浙、闽、苏、沪三省一市的渔船普遍减产。舟山近千对作业渔船，月产不到五万吨。带鱼鱼发海域有了新变化：离岸越近捕捞量越少；舟山外侧渔场渔获量稍高些，能够捕到一些大带鱼和特大带鱼。这样一来，连近海作业，船太小也不行了。

1989年建立产卵带鱼保护区后，据相关水产研究部门测报，头一年幼鱼数量就增加了一两倍，这说明近海渔业资源还是可以保护的。但一些只能在近海作业的渔民，却产生了"先下手为强"的想法，觉得多捞一网是一网，大家一起捕光好了。这其实是他们去不了外海而产生的一种抵触情绪。政府部门肯定要严管，因此这一年禁捕幼带鱼的渔业执法特别严格。

去远洋船太小，在近海又严管，渔民怎么办？没有退路，砸锅卖铁也要造大船！

1991年2月初，离春节还有十多天，定海北蝉乡黄沙渔业村已像过年一样热闹，运木头的汽车开进村里，造船的大木师傅打远方赶来。

黄沙渔业村1990年已经造了两艘一百吨机帆船。为筹集造船的钱，除大家凑份子外，村里还向银行贷了五十二万元。这是一笔当年要还的贷款。到年底，村里拿不出钱来还贷，渔民们说，那就把分配的钱先借给村里吧。这样还是不够，大家再拿出点存款，也算是借给村里，这才还清了贷款。尽管集体经济已是资不抵债，新的一年大家还是觉得要再造新船，村里有线广播一喊，五天时间渔民投资约二十五万元，甚至有位已退休的七旬渔民，把平日里补网挣来的五十元也拿来投资了，说这是自己的一份心意。

少分配，多积累，用积累造大船。那些年舟山群众渔业的大船，大多是这样造起来的。1990年定海区渔业生产总投入约一千万元，其中渔业村社和渔民自筹资金投入占投资总额一半以上。

20世纪80年代末造大船的最后一波，是造钢质小渔轮，县（市、区）政府出台优惠政策，投资款中，贷款约占70%，政府给予一些财政优惠补助，对新造钢质小渔轮的钢材，每吨补贴七百元。

最早的钢质小渔轮，只有二三百匹马力。到了1995年，舟山六百匹马力以上渔轮已达百余对。渔轮越造越大，一开始形势大好。1991年时，每对六百匹马力渔轮，年捕捞产量抵得上八对二百五十匹马力的钢质小渔轮。但没过几年，这些大马力渔轮多数赚不到钱了，反而出现了不同程度的亏损。最惨的还是那些最后建造的大马力渔轮，从渔轮投产开始就没有赚到钱。

为什么短短几年间，大马力渔轮的生产效益会发生如此强烈的变化？这是因为这时候外海渔业资源发生了急剧变化。

04

马面鲀谢幕，"群雄逐鹿"

马面鲀产量锐减了。

我从那几年的年度统计公报中摘录了马面鲀产量：

1989 年，九万二千一百八十一吨。

1990 年，七万四千一百零七吨。

1991 年，五万零九百一十四吨。

1992 年，三万八千八百一十吨。

1989 年是马面鲀产量最大的年份，之后三年呈阶梯状下降。
到了第五年，如同一架飞机，从巡航高度垂直坠下：

1993年，八千一百一十九吨。

这数字，连1989年的一成都不到。

所有捕捞马面鲀的渔民，心里都一片冰凉。

之后六年，又经历了两次"过山车"：

1994年，二万二千四百二十六吨。

1995年，一万零六百五十二吨。

1996年，一万二千零七十八吨。

1997年，二万三千六百零五吨。

1998年，八千二百三十九吨。

1999年，一千零三十二吨。

相比前一阶段，这六年虽有所起伏，但基本是"低空飞行"，到了最后一年，没能维持住，一头扎到了地面。

终于，在2000年，马面鲀要与我们告别了：

2000年，一百四十一吨。

我对这一年的统计公报感到非常奇怪，它竟把这一百四十一吨马面鲀也列了进去。舟山渔场那么多种海产品，千吨以下的完全可以忽略不计。或许，这是一个为了给人们留下点念想的"小尾巴"吧。

还记得小黄鱼的"小尾巴"吗？1988年，三百六十八吨。

马面鲀资源衰退的速度，远远超过之前舟山渔场四大渔产的衰退速度。

在舟山渔场，一种鱼从登场，到唱主角，再到谢幕，从未这么短暂过。不像大、小黄鱼历经两三代渔民捕捞才形成资源衰退，马面鲀从"丰产"到"减产"再到"绝收"，是同一代渔民的经历，他们的切肤之痛真真切切。

那些靠少分配、多积累造起大船的渔民怎么办？

那些贷款购置钢质小渔轮的渔民怎么办？

那些刚刚组建起大马力渔轮船队，还没捕到多少马面鲀，就没有马面鲀可捕的股份制渔企怎么办？

近海渔场是回不去了，只有从外海驶向远洋，驶向那深蓝色的大洋。

当渔船的捕捞速度超过鱼类的繁殖速度时，只能依靠渔场外移来支撑渔业规模的扩张。

随着马面鲀退场，许多人又开始寻找新的"主角"。总要让这么多的渔船有鱼可捕，渔民生计可一天都耽搁不得。

自从大黄鱼资源衰退后，舟山渔场和外海渔场的鱼类生态发生了很大变化。最明显的是，当处于食物链上层的鱼类被捕光后，位于食物链底层的鱼虾就会异常繁衍。

鳀鱼曾引起过渔民的关注。

这是一种集群性中上层鱼类，栖息于水质澄清的海区中，常随水面云影而移动，晚上趋光性很强。

舟山近海的鳀鱼，分为两个鱼群。一群是个体较大的产卵亲体，主要分布在嵊泗、岱衢、普陀等浑水与清水交汇区；另一群是小型的稚、幼鱼，数量较亲体多，6、7月是出现的高峰期，使得嵊山、东极等地形成海蜒旺汛。但更多的是在外洋，每年的12月到翌年3月，鳀鱼在舟山东部和南部的台湾暖流前锋与沿岸寒流交汇处越冬，此时鳀鱼群最为密集。3月后鱼群分散游向沿岸产卵，是拖网捕捞的最佳时机。

舟山早在20世纪80年代就曾有过三次鳀鱼试捕，但都未成功。这要早于全国其他地方，全国大规模捕捞鳀鱼出现在90年代。1993年，山东荣成市约四十万九千吨海洋捕捞总产量中，鳀鱼产量约有八万八千吨，约占总量的21.5%。这让前去考察的舟山渔业干部非常感叹，连连说道"东海鳀鱼谁取其用"，表示十分可惜。1994年，经中国水产科学研究院黄海水产研究所"北斗号"调查船的调查，我国东海、黄海鳀鱼资源蕴藏量达二百五十万到三百万吨，年可捕量约一百万吨，而我国山东、辽宁两省年捕捞量远远未及。因此调查报告认为鳀鱼是我国海洋渔业资源中最有增产潜力的鱼种。荣成市四对捕鳀船曾来舟山渔场捕捞一个月，捕鳀鱼约一千八百吨。于是开发鳀鱼的呼吁声在舟山再起，但直到1998年，舟山从事鳀鱼生产的渔船仍只有五十一对。1998年，舟山鳀鱼产量才突破四万吨。

捕惯传统底层鱼类的舟山渔民，打心眼里看不起像鳀鱼这种原本作为大黄鱼食料的小鱼，况且这种小鱼味道也不咋的，捕上来大多送到鱼粉厂做原料。所以舟山渔民叫它为"烂船钉"，意思是就像渔船上的烂铁钉一样没用。过去甭说主捕，就连作为兼捕对象它也排不上号。鳀鱼都是"撞进"定置张网才被捕获的，捕获了渔民还要骂一句"运道坏足了"。所以渔业资源衰退后，他们宁愿去闯荡远洋，也不愿在鳀鱼这种小鱼上多花精力。

这当然是主要原因，但也不尽然。

我曾采访一位捕鳀鱼的渔老大，他的渔船是当时五十一对捕鳀船中的一对。说是捕鳀船，其实也兼捕多种鱼，冬汛、春夏汛捕带鱼、鳀鱼，秋汛捕鲐鲹鱼。他的船上，是双船双网（早先机帆船只有头船有网，偎船上无网），驾驶室后的甲板上还堆放着备网。原来捕不同的鱼要用不同的网，他用过近十种网具，分别用于捕捞带鱼、马鲛鱼、鲳鱼、鳗、马面鲀、鳀鱼和鲐鲹鱼，置办一种渔网就要花一笔费用。渔民会谨慎选择捕捞鱼种，计算投入产出比。

那次，我问得最多的是鳀鱼，他说得最多的却是带鱼。那时带鱼资源衰退已有多年，但他仍能捕到两三吨的大网头。原因是他有耐心，当别的渔老大看到产量不理想，纷纷拢洋（收网并返航回家）时，他却能凭多年捕鱼经验判断出再过几天，洋面上就能捕到大网头。渔老大威信高不高，取决于他捕鱼多不多。他一直是高产渔老大，不下令回港，船上谁也不敢吭声。

就是这么一位渔老大，告诉我东海渔场只有少数几种鱼作为主要捕捞品种的时代结束了，马面鲀是最后一位"主角"，接下来将是各种鱼都要捕一些、留一些，再要寻找渔场"主角"，只会使东海渔场鱼类资源枯竭。真正要找"主角"，只能到远洋去找了。

这是世纪之末清醒的捕鱼人之一。

实际上，尽管人们寻找"主角"的心思未绝，想挽回大黄鱼霸主地位的雄心犹在，但到了21世纪，舟山渔场的生产情况确实已从四大渔产"一统天下"，转变为各种海产品"群雄逐鹿"了。

从2003年起，进入舟山年度统计公报的水产品有：虾、蟹、鲐鲹鱼、带鱼、大黄鱼、小黄鱼、鲳鱼、鳗、马鲛鱼、乌贼、马面鲀。雄霸一时的马面鲀，一直敬陪末座，甚至不如昔日霸主大、小黄鱼。此外还有远洋鱼鱿鱼，有些年份称鱿鱼，有些年份称头足纲类，2004年首次超过东海水产品的任何一种鱼，占据首位，其后就一直当仁不让。

其实除了这些鱼，应该还有鳓鱼和鲍鱼，估计是因为捕获量较少，它们才未被列入年度统计公报。

鳓鱼的汛期在夏季，与大黄鱼鱼汛重叠。虽然有"五月十三鳓鱼会，日里不会夜里会"之说，但当鳓鱼成群结队像"行会"一样过来时，往往是大黄鱼已夺走所有宠爱之际。也因此，鳓鱼躲过了酷渔滥捕,一直相对安全地生存在舟山渔场。再加上,鳓鱼在海里游速比一般鱼快,产卵时成群结队地匍匐在海底泥沙里不易被捕到,自然界里的主要天敌是在舟山渔场不多见的凶猛大鲨鱼,所有这些,都促使鳓鱼能在洄游性中上层鱼类中幸存下来。

东海鱼类中,腌制后最鲜美的鱼是鳓鱼。"三抱鳓鱼"是鳓鱼较古老的吃法。舟山各地制作"三抱鳓鱼"的方式不同,最有名气的是"梁横三抱鳓鱼"。

梁横原是个小岛,岛上渔民自古以来就有用流刺网捕鳓鱼的传统。梁横人捕鳓鱼时,都要带着一袋盐上船。捕上鳓鱼后,将盐从鱼嘴灌到鱼肚。盐不宜多,太多了鱼肚会爆裂;也不能少,否则达不到保鲜、腌制的目的——这个分寸得拿捏得十分准。当天将经初步腌制的鳓鱼运回家,再用盐整条腌制,按十斤鱼配五至六斤盐的比例放入桶内或缸内,用重石压住,满一个月后才能开桶或开缸。如此反复腌制三次,就是"三抱鳓鱼"了。用此法腌制的鳓鱼,外表色泽鲜亮,不倒鳞,肉质挺括。用"三抱鳓鱼"炖蛋,鱼香浓郁,是舟山一道名菜。

鳓鱼之外还有鲳鱼、鳗、马鲛鱼,也都是幸存者。舟山渔场的鲳鱼有银鲳和乌鲳,这两种都是鲳鱼中个体较大的群体。它们能够幸存下来,也是因为旺汛在5、6月,大黄鱼替它们"牺牲"了,且多年来一直对它们采用流网作业,不会损害幼鱼。它们性成熟得较快,一般两年就成熟了,繁衍也就容易些。

尽管如此，大鲳鱼那时已不常见，能买到的，其价格也是相当高昂。

任何一种鱼幸存下来，除了因为没有被作为主捕对象，总还有其自身的特殊原因。鲳鱼比其他鱼灵敏，一有动静，便逃之夭夭。在渔场资源丰富的年代，因为它难捕，渔民觉得捕它不合算，更喜欢捕大宗鱼类。对圆筒状的鳗采用的捕捞方式比较特殊，最早是"滚钓"，又被渔民称为"拉钓"，就是将一种钓钩稠密、钩尖锐利的钓具，设置在海底鳗洄游通道上，后来发展成船上流钓，原理大同小异，这样的捕法捕不光鳗。至于马鲛鱼，因为能做熏鱼、鱼圆，过年时餐桌上少不了它，以前渔民没少捕，但它从受精卵到长成一斤重，只要六个月，长到十二个月就能排卵交配，孕育下一代。而且，舟山人很少知道它的幼鱼，即清明前后的鳍鲹，顶顶鲜美。种种情由，竟使它也成为幸存者。

"群雄逐鹿"的时代，以上这些鱼都成了舟山渔场的新宠。

大鱼之外，还有各色小海鲜。

龙头鱼，一种煮熟后像烂豆腐一样的鱼，舟山人叫它为虾潺，"虾"是指它的形状像一只虾，"潺"是说它看上去很孱弱，像潺潺流水一样温柔。其实它在海里面对小鱼小虾时，食性很凶猛。可它再凶猛，也要被黄鱼、带鱼等大鱼吃掉。大鱼少了，它们就在渔场里繁殖起来，到处都有分布，一年中，有九个月能捕到。

　　大头梅童在一年中也有九个月可捕期，只是这种小海鲜比龙头鱼稀少多了，因此价格不菲，可以说是舟山小海鲜中最贵的。吃客们说它是小海鲜中的"大黄鱼"，它们倒也确实有几分相似，比如6月份产卵期，大头梅童会像大黄鱼一样集群，出现"蓬头"现象。

　　还有一种小海鲜——凤鲚，舟山人俗称鲚鱼头，油炸最美味。凤鲚是鳗鱼的堂兄弟，但鳗鱼被贬为"烂船钉"，油炸凤鲚却是道名菜，舟山人还是有偏爱的。

　　刀鲚也是舟山渔场名贵小海鲜，每年春季由海入江，沿江而上产卵洄游，当年孵出的幼鱼顺流而下，入海生长育肥。舟山近海是刀鲚的索食育肥场所。

　　这些精致美味的小海鲜，连同舟山人不太爱吃的七星鱼、斑鰶、青鳞鱼和鳗鱼，原本都是大黄鱼、小黄鱼、带鱼、鲳鱼、马鲛鱼的食物。大鱼资源衰退了，这些小海鲜就变多了，对于吃客们来说，是一种补偿。

　　只是，这由补偿得来的口福，是以几种大鱼几近灭绝、汛期消失为代价的。

　　这代价实在过于沉重。

第四章　活蟹时代

01

万船云集眼前休

嵊山岛，在嵊山渔场。

嵊山渔场处于长江口东南海域。渔场中较大的岛屿，除了嵊山岛，还有枸杞岛、花鸟岛、绿华岛、壁下岛。

嵊山渔场的海底地势崎岖多变，水深只有几十米，太阳光热能够直达海底。因为从长江、钱塘江冲入大量有机质和营养盐类，能给鱼儿提供丰富的食物，再加上底沙松软，嵊山渔场成为海洋鱼类优良的索食地和产卵场。

海产资源最丰饶时，嵊山渔场是海洋生物的天堂，盛产鱼类和贝藻类：有带鱼、大黄鱼、小黄鱼、鲳鱼、鳓鱼、鳗、马鲛鱼、海蜒等常见经济鱼类及乌贼、虾、蟹，有紫菜、海带、石花菜、羊栖菜、裙带菜等藻类，有牡蛎、贻贝、海螺等贝类，还有石斑鱼、虎头鱼、沙鳗等产量较小的海鲜。

这么多水产品中，最有名的就是嵊山带鱼。

带鱼旺汛始于立冬，至来年立春结束，前后共有近三个月时间。

秋末冬初，暖寒交替，带鱼鱼群受海洋冷水团催逼向南洄游。经过嵊山渔场时，因地形特殊、海况稳定，鱼群游速减慢，甚至在此逗留，至来年2月初才离开，匆匆游向大陈渔场。就这样，嵊山渔场成了带鱼冬汛的中心渔场。

嵊山古称陈钱山。清光绪年间（1875—1908），嵊山岛上开始形成渔港集镇，有记载："陈钱山，二百户，渔时约千户。船只七八十号，客渔船千号。"

集镇形成初期的渔船数量，虽无法与后来成为渔业重镇时相比，但那时候，渔民捕鱼时大多在所住岛屿周围海面上打转，早潮出海，晚潮返家，去嵊山渔场就像现在赴远洋。此种情况下，嵊山渔场能集结千艘外来渔船，已属罕见。

从辛亥革命到1930年前后，是舟山渔业在20世纪前半叶的全盛时期。当时舟山海鱼年产量在六万至十万吨之间。20世纪20年代产量骤增的原因，除了佘山小黄鱼渔场被开发外，便是嵊山带鱼渔场被开发了。

到了20世纪50年代至70年代，每逢冬汛，来自辽、冀、鲁、苏、浙、闽、台等沿海七省和沪、津两市的十万渔民浩浩荡荡赴嵊山渔场捕捞带鱼。

最盛时要数1979年。当时嵊山渔场共聚集了约十六万渔民。那时的渔业生产推崇"大兵团作战"——东海区及各省（区、市）、市、县（市、区），长年都设有渔业生产指挥部，冬汛时就到嵊山岛安营扎寨，就像作战时的前线指挥部一样。

这个面积仅约四平方千米的小岛，南有泗洲塘，北有箱子岙，都是良港。一到"打暴天"（刮大风的日子），来自四面八方的渔船就进港避风，补充淡水、柴油及各种渔需物资，岛上人便挨山塞海了。岛上有号称第一大街的兴隆街，两三米宽，百余米长，像一条又细又长的海鳗，数以万计的渔民在街上来往穿梭，南腔北调处处可闻。

到了夜晚，港里渔火万盏，闪闪烁烁宛若满天繁星。

那时候留下来的照片，任谁看了都会惊叹于渔港的繁荣。

1953年至1979年二十几年的统计数据显示：嵊泗渔场冬季带鱼汛，共产鱼约三百三十四万一千八百吨，占整个东海渔场冬汛产量的七成左右。

但从1984年开始，嵊山带鱼冬汛时，渔业生产不再搞"大兵团作战"了。渔业指挥部虽还存在，但由行政指挥型转变为信息服务型，发挥的实际作用已小了许多。作业方式从机帆船单一捕带鱼，变为对网、拖网、流网、大捕网等各显其能，带鱼、乌贼、虾、蟹、鳗都捕。怎么捕由渔民自己定，渔场也让渔民自己选。

这个变化的产生，是有多种原因的。

其中一个原因是，那时的舟山渔区，已普遍实行家庭联产承包责任制。渔船虽然还属集体所有，但渔民只要按规定上缴每艘船或每对船的折旧费、修理费、管理费等几笔费用，余下的捕捞收入就可以全部归自己。渔民有了更多的自主权，渔业生产就很难再像过去那样"大兵团作战"了。

但这还不是主要原因，主要原因是那个时候，嵊山渔场已难以形成带鱼汛。

带鱼资源衰退从20世纪80年代初就已开始。1983年11月，冬季带鱼汛期已过了半个多月，但枸杞岛上大部分渔户还没吃上鲜带鱼。原来，向国家交售两千多担带鱼后，已经没有自留鱼了。

为了追捕带鱼鱼群，一些渔船去了"南洋"。那一年冬季带鱼鱼汛，嵊山渔场不成汛，"南洋"的渔场却有三股带鱼鱼汛并发：甩山渔场东南到洋鞍渔场东南，以中、大条白鳞带鱼为主；洋鞍渔场东到桃花岛海域东，以白鳞和黑鳞带鱼混合群体为主；将军帽岛海域到檀头山岛海域，以黑鳞带鱼为主。"南洋"比"北洋"好实属罕见。

另有一些渔民，趁西北大风来临之前，抢捕"暴头鱼"（大风将至时的鱼），或者在西北大风将要停息前，抢捕"暴尾鱼"（大风刚歇下来时的鱼），这样才在嵊山渔场捕到了带鱼，但这都是要冒着大风浪去捕的。

渔况变了，中心渔场也就散了。

热闹了二三十年的嵊山岛，从此被渐渐冷落。曾经的万船云集，就如烟花风景眼前休。

近海渔业资源衰退后，小岛渔民利用周边礁滩众多的优势，携带多种网具，以一吨左右的小机帆划子船进行多种作业，拖虾，拖墨鱼，捕海蜇，捕带鱼，流网捕鳓鱼、黄鱼、鲳鱼、蟹，钓石斑鱼，还是有些收成的。

这种作业法，其实回到了传统捕捞模式。

鱼群探测仪等先进工具用不上了，反倒是老人们传下来的一些技法变得管用。比如捕海蜇：海蜇体长只有几厘米，身小力弱，洄游能力差，行动受风向、潮流影响大，因此一般成群结队出现在风平浪静的岙口。夜里海蜇聚集，这时，在岙口的小船上，渔民用脚反复蹬船底舱板，海水中的海蜇便会浮起，甚至跳出水面。乘机撒下网眼密集的"海蜇网"，便会有好收成。

弄滩横在那个阶段也实现了"复兴"。这种古老的作业方式可以追溯到唐朝。自从近海捕捞兴起，弄滩横在渔村就连副业也算不上了，只有老人孩子偶尔才会去"弄弄"。就连这弄滩横的"弄"，也染了点轻视的意味，意思是"随便弄弄"。也因这"随便弄弄"，岛礁贝类资源反而没有被破坏，那时还很丰富。餐桌上的水烫黄螺、炒巨螺肉、辣螺酱，还有野淡菜、海石鳖、毛娘、佛手、牡蛎，以及红烧虎头鱼、清蒸海鲥鳗，能让城市里来的客人惊呆。这都是弄滩横"弄"来的。品种如此繁多，光是螺，就有黄螺、泥螺、马蹄螺等七八种，呈灰、绿、紫、棕、黄诸色。

近海渔业资源是衰退了，但对于小岛渔民来说，整一桌子海鲜，还不算十分困难。

但自那时起，这些滩礁资源，也就丰盈了十多年，便到了需要保护的时候。当然这是后话。

大鱼少了之后，海产品结构的最初变化，是蟹多了。

捕鱼难得捕到大网头，柯蟹却从没扑空过。

冬季梭子蟹分布在浙江中南部外侧海区越冬。梅雨季过后，梭子蟹逐渐向近海洄游觅食，在浅海海域形成产卵场。产卵后的群体，分布在舟山渔场和长江口索饵。到了农历七月半，佘山渔场北首一带首先有梭子蟹旺发。农历十月下旬，小机帆流网捕蟹船开始在东福山岛东面三十到四十海里一带的海域生产，一般一潮能捕获梭子蟹十多担。农历十一月初，生产场地逐渐南移至里、外洋鞍岛以东二十多海里处，一潮也能捕获六七担，捕上来的都是成蟹。到了当月末，天气转冷，嵊山渔场里的蟹肉更肥、膏更厚。

这是20世纪八九十年代舟山梭子蟹的洄游路线。那时候，舟山渔场中，数嵊山渔场的梭子蟹质量最好。

带鱼资源衰退后，小机帆流网捕蟹船越来越多。每条船上有六个人，捕梭子蟹十至二十担，起网后，船立即返回渔港。

1984年冬季，嵊山蟹已开始出口。

那时的出口蟹，都是冰冻货。梭子蟹不缺蟹钳并有蟹黄才算质量合格，之后整只蟹被冷冻。蟹钳不全的，则被加工成蟹股和蟹浆。

夜晚，加工厂内灯火通明，地上堆满了刚刚收购来的梭子蟹。长方形加工桌上，一只只蟹经过分拣后，蟹钳残缺的蟹被剥壳、斩肉、计量，装进小包装袋或包装瓶，马上送去速冻。

这样的加工场，在当时嵊山岛上有十几家，每家每天可加工二百多担梭子蟹。

不过，出口的冰冻蟹数量相比旺发后的捕捞量，只占了后者的较小一部分。

1984年，舟山梭子蟹产量达到三十七万担，排名于带鱼、虾、马面鲀、青占鱼之后，居第五位，但增长率却居第一，比上年增长近一倍。

到了1985年，蟹产量又增长将近一半，增长率还是第一。

蟹虽多了，价格却卖得并不好。1985年有则渔业信息里写道：

> 自5月初以来，嵊泗县的嵊山、枸杞、壁下附近海域梭子蟹旺发。在嵊山、枸杞两岛附近海面捕墨鱼的大机帆船每对每天可捕蟹一百二十多担，小机帆船每

对每天可捕蟹二三十担；壁下张网渔获中，70%也是蟹。老渔民们说，夏汛蟹发得这样旺，是近年来少有的。现在嵊山、枸杞市场上蟹价猛跌，二分至五分钱就可买到一斤蟹。

夏汛时的蟹，瘦。冬汛时的蟹倒是肥了，但价格又如何？

1985年12月10日，在定海菜市场，黄鱼每斤四元五角，墨鱼每斤二元，带鱼和鳗每斤一元七角，鲜蟹每斤一元二角。海产品中，鲜蟹价格最低。猪肉每斤一元八角，活鸡每斤二元五角，活鹅每斤二元七角，也都比鲜蟹贵。

这时渔农产品价格已放开，公布的是政府指导价。

蟹贱卖，人们并不意外。

虽说清代张潮在《幽梦影》里说"蟹为水中尤物"，清初，李渔在《闲情偶寄》中称："蟹之鲜而肥，甘而腻，白似玉而黄似金，已造色、香、味三者之至极，更无一物可以上之。"但四大渔产一统舟山渔场的时候，大多数人相信，张潮和李渔说的都是阳澄湖大闸蟹，并不是海里的梭子蟹。

大闸蟹与海蟹，那时的差别是——一种是活的，一种是死的。

如果梭子蟹是活着的，那么无论哪一种淡水蟹，都不如梭子蟹鲜美。活的梭子蟹的确是个"尤物"。

秋冬膏蟹，被特意腌制成咸蟹。至于蟹股、蟹糊，只要腌制几小时就可直接端上桌。

然而，那时候梭子蟹没法被活着运出去，至多被制成冷冻蟹。

虽然梭子蟹旺发了，但带鱼大幅减产带来的经济损失，在起初两年里无法填补。1985年，嵊山岛原本要建三个冷库，只得压缩到了建一个。这一年猪肉价格放开，岛上有三位渔民放下捕鱼网，饲养起肉猪，成为全岛最大的养猪专业户。这或许是舟山渔民中最早的上岸转业者。

在更早的没有冷库的年代里，因交通不发达，鲜销又有限，大量鱼、蟹一起被捕上来后，首先被加工处理的是鱼：劈鲞，腌鲞。之后才轮到蟹，就是把蟹蒸熟、晒干、磨碎，制成蟹粉。这种蟹粉可食用，但大多运到田里当肥料。

那年代粮食比海鲜珍贵，用海鲜制作肥料，寻常之事罢了。1960年，岱山渔民捕捉十万斤沙蟹，给番薯当肥料，一株番薯壅上两只沙蟹，可增产一斤番薯，万斤沙蟹可增产二百五十万斤番薯。人不亏地，地不亏人，亏的是海涂上的沙蟹，但沙蟹少了在当时没人当一回事，毕竟渔民连吃都不吃的。

人工养梭子蟹，1958年就曾出现过：岱山县南峰渔业社副社长包宏九，试养梭子蟹获得成功。这在当时还是全国首创，但也就热闹一阵子后就烟消云散了。

20世纪90年代初兴起的蟹笼捕蟹，定海岙山渔业社在1958年就率先尝试了。那时的蟹笼，构造与墨鱼笼差不多，用篾编成，笼内放饵料。蟹笼的生产方法有两种：一种是张大捕网捕鱼时，把蟹笼吊在网缆上，每潮或每天倒一次货。另一种是由张网船、钓蟹船把蟹笼抛入海里，用绳子将蟹笼绑在活桩旁，拢洋前取货。但那时的蟹笼捕蟹，并没在整个渔区推广。个中原因是，捕鱼比捕蟹更受重视。

20世纪六七十年代，渔业生产社社员捕上来的海产品是不允许私分的。滩浒岛曾是"自力更生建设海岛"的标杆，那时的典型材料上记载着这样一桩事：

有一次夏阿全单位（那时一对渔船为一个单位）的每名社员都分到了五只蟹，其中副大队长郑小根也分得五只。郑小根开始没有在意，拿了两只给支部书记。支部书记问："这两只蟹，付钱了没有？"郑小根说："没有。"书记就说："没有付钱，吃了要塞喉咙的，话讲不响，赶快去付掉。"郑小根一想，觉得确实不对，就立即回去按价向会计付了钱。后来，郑小根为五只蟹付钱的事被本单位社员知道了，其他社员也都向会计付了钱。从此，再也没有人不付钱拿蟹吃了。

当年这个故事是作为先进事迹总结的。但我从中看出，在那个年代，渔民敢分蟹但不敢分鱼，就因为蟹在那时不属于统购统销的水产品，分蟹的错误要比分鱼轻得多。

万船云集眼前休。连蟹旺发，也没带来多大欢喜。

02

"活品时代"来临

在舟山渔谚中，与蟹相关的渔谚尤其有趣，比如："晕头又转向，蟹浆倒进糟鱼鬃。""时来运也来，烤熟螃蟹爬进碗里来。"

梭子蟹历来廉价，但自1986年起，其价格一路攀升。到1993年，膏蟹收购价已要每公斤七八十元。

这六七年间，海产品的价格一路上涨，其中要说哪种海产品的价格上涨最多，当然是大黄鱼了，但大黄鱼有价无货，涨不涨价意义不大。除大黄鱼外，价格上涨幅度最大的便是梭子蟹了。

一艘捕蟹船，1986年的捕蟹收入，有四十五万元。

以前到嵊泗渔区，倒蘸蟹是餐桌上的主角。可那一年我去嵊泗，红壳红钳的倒蘸蟹却见不到了。渔民说："卖掉一只蟹，能吃两只鸡。倒蘸蟹，吃了能成仙吗？蟹都被高价卖光了。"

倒蘸蟹，就是把蟹对半切开，切开面朝下，倒竖在蒸笼架上蒸熟。这是长期生活在海上的渔民凭借船上简陋的炊事设备，配上单调的烹饪调料，用上好的活蟹原料制作出来的美食。以前在渔区，来了客人，这道菜是餐桌上必备的。

相隔几年，梭子蟹价格为啥会打滚翻番？

蟹如此受宠，从未有过，又是为什么？

其中，隐藏着一段从"冻品时代"到"活品时代"的故事。

舟山渔场出口的主要水产品，在20世纪五六十年代是干制品，如蟹蝴、黄鱼鲞、虾米、鱼胶、海蜇皮等，其中蟹蝴最受欢迎。为符合出口要求，历来单刀劈鲞的东极渔民，还特意改为三刀劈鲞，做到三翻四拍、鲞体平整、油管取净、十须齐全。

20世纪80年代初，随着一批冷库的建成和冷藏运输船的引进，冷冻水产品开始出口。

到了20世纪80年代中后期，舟山已成为全国最大的水产品出口基地，水产品出口创汇一千多万美元，居全国之首。这主要靠活蟹和冻对虾，当时它们是舟山所有出口水产品中最受国际市场欢迎的。

活蟹暂养地，最早建在港湾。海面漂浮一个将长木条横竖相交绑在一起而成的木架，木架下挂有一只只铁丝笼，笼子里放两三只活蟹。为防止它们争斗，用橡皮筋套住它们的螯。这是最早的暂养方法。但这种暂养方法马上被放弃了。因为被绑住了螯的梭子蟹，暂养日子一长，就会显得呆头呆脑；若遇上大风天，木架容易漂走。

1985年底，嵊山岛上建起了梭子蟹暂养场。岛西南面的青石子坑，用钢筋水泥浇筑起两个池塘，池底铺软软的细沙，池边有排水孔直通海里。这种用大池暂养梭子蟹的办法当时在浙江省还是首创。用细沙铺底，是因为梭子蟹休息时喜欢将身子半埋在沙泥里。

建起这家暂养场的嵊山镇渔工商联合公司经理郑根仕是渔民出身，知道梭子蟹的生活习性。建设暂养场之前，他已在一个小小的沙质水池里做过试验，试养了十五只梭子蟹。五个昼夜后，仍有十三只在沙池中张牙舞爪。暂养场建成后，第一批，他放养了一万二千多只梭子蟹。

活蟹出口的另一道关口是运输。运输前必须让活蟹假死。

用冰块把水温降到二摄氏度，然后把活蟹放入冰水中。三四分钟后，活蟹因低温休眠。

这项技术，几年前就已开发出来了。1980年1月10日，舟山公布了上年度渔业科技十二项成果，其中之一就是"活蟹假死、复醒"。但郑根仕对这项技术又做了改进，使之更具有实用性。

运输走的是空运。空运前，先将"睡"着的梭子蟹装入纸箱，一层木屑一层蟹，由冷藏车运往上海的机场。

1985年11月28日凌晨，首批一千六百公斤舟山活梭子蟹出现在东京水产市场。日本水产经销商和鱼店老板争先恐后地订购，活梭子蟹很快被批发一空。

从此，舟山活蟹在日本市场打开了销路。

到了1991年，只有夏季能暂养出口活蟹这一时效性难关也被攻克，舟山活蟹实现了全年出口。

嵊山的梭子蟹"复活术"，没过几年就传遍整个舟山渔场，渔场内一下子涌现出三百多家活蟹暂养场。

到了此时，蟹才完全取代了带鱼的地位。

2008年，舟山已是全国最大的梭子蟹养殖基地，十八万余亩水产养殖面积中，有近三分之一用来养殖梭子蟹。

暂养并不是严格意义上的水产养殖，只不过是把从海里捕来的梭子蟹，在养殖塘里放养一阵子而已。那时候，渔民总会挑一些肥壮的蟹来养。

后来，人们发现瘦小的蟹，经暂养也能养大养壮，就有一些养殖户专门挑些小蟹养殖，养大后售出，利润也不低。

再后来，野生青蟹人工培育蟹苗成功，就又有了用蟹苗来养殖梭子蟹。

暂养和养殖虽只有一字之差，含义却相去甚远。

如今，梭子蟹暂养和养殖在舟山都有。人工培育的梭子蟹幼苗，还被用来增殖放流。从向大海索取到回馈大海，这是舟山渔业史上的又一次突破。

活蟹的最华丽篇章，是搭上互联网快车，成为电子客商的抢手货，销售辐射到全国二十多个省（区、市）。2018年1月至11月，舟山的活蟹交易量约为二十万吨，交易额约四十八亿元。

暂养活蟹后，紧跟着的是暂养活星鳗。

星鳗在舟山各地的叫法不同，有叫沙鳗的，也有叫鲥鳗的。它头大，躯体浑圆，两侧排列着无数小"银星"，肉质鲜美，低脂高蛋白。清蒸星鳗是舟山的一道名菜。嵊山渔场、中街山渔场、洋鞍渔场都有星鳗。它们白天潜伏在海底泥沙或礁石缝中，夜间出来觅食，性子凶猛。

首先暂养星鳗的，还是嵊山岛渔民。

嵊山岛在1986年就有活星鳗暂养场了，也在青石子坑。郑根仕在1988年又建了一座。

暂养星鳗与暂养梭子蟹的区别，在于池子必须换水，且每天要换四五次。引进来的海水带有大量的微生物，所以不用施饵，星鳗也能暂养十天半个月。因此，郑根仕把星鳗暂养场建在海礁旁，一座座四四方方的水泥池，错落分布，上下共三层，各层水泥池相通，灌水时星鳗在急流中旋转翻滚，就像游弋在礁石边一样。

建活星鳗暂养场，也是为了出口。日本人爱吃星鳗，常用星鳗制作各种料理，年需求量有一万吨左右。20世纪80年代中期，在日本市场上条重一斤左右的星鳗，每公斤销售价几乎相当于二十公斤冻鱼。

嵊山渔场星鳗资源丰富，但当时收购量不大，所以未形成星鳗专业捕钓产业。为此暂养场曾请来日本兵库县贸易株式会社的两名技术员，进行星鳗活杀技术表演。

在那场表演中，只见刀在星鳗颈部"唰唰"划了两下，刀刃便顺着鳗的脊骨一直划到鳗尾，不到二十秒钟，一条滑溜溜的星鳗便成了一盘白净的鳗片。

对这场庖丁解牛般的表演，嵊山人只是付之一笑。不过之后捕钓星鳗的人倒确实多了起来，1988年嵊山岛就有约一千公斤活星鳗运往日本。

捕捞星鳗，用的是星鳗筒。将十几个星鳗筒用钢绳串成一线，扔入海底后，让它们随小船慢慢地移动。钢绳两端系着白色浮子，那是收捕位置的标志。星鳗发现筒里有饵料，就会游进筒里索饵。筒口装有塑料倒刺，星鳗一进去就出不来了。这饵料，最好是切断的小星鳗。星鳗在海洋里喜欢互相残杀，大鳗吃小鳗，因此，用小星鳗做饵料时捕获量更大。

运送星鳗出口的外贸运输船上有活水舱。抽进来的海水顺着舱底小孔往上冒，然后从舱壁上方的溢水洞流入排水管，在舱内形成水循环，为星鳗创造了一个与大海相似的生活环境。而从嵊山岛抵达长崎港，只需要三十多个小时。活水舱加上运输时间短，活星鳗出口就得以顺利实现。

　　多创外汇是那时舟山迈向"活品时代"的推手，几乎所有的"活品"起初都是因这个目标而被开发的，譬如活石斑鱼。

　　渔船从嵊山岛出发，在洋面上奔驶个把钟头，便到了绿华岛海礁附近，那里盛产石斑鱼。早在起航之时，船上渔民就已把拖虾网放入大海，拖虾网随船前进。到了绿华岛海礁附近，收网上船，网里已有不少活蹦乱跳的海虾。紧接着渔民拿出钓线，将一个个钓钩分别扎入一只只活虾，再把钓钩抛入海中。用活虾做诱饵，是因为活虾的两只眼睛在海底会发出蓝光，这样石斑鱼特别容易上钩。钓上石斑鱼后，用一根长长的铁针刺一下鱼背部，消了鱼腹中的胀气，这样，石斑鱼暂养在活水舱中就不会死掉。

　　活石斑鱼的主要市场在香港和澳门。当时，八十吨石斑鱼就能创汇一百万美元。

　　为鼓励渔民钓石斑鱼，1983年浙江省外贸部门甚至给予舟山专项扶持政策的支持，每收购一公斤活石斑鱼，供给平价柴油一公斤。这批柴油是通过计划渠道高价采购的，"高进平出"供应给渔民，亏损差额出政府来承担。

　　从活蟹到活星鳗，再到活石斑鱼，"活品"海鲜成了来自舟山渔场最鲜美的盛宴，"活品时代"由此诞生。

　　"活品"海鲜出口，也带动了一些"非活品"海鲜的出口，比如鮟鱇鱼。

舟山渔民叫鮟鱇鱼为海蛤蟆。他们捕到随虾蟹进网的十几公斤海蛤蟆，不是扔回大海，就是拎到市场上，以一元一条、五角一条的价钿卖掉。内行的买主，先要看看鮟鱇鱼鼓囊囊的大肚皮里，是否有鳗、鳓鱼。鮟鱇鱼有吞食的习惯，它的嘴大，牙齿可向内倾斜，胃会像气球一样膨胀。它在海里常常懒洋洋地大张着嘴，让鳗、鳓鱼顺着水流自投罗网。因此，许多买主，买鮟鱇鱼更在意它肚内之物。若不是有肚内之物，这种鱼老底子的舟山人是不捕的。

1989 年，出口海鲜品种中多了一样鮟鱇鱼。出口鮟鱇鱼的水产冷冻厂收购站站长，接到收购六十吨鮟鱇鱼的指令时，听说一条鮟鱇鱼的出口价相当于一只白鹅，怀疑自己是否听错了。

这一年，舟山出口鮟鱇鱼约二百吨，创汇一百多万美元。

海蛤蟆交如此好运，原因是找到了外国食客。这些食客也是由活蟹出口带来的。日本人历来有吃鮟鱇鱼的习惯，喜欢用火锅煮鮟鱇鱼肉，鱼的胃、肝甚至皮，日本人也吃。尤其是肝，更被视为珍品。一条十五公斤重的鮟鱇鱼，那时在日本市场已能卖到六万日元。

2021 年底，我在长白岛看到一户人家庭院内外，竹筛子、竹席和竹架上晾晒着一大批鮟鱇鱼鲞，一问价格，要四十五元一斤，已包销给好几家饭店。现在的舟山人，也时兴吃鮟鱇鱼了，鮟鱇鱼鲞烤肉已是一道名菜。

由蟹出口到鮟鱇鱼出口，那几年的外向型经济，一下子使舟山渔民感到海产品升值了。世界真的很大，虽然那时还没人有开展远洋渔业的想法，但到远方闯一闯的念头，却开始在人们心底悄悄萌芽。

03

1993 年的蟹衰

在与嵊山岛隔海相望的衢山岛上，有个打水村，是岛斗镇最大的渔村，有近千户人家。村里有二十余户渔家的院子紧紧贴着码头，这样船就可以泊在自家门口。船和家融为一体，成为打水村的特有景观。

从 1981 年起的十几年里，打水村渔民只做一种营生——抲蟹。

抲蟹原本是他们的特长。清光绪年间（1875—1908）从宁波大碶迁来后，打水村人世世代代以抲蟹为业，只不过从没像那十几年间那样清一色抲蟹。当时村里连最后几艘对网船也改为流网作业了，流网捕蟹船增加到了一百二十八艘。所谓流网，指的是由几十到数百张渔网连成的长条大网，被横着撒到海里，像一面墙一样垂着，随船而动，可以把游动的鱼蟹缠住或挂住。

梭子蟹销路打开之后，当时衢山岛上的一家冷冻厂提出免费给流网捕蟹的打水村渔民修船。不承想这好意却被渔民们谢绝了。究其原因，是渔民们抲蟹的洋面离嵊山岛比较近，还没等螃蟹满舱，嵊山养蟹场的收购船就会出现在眼前，等待他们投售蟹货，而投售不用花费时间和柴油钿，但如果享受了家乡这家冷冻厂的免费修船服务，又不把蟹装回来投售给这家厂，那就太不讲情义了。

其他地方渔民抲蟹，常常会转场，就像在草原上牧羊一样，从一个草场转到另外一个草场。打水村渔民却不喜欢到处攻城略地，他们只在嵊山岛、花鸟岛、佘山岛一带抲。

佘山岛附近海域有一条数百米深的海沟。海沟两边的沙脊上，螃蟹特别多，那里像是梭子蟹的老巢。但海沟多暗礁，别的地方渔民几次去抲，一不小心网具就被暗礁咬住撕裂，渐渐地，去的渔民就少了。只要还有地方能抲到蟹，渔民就不会轻易去海沟处下网。然而，打水村渔民对那里的海底地貌、潮流、水深及蟹群分布了如指掌，别人不敢抲，他们就会抲得更多。有一次起网，三四十张流网竟然抲到了两千多公斤梭子蟹。

蟹流网是用尼龙丝织的。尼龙丝细如头发，柔似蚕丝。梭子蟹在网里钻来钻去，越挣扎越被网丝缠牢。那样抲上蟹后，还得把蟹从网上"摘"下来，很费工夫，而且弄不好就被蟹螯钳得鲜血淋淋，强拉硬拖更会把网撕破，那就又得织补。

打水村渔民有个窍门，拿根铁钉在蟹嘴处轻轻一敲，蟹感到痛，就会把螯松开。这个窍门是偶然间被发现的，一段时间里他们秘而不宣，于是，在别村的渔民抲蟹回来总要叫妇女补网时，他们的网却是极少补的，不禁让人啧啧称奇。

1990年，打水村蟹产量四千零三十一吨，约占衢山岛捕蟹量的一半。岛上其他二十多个渔业村共六百二十艘流网捕蟹船，捕了约另一半。从此，人们都把打水村叫作抲蟹村。

通过抲蟹富起来的不是打水村的几个人，而是一整个打水村的人。一艘流网捕蟹船上有八九个渔民，全村一百二十八艘流网捕蟹船中有六十九艘船的劳均收入超万元，至少有五百五十二位村民成了"万元户"。1990年，我国人均可支配收入才九百零三元四角。当时，成为"万元户"是许多人的梦想。打水村有一半人圆了梦。

富起来的打水村人开始把旧房翻新。许多村民原先的住宅是建在一座小山冈上的，过了几年他们觉得住在山上不方便，就到山下找空地重新建房。

来打水村的人络绎不绝，有来参观的，有来"取经"的，还有来打工的。

安徽人金玉宝，到打水村做工，起先替渔民家建房、拉小车、挑石头，后来到渔船上当伙将团（炊事员），全年固定报酬三千元，相当于在家务农收入的六七倍。

这消息传开后，更多人投奔打水村。到1993年，打水村渔船上已有四十多名外来民工，大部分来自安徽、山西和湖北。以上种种，多少让打水村老老少少走在镇里街上时昂首挺胸起来。

然而，他们的好日子马上要到头了。

1992年，蟹笼作为一种更先进的捕蟹利器开始被全面推广。

蟹笼状如灯笼，外裹绿色塑料网衣，周围有三个进口，笼中有竹管，用以存放饵料。

一艘船一般装备二百五十只蟹笼。到了渔场，蟹笼鱼贯般被放入海中，沉入海底。海底沙质地上，蟹笼排成长龙，静静等待梭子蟹进笼觅食。大大小小的蟹进得来出不去。

比起用流网捕蟹，用蟹笼有个好处——用流网捕蟹时，蟹容易被网丝缠身，从网上摘取时往往容易误伤了蟹足，影响个体存活，而从蟹笼中取蟹，就是探囊取物，梭子蟹大多完好无损，而健全的蟹暂养起来成活率更高。

从此，蟹笼捕蟹成为捕蟹的主要方式。一艘艘捕蟹船出海时，船舱上都堆满了蟹笼。

生产蟹笼的厂家，门庭若市；制作蟹笼所用的直径八至十毫米的圆钢管，供不应求。

打水村人眼明手快，蟹笼刚兴起时就新造了二十六艘大机帆渔船，开始用蟹笼捕蟹。这时，全村渔船已达到一百六十艘。1991年，打水村的蟹产量增加到约四千三百五十吨。

不料过了一年，蟹衰期就来了。

梭子蟹资源衰退这一情况，最早是在嵊山渔场被发现的。1993年11月初，各地千余艘捕蟹船云集嵊山渔场，百万只蟹笼天罗地网般罩在嵊山渔场洋面上。到了月底，却发现笼多蟹少，梭子蟹减产成定局。这年嵊山镇出口活梭子蟹一千二百七十八吨，比上年下降了约42%。

蟹减少的同时，舟山活蟹暂养塘的面积却由上年的约三万六千平方米，猛增到约五万二千平方米。梭子蟹供不应求，加剧了收购竞争，以至于蟹价扶摇直上——每公斤活蟹收购价，11月初开捕时还是二十元上下，一次次攀升后，到次年2月竟达到一百二十多元。

1994年春节，大部分舟山人餐桌上，第一次没有出现梭子蟹。

与嵊山镇隔海相望的打水村，同样感受到这种蟹衰之痛。一个汛期下来，捕获的蟹一天比一天少。

赚惯了蟹钱的打水村人开始慌张起来。感受最明显的是打水村所在地岛斗镇的商人，因为他们发现一向大手大脚买东西的打水村人最近却很少光顾他们的生意了。米店老板直发愁，打水村渔民以往下海时吃的米、食的油都要最好的，现在则一下子下挫了好几个等级。

痛定思痛，人们开始反思。

在东海区渔场捕蟹，历来以流网主捕，拖网与定置网兼捕，年产量保持在五万吨左右。

密眼网饵诱蟹笼——这一先进渔具的使用，致使蟹笼作业大规模发展。这年，舟山有蟹笼船三千余艘，按每艘船有蟹笼二百五十只计，蟹笼总计已突破七十五万只。浙江、江苏、福建三省蟹笼累计已超过二百万只。

蟹笼数量的猛增，造成梭子蟹资源被过度开发。此外，违背梭子蟹繁殖生长的自然规律，大规模捕捞抱卵蟹与幼蟹，不分季节地酷渔滥捕，也是蟹衰期到来的原因。

这次蟹衰，也让打水村人第一次感到他们长期以来引以为豪的"抲蟹村"，实际上潜伏着很大的风险。别的渔村捕不到蟹时，还能去捕鱼捕虾，他们却只能"蟹荣则荣，蟹衰则衰"。村民们思前想后，打算另起炉灶，想到了渔船一船多用、渔民一技多能、各种作业并举、多种鱼类兼捕的做法。

从第二年起，打水村一半渔船开始从事拖虾、帆张网作业，也有渔民开始建造钢质渔轮，准备去外海捕鱼，"再也不能在一棵树上吊死了"。

1993年的蟹衰，一直持续到次年上半年，并且是全国性的。

1994年5月，来自渤海湾地区黄骅等地的调查表明，原本为捕蟹旺季的春汛却无蟹可捕。许多渔民甚至没有下海，懒于下海，因为出一次海，仅能捕获几十公斤或几公斤蟹，有时甚至放空，而出海的费用比捕获的海蟹价值高出几倍甚至几十倍，得不偿失，实在不划算。

这年5月，舟山渔民也没去扪蟹。不过不是因为懒，而是存在梭子蟹的两个禁捕期：从5月1日至6月15日，抱卵亲蟹禁捕期；从7月1日至8月31日，幼蟹禁渔期。

其实有关这两个禁捕期，在1989年就发过通告了。但那时还是梭子蟹旺产期，没人把这通告当一回事。

1993年的蟹衰，终于使各方面都感到危机逼近。于是抱卵亲蟹禁捕、幼蟹禁渔政策在1994年被落实得非常到位。渔场、市场、港口、码头、饭店、宾馆等都成为联合检查的对象。擅自捕捞销售抱卵梭子蟹和幼蟹者，除渔获被没收外，还会被加重罚款。当时甚至连食用者也会受到舆论谴责。

效果好得出乎意料：虽然1993年冬汛时，百万蟹笼闹嵊山，结果渔船大都绝产亏本，舟山渔场统共只捕获三万八千多吨，但到了1994年冬汛时，舟山渔场捕获海蟹七万八千多吨，以至于到1995年1月，在舟山菜市场，个大膏肥的活梭子蟹每公斤卖五六十元，比上年同期价格下降了近六成。

梭子蟹是幸运的，因为人们从大黄鱼、带鱼、马面鲀的资源衰退中，终于汲取了酷渔滥捕终将无鱼可捕的教训，在梭子蟹身上及时收手。

鱼资源衰退了，再想重振辉煌，何其艰难。恢复蟹资源相对来说容易些。一只抱卵亲蟹一般可产卵一百万粒左右，尽管孵化成活率只有5%至10%，但至少也能孵化出五万个蟹苗。5、

6月份产的卵，到8月份就长成小白蟹，到12月份大都能长到三两重及以上成为商品蟹。因而当年保护，当年就能见效。

然而值得警惕的是，1994年，蟹是丰收了，但个头都很小，因为被捕的都是当年生的蟹。

七万多吨抲上来，剩在海里的还有多少？如果蟹年年生，年年大部分被抲上来，蟹资源大抵还是会逐年衰退的。

但蟹是幸运的，因为这时候，渔业关注点已从抲蟹转移到了拖虾。1993年，虾类捕捞崛起，其捕获量第一次雄居舟山水产品之首。

茫茫舟山渔场，大黄鱼曾是千年不衰的东海霸主，之后带鱼取代了大黄鱼的地位，再之后"活蟹时代"横空出世，这时"虾无敌"时代到了。

虾的命运又会如何呢？

第五章　惊虾奴传奇

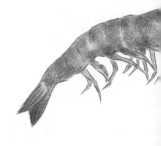

01

万千恩宠集一身

20世纪90年代初期，一款叫"惊虾仪"的新科技产品，让整个舟山渔区为之疯狂。

1995年1月3日，中街山列岛上的东极镇磨里渔业村，一位叫陈仁福的党支部书记，冒着隆冬的风雨，搭船乘车赶到七十多千米外的舟山市精工仪器厂。

一进门，他便向厂长高华明说："活财神！村里添置拖虾船，渔民兄弟叫我来预订五台脉冲惊虾仪。"

那时候，舟山渔民都叫高华明"活财神"。之所以这样叫，是因为惊虾仪就是高华明设计的高科技捕虾专利产品。舟山渔民已使用舟山市精工仪器厂生产的惊虾仪上千台，经济效益增加约一亿六千万元。

在陈仁福拜访高华明五天前，东极镇举行了"老大节"，奖励在渔业高产、科技示范、渔场风格等方面表现突出的十名"最佳船老大"，特意邀请高华明前去出席。

高华明一迈上码头，渔民们就冲上去把他围住，抢着与他握手，向他敬烟，连声称赞他帮渔民发家致富。1994年普陀区十位渔老大荣登大机帆船拖虾"龙虎榜"，其中东极镇就占了六名。

庆功会上，满怀感激之情的东极镇党委书记兼镇长周永成，将一面大红锦旗赠送给高华明。锦旗上写着两行大字——"夜以继日搞科技，支持渔业夺丰收"。顿时，五百多名渔民和村镇干部全都站起来鼓掌，掌声持续了整整三分钟。

这是高华明和他的惊虾仪备极荣耀的一刻。

尽管在这之前，惊虾仪曾获国家级科技产品奖，高华明本人也获得"八五"期间舟山"科技精英"殊荣，但许多年之后，仍令高华明激动的，还是1995年初发生东极镇的一幕。

"那天主持人并没有叫大家鼓掌，当我上台接过锦旗那一刻，台下渔民兄弟突然站起来鼓掌，起先是几个、十几个人，紧接着是一大片人，最后全场的人都站起来鼓掌。我在台上一下子愣住了，回到座位坐下后才想到，应该向渔民兄弟鞠个躬，但这时再站起来，就有点做作了。"

高华明的惊虾仪，正式名称有两个：舟精牌MJX-50脉冲惊虾仪，这是1995年列入舟山市"八五"十佳产品时的名称；

MJX-50细截面高强度脉冲惊虾仪，这是同年通过国家火炬计划项目验收时的名称。虽名称不同，但其实是同一种产品。

1989年5月，高华明参加上海国际渔业电子仪器展览会，看到了美国、日本、英国制造的脉冲惊虾仪。

展览会工作人员告诉他，这种仪器在海洋里专捕大虾，可使产量普遍提高约一倍，每台售价至少三万美元，目前国内还没有制造出同类产品。

从上海回来，高华明查阅了大量资料。

原来，大多数虾类昼伏夜出，白天匍匐在海底，潜伏在泥沙里，夜间出来觅食。脉冲惊虾仪的原理是：通过电缆将电流传输到海底，在网口附近产生电场，潜伏在泥沙层的大型虾、中型虾，瞬间受到刺激，跳起来"自投罗网"，而体长五厘米以下的小虾，因与电场接触面小，没怎么受到刺激，仍静静地趴在海底"睡懒觉"。

高华明心动了。他敏锐地觉察到这一产品有广阔的市场前景，因为它能增加拖虾产量。那时东海渔区拖虾作业已开展近十年，在四大渔产资源衰退的局面已无可挽回的情况下，各方面都希望拖虾作业能成为渔业新的支柱。当时国内还没有类似产品，是个空当，空当的价值就不用多说了。

惊虾仪能够增加产量，对此高华明有信心，但当时令他心存顾虑的是，它对环境是否友好，能不能在不破坏渔业资源的前提下提效增产。经过了四大渔产资源衰退的惨痛教训，如果一种新的科技产品只能增加捕捞产量，但对资源有破坏力，那也是不可能推广的，至少明面上推广不了。

于是，高华明跑到渔村向科研部门了解情况。结果令他大吃一惊，苏浙沪一带渔民，普遍采用传统的浮沉子式拖虾作业，由于沉子较重，不少匍匐在海底的中型虾、小型虾及幼鱼被碾死。他相信通过惊虾仪诱捕，使大型虾、中型虾在受脉冲刺激的瞬间，跳离海底至一定高度才被捕获，这样就能够减少沉子对小虾小鱼的碾压。

1991年3月，首台脉冲惊虾仪试制出来了，采用的是四百伏高压直流输送电能，作业水深可达八十米以上，适应东海渔场大大小小机帆船进行拖虾作业。

六横岛田岙渔业村渔老大王汉国，答应帮忙出海试验。

这次试验捕捞了四网，产量增加甚微，但捕获的大型虾和中型虾的数量明显增加。

之后经过几次改进，加大了电缆机械强度，实现惊虾仪与网具的合理配置，提高了拖速。

次年9月，东极镇知名渔老大沈华平使用惊虾仪试捕，一航次捕获竹节对虾一吨多，大型虾、中型虾产量比同类作业渔船成倍增加，体长五厘米以下的小虾几乎没有。

试验继续进行。三个月内，捕获斑节对虾三万多公斤，产值十四多万元，比没有使用惊虾仪的渔船净增收入约六万元。

榜样的力量是无穷的，惊虾仪创高产的消息不胫而走，许多渔民要求试用。

1993年5月中旬，舟山市精工仪器厂研制生产的MJX-50脉冲惊虾仪，在杭州通过省级新产品鉴定，证实其技术性能达到国内领先和国际同类产品水平，填补了省内空白。

5月20日，舟山市精工仪器厂投产，之后高华明的惊虾仪正式被推向市场。

这家仪器厂对惊虾仪项目的启动资金仅三万元。两年后，惊虾仪销售额超过一千万元，创利税近五百万元。

当时舟山市人民银行的一位负责人如此评价这家厂："全厂三十来个人，资金利润率高达168%，就是一元钱能创利一元六角八分。这样的小投入、大产出，是全市企业之最。"

有人不太相信这"1∶1.68"的利润率，特意跑到舟山市精工仪器厂去探访，这时它的厂房还在一所学校的校园深处的一座小三合院里。

他还未进高华明办公室，就听到洪亮的声音从里边传出来："喂，喂，我是舟山市精工仪器厂。你们要四十台，对不起，我现在四台也拿不出啊。"

他走进办公室，屋里烟雾缭绕，挤满了人。高华明一放下电话，外地和本地的渔老大都争抢着对他说："我早上六点钟就来了，厂长先帮我办办吧！""厂长，我来过好几次了，帮我先办吧！"……

高华明一边给他们写条子，一边还要叮嘱："机器只准你们自己用，不能代人买，不能转让，一经发现，我要追究。"手拿条子的渔老大们喜上眉梢，连连称是。

那位"不信者"，看到这一幕，觉得再无必要询问。有这疑问已经显得很笨了，再问就是傻了。

其实这并不奇怪。当时渔区迫切需要一种利器，来破解所面临的所有困境。这把利器既要能提高捕捞产量——那背后是无数渔民的生计和地方财政收入，又能保护水产资源——那同样关乎今后渔民生计和地方财政收入。惊虾仪同时满足了这两方面需求，无疑是一把能够从困境中劈开一条生路的神斧。

但世上哪里有这般完美之事，再神奇的科技产品，也无法满足所有人的所有欲望。每个人的欲望都有急缓之分、轻重之别，有的人想眼前利益多一些，觉得长远之事可以先搁置一下。于是，便有了一系列意想不到的变化，最终把高华明的惊虾仪——这一被国家专利局授予实用新型专利的高科技产品，拖入了万劫不复之境地。

02

虾一统江山

大鱼吃小鱼，小鱼吃小虾。鱼儿少了，虾就多了。

千百年来一直由鱼主宰的舟山渔场，在20世纪90年代，曾经有过一段由虾一统江山的时期。

虾类是甲壳类动物，营养等级较低，在一个生殖期内能多次排卵，产卵期较长，属于个体生命周期短、生长迅速，种群繁殖能力强、数量补充快、恢复力强的渔业资源。

舟山渔场及附近海域，虾主要有八种：中国毛虾，舟山人俗称糯米饭虾；细螯虾，俗称麦秆虾；安氏白虾，俗称小白枪虾；哈氏仿对虾，俗称滑皮虾、硬壳虾；粗糙鹰爪虾，俗称糙皮虾；中华管鞭虾，俗称大红虾；葛氏长臂虾，俗称红丝头虾；日本鼓虾，俗称强盗虾。

这么多种虾，外地人听了一头雾水，但舟山人在市场里一眼就能认出来。

这还是最主要的虾。小种族虾就更多了。专家说舟山渔场共有三十八种虾。有些虾，就是舟山人也认不出来。

在大黄鱼、小黄鱼、带鱼、乌贼捕捞形势一片大好的年代，拖虾如同柯海蜒、撩海蜇、采淡菜一样，在渔村属于副业，壮劳力都去捕鱼了。剩下的老人及闲散劳力，摇只舢板，去附近海面捞点小虾，拿到市场上去卖，赚些油盐酱醋钿。在20世纪50年代要求妇女下海的那几年，下海妇女也以拖虾者居多，因为这毕竟是在家门口海面上撑船，风险不大，至于收获多寡，基本没人在意，谁也不会指望靠此养家。

但从整个渔区来说，确实也有以拖虾为主业的小岛。

紧邻普陀山的佛渡岛，秋汛曾有拖虾和大捕两种作业方式，生产结果往往是拖虾丰收，大捕减产，如以1957年为例，每个劳力拖虾的收入，要比大捕的多六倍。于是从第二年起，佛渡岛停止大捕，只让从事拖虾作业了。

不过，这毕竟是异数，与佛渡岛所处的位置相关。它与双屿港、汀子港、象山港都很近，二十米等深线以内浅海面积有近两万亩，水中营养物质丰富，是拖虾的好渔场，每年春、夏、秋三季都有虾可拖。20世纪50年代时，平常年景一条小船就可收入两千元左右。因此佛渡岛的拖虾作业，一直持续到这片海区的海虾被拖光，那时渔民才转以养殖为主。

20世纪80年代初，舟山渔场年捕虾量在三万吨上下浮动，其中糯米饭虾最多，年产量近两万吨，其余为麦秆虾和小白枪虾。

之后，各地机帆船拖虾兴起，主要捕捞滑皮虾、大红虾和糙皮虾。

滑皮虾主要的捕捞季节是冬季，作业区在甩山渔场到海礁岛一带。大红虾是下半年拖虾的优势种，糙皮虾则是夏、秋拖虾的优势种。

受台湾暖流的影响，舟山渔场多数虾类，春、夏时由外海向沿海进行生殖洄游和索食洄游，秋末由沿海向深海进行越冬洄游，这样形成了一年两次的捕捞旺季，即春汛和秋汛。

随着拖虾的兴起，一些新的虾类品种被开发出来。1987年10月，定海一家渔业公司的两艘渔船，捕获一批斑节对虾。这种虾个体较大，由于价格高，马上引起拖虾渔民的关注。

与此同时，一片片拖虾"处女海"也被发现和开发。嵊山岛两名渔民，在离岛八十海里的花鸟岛东北深沟海域，发现了一个拖虾新渔场。他们在这个海域试捕半个月，捕获了约三十吨虾。于是四十余艘机帆船来到这个新渔场捕捞。

虾被大量捕捞上来后，一批"贩虾大军"应运而生。

鲜虾最初的加工方式，是晒虾干和剥虾米。将鲜虾煮熟，再放在太阳下暴晒，一直晒到没有水分，这就是虾干的制作过程。煮熟的鲜虾被摘掉头，剥掉虾壳，再晒干，那就是虾米了。

水产品贩运户来到渔岛，大量收购虾干和虾米，进行长途贩运。也有渔民不愿将虾干、虾米卖给贩子们，自行到各地销售。这些渔民提供"产销一条龙"服务，而水产品贩运户是从事专业贩运的中间商。这两个"兵种"的人数加在一起有好几百，形成了一支"贩虾大军"。

定海长白岛，这个面积仅十一点四七平方千米的悬水小岛，20世纪90年代出现过一支走南闯北的"贩虾游击队"，人数有二百人左右。

他们的主要销售地是上海。

上海人与定海长白人在历史上有较深的渊源，不少长白人去上海创业，又从上海走向世界各地。长白岛有个侨思馆，馆里记载，经过一百三十多年的开枝散叶，如今生活在海外的长白籍华侨和港澳台地区的长白籍居民已达一千五百余名之众。这些人的祖辈，都是先从长白岛去上海，再走出去的。

长白贩虾大军一形成，自然而然地就想到去与长白岛隔海相望的上海贩虾。

长白贩虾大军中大都是由夫妻、亲戚和朋友组成的一个个小团队，小团队各自独立，但会互通信息，遇到大买主，一个小团队货物不够，也会找其他小团队合作。

贩虾人很辛苦，为了能抢先购进新鲜虾干，他们常常凌晨三四点钟就在渔船码头等候。

在上海推销虾干，不是件容易的事，要学会讲一口流利的上海话，还要善于介绍虾干的各种烹调方法，最关键的是要放得下脸面，吆喝声要透出吴侬软语具有的那种让人不可抗拒的磁性。不过，长白贩虾大军的成员大多是手工业者出身，这脸面说放下就能放下，也算不上是桩难事。

辛苦归辛苦，只要收入不错，他们也就心满意足了。一个小团队一般由两三个人组成，一年最少也有两万元收入，最多时有七万多元，这在20世纪90年代初，是很难得的。

拖虾起初只是渔场作业调整的选项之一，后来才慢慢转变为主要作业方式，其中最大推手是冻虾仁。

1981年，舟渔公司加工厂推出一斤或一公斤规格的小包装冻虾仁，销往北京、上海、长春、大连、深圳、广州等地，供应各个大、中型城市的餐厅、酒家和菜市场，很快许多水产加工厂纷纷效仿。

这时期，舟山各大酒家、餐馆最时新的菜品，是清炒虾仁、金钩雪菜、七巧虾仁、五色虾仁、龙井虾仁。1985年7月，舟山举办的全国水产品交易会上，三十吨冻虾仁，以每斤四元五角到四元七角五分的价格，被订购一空。买家总结冻虾仁热销的原因，其中有一条竟是在喜庆筵席上，冻虾仁算得上上等海味，一斤虾仁装一盘，看上去很高档，价格却比一盘全鸡便宜得多。

冻虾仁的行情一俏，海虾收购价就提高了。1985年，每斤海虾收购价，从前一年的八九角，一下子提高到一元一两角。提价之后，加工者、销售者仍有较大利润空间。拖虾渔民的收入多了，调整作业去拖虾的渔民就变多了。一个冻虾仁，把生产、加工、销售三方都盘活了。

这时候的"虾闹千岛"有多热闹？

1986年秋天，我第一次去葫芦岛。之前的十八年时间里，这个岛上海民的捕捞方式一直是近海张网，每年夏、秋汛，开始还能抲到大带鱼，后来却只能抲到两三指宽的幼带鱼。于是，1984年，他们全部调整为大机帆捕虾。那次去，是去收集用以报道这毅然转型后的情况的原始素材的。

葫芦岛形似葫芦，离沈家门渔港约十五海里，西与普陀山岛相邻，南与洛伽山岛相望，陆地面积仅约一平方千米，当时以岛建乡，是个纯渔区，有渔民七百多户共二千六百多人。

那天，我一上岸，就看到七八艘渔船正在卸海虾，乡办冷冻厂的人在旁边忙着过秤计量。码头边，冷冻厂门口，搭起一个硕大的理鱼棚，墨绿色玻璃钢盖顶下，一排排长桌旁坐满了人，人们忙着剥虾仁。其中渔家少妇居多，也有老婆婆和脖子上系着红领巾的学生。水泥路两旁堆满了剥下的虾壳，空气中飘荡着浓浓的虾腥味。

那一年，葫芦岛已有五十四艘拖虾船。在我去之前的八十天时间里，竟捕捞了五百多吨海虾。到了1989年，我第二次去葫芦岛时，乡长告诉我，捕虾的机帆船已达一百零八艘，冷库增加到四座，葫芦岛俨然成了一座"拖虾岛"，1988年捕捞量有七千二百多吨。

尽管有诸多类似的拖虾岛、拖虾乡、拖虾村，但到了1991年，水产加工企业生产出来的虾仁，依然供不应求，特别是品质好的大虾仁。

这年8月，一位香港客商在定海露亭宾馆等了两个月，才抢购到了五十吨优质凤尾虾仁。临走时，他苦笑着对送行人说："虽然买到了称心如意的冻虾仁，但耽搁了两个月时间，花费了两千元住宿费。真没想到舟山虾仁这么紧俏。"而此前，有位马来西亚客商为购三百吨冻虾仁，特意前来舟山，跑了好几家冷冻厂都被告知"订单已满"，最后是两个厂家拼一单生意，这位客商才得以购满所需冻虾仁。

除了冻虾仁，虾米、虾干也开始机械化生产。一条年加工两千吨虾米的流水线，于此时由舟山新荣公司投产。该公司是由舟山二渔公司和香港新荣行食品有限公司合资成立的，产品全部外销。它的生产线，从进料、清洗、蒸烤、调味，到烤干、去壳，全部实现自动化，这无疑给拖虾作业再打了一针强心剂。

虽然虾制品如此好卖，但最让渔民头痛的问题是——虾不如前几年好抲了。登步岛流传着一个故事：

有三个儿子和父亲一起打船拖虾，拖来拖去总是亏，背下十多万元债。后来在海上意外地捡到了一顶拖虾网，带着这顶网出海拖虾，结果像遇到财神爷似的，次次高产。到年底，几乎还清了债款。

人们怀疑他们捡来的网一定有秘密，就暗暗跟踪，发现那网果真与众不同。原来的桁拖虾网具，袋筒只有一只网袋。这顶捡来的网，居然有八只网袋。那父子担心别人看到后仿制，故意在每次拢洋前收网时，拆下几只网袋。

揭开这个秘密后，这种多袋筒拖虾网具很快从登步岛传出，传遍各岛，连当时是渔业小区的定海，也开始在自己的二百五十多对小机帆船上使用。

高华明的惊虾仪，就是在这样一个"丰产靠科技"的时代横空出世的。

03

一声叹息，断臂求生

1993年是舟山渔场又一个标志性年份。

这一年，舟山拖虾产量达十六万二千九百吨，首次超过十四万八千四百吨的带鱼产量，占全市海洋捕捞量五十三万五千六百吨的三成多。拖虾成为舟山第一大捕捞作业。

这一年的虾产量，比1992年的虾产量，一下子增加了约五万五千吨。

这一结果是由各种因素造成的，最主要的是1993年上半年马面鲀鱼汛未发，捕捞产量比1992年同期减产60.8%。一些渔民很悲观，说抲鱼人的饭吃到头了。当时的对策只有调整作业方式——去拖虾。到年底，舟山拖虾渔船已达二千六百三十一艘，比1992年暴增了六百零一艘。

有人说惊虾仪在拖虾作业产量的这一次突飞猛进中，起到了非常关键的作用。实际情况并非如此，1993年5月惊虾仪投放市场，到年底才有一百九十五台被安装。虽说装上惊虾仪的拖虾船，产量提高了约15%，但促成拖虾成为舟山第一大捕捞作业的原因，还是拖虾船数量增加了。

特别是，通过持续十年的改造更新，在这二千六百三十一艘拖虾船中，一百二十匹马力以上的拖虾船已占总数的99.2%。马力的增大，扩大了拖虾时的拖网扫海面积，也使捕虾船驶得更远，能去开辟虾资源更丰富的"处女海"。

数量如此庞大的拖虾船，就像一个个吃不饱的孩子，谁都想多吃多占。到了第二年10月，一份关于惊虾仪应用效果的调查报告出炉了。报告里虽没明说，但所举的很多事例都在告诉人们，谁先使用惊虾仪，谁就先富起来。

1993年9月，"浙普渔54336号"渔船装上惊虾仪后开始捕捞，仅两个月时间，产值就达二十六万余元，高于其他渔船三倍多。

1994年8月中旬，嵊泗县嵊山镇渔老大陈万存，在渔船上装上惊虾仪后第一次出海，就捕获特大竹节对虾五千余公斤，产值达十六万多元。

岱山县大峧村渔民王海丰，在渔船上装上惊虾仪后，头个航次捕获竹节虾近五千公斤，收入超过十五万元，船上渔民头个月人均收入就达三万多元。

这个调查报告还算了一笔账：这一专利技术已逐步在全国沿海广泛应用，仅舟山就有七百五十余艘渔船在使用，按每艘渔船七户渔民计算，就有五千余户渔民年收入超过四万五千元，最高的达十一万元。

这个报告一公布，高华明就感到一股巨大的压力向他逼来：他的惊虾仪更加供不应求了。

1993 年下半年安装了一百九十五台惊虾仪，对于刚刚投产的舟山市精工仪器厂来说，已开足马力。剩下的二千四百三十六艘拖虾船，绝大多数都有安装惊虾仪的需求，高华明实在没办法全部满足。

于是市场上马上出现了仿冒货。

东极镇青岙村的三位渔民，在一家渔具新技术开发中心，以每台一万二千元价格，购入了三台脉冲惊虾仪。仿冒品出自外地一家机械厂。结果这三位渔民出海捕虾时，惊虾仪中的水下脉冲变换器坏了。

在此之前，高华明也在市场上发现了两台无厂名、厂址和出厂检验合格证的"三无"脉冲惊虾仪。拆开来一看，从外观到里面元件，全部是仿照他的产品生产的。

更让高华明困惑的是，尽管仿冒货频频发生故障，但一些渔民仍抱着"试试看"的心理，只要是惊虾仪，就先买进再说。

生产假冒品的厂家也在增加竞争砝码，价格便宜两三千元不说，零件坏了还能给予免费调换。

最令高华明痛苦的是：他发明的脉冲惊虾仪，是用可控的脉冲电场，刺激虾从海底或泥沙中跳起来落入拖虾网口的，在提高拖虾产量的同时，又能捕大虾留小虾，因此才获得了国家专利局授予的实用新型专利。但仿冒的惊虾仪，却是让大虾小虾全都自投罗网，当时大多数渔民对此并无多大抵触，认为只要能增加产量就行。

渐渐地，仿冒的就不止一家了，到1995年时，竟然有十多种仿冒的惊虾仪在市场上销售。

高华明想到了拿起法律武器抗争。

1996年6月14日，历时半年的高华明诉外地某公司侵犯其脉冲惊虾仪专利一案经仲裁审理，结果是由该公司赔偿高华明五十五万元。这是当时浙江省赔偿额最大的一起专利仲裁。

从仲裁处走出来，高华明并没多大喜悦，因为侵犯其专利的不止一个地方一个厂家。如果一家家去申诉，他要跑多少地方花多少精力？

到1996年底，舟山拖虾船已使用惊虾仪约一千八百台，品种多达三十多种。高华明已然无可奈何。

这时候，比利时布莱敦尼渔业有限公司总裁威廉·威斯路斯专程飞抵舟山，考察舟山市精工仪器厂。他随东极渔船到海上进行了两天三夜的实地作业，欣喜地发现使用高华明的惊虾仪，捕上来的虾中小虾果然不多。他对高华明说："只要稍加改动，舟山的惊虾仪完全能在比利时乃至整个欧洲海域应用。"于是双方签了一项合作协议。

既然国内市场已无法掌控，他就只能再找生路了。

但西方人显然比较谨慎，一年时间才购买了十七台。

终于，在"千军万马"的"围剿"之下，虾类资源也开始萎缩了，尤其是原本的优势种群——滑皮虾、糙皮虾、大红虾，而这正是拖虾船的主要捕捞虾群。

对此渔民感受最深：平均网产比以往减少一半，而且虾体趋小，拖虾的经济效益开始下降了。

究竟是什么原因致使海虾资源急剧衰退，一些专家首先质疑的是惊虾仪。

1996年8月中旬，一个研讨惊虾仪的属性、对渔业资源影响及对其如何使用和管理的会议在舟山召开。这次会议是由农业部渔业局召开的，参加者包括来自南海、东海、黄渤海三个海区的渔政渔港监督管理局，东海区三省一市水产局、水产科研部门，上海水产大学、东海水产研究所、国家渔机质检中心的代表。

这次会议的研讨结果，虽然仍然指出惊虾仪本身不会对幼虾资源造成不良影响，是一种利用电能的助渔仪器，但已经有了"但书"："但"数量过多也会造成捕捞强度的进一步增大，所以要有总量的控制。

其实，这在当时已不是新闻。因为在此之前，这年5月，浙江省渔政部门已经发布加强脉冲拖虾作业管理的通告，规定全省脉冲拖虾作业单位数量控制在两千个，一律凭省渔政局核发的专项（特许）捕捞许可证才能进行作业。1996年度不再分配新指标。凡1995年及之前未经批准而使用脉冲惊虾仪的作业单位，应及时办理补证手续，并补缴1995年度资源保护费。

但这并未阻止海虾资源继续衰退的趋势。

根据拖虾监测相关资料，1992年至1994年，虾类平均网产量维持在五十至六十公斤；1995年降至四十一公斤多；1996年又降至三十六公斤多；1997年海况有利，暖流势力强盛，使外海高盐种类的虾类资源增产，但近海传统的红丝头虾、滑皮虾、糙对虾等资源丝毫没有好转，反而下降。

再从虾类生长海区每平方千米虾类的瞬时资源量看，从20世纪80年代中期的九点八吨至十四吨半，降至90年代末的三点一吨至四吨半，反映出东海区的虾类资源密度在降低。

2000年5月，浙江省海洋水产研究所又公布了一项调查数据：1999年5月至12月渔获中带鱼的空胃率达50%。研究人员说，这种现象表明，鳀鱼和虾等低营养级的资源被滥捕，破坏了食物链的稳定，引起了生态失衡。

同月，浙渔政〔2000〕51号文件规定：从2001年1月1日起，禁止使用电脉冲惊虾仪。

这则通知的意思是，随着电脉冲惊虾仪的大量使用，浙江省近海渔场的虾资源已明显衰退，虾资源密度大幅度下降。少数厂家生产电脉冲惊虾仪时，任意改变脉冲参数，不但起不到捕大留小的作用，而且对其他鱼类资源构成了威胁。经科研部门有关专家论证，浙江省水产局决定，从2001年1月1日起，全省海洋捕捞渔船禁止使用电脉冲惊虾仪和激虾仪、脉冲助捕仪、脉冲驱赶仪，以及其他类似的电助捕捞工具。

这时候的统计数据表明，全省拥有电脉冲惊虾仪的拖虾作业渔船约三千艘，四年前的那"两千个"的定额早已被突破。

在这次通知发出之前，又有一个专家会议在杭州召开。东海区渔政渔港监督管理局、东海水产研究所、浙江海洋学院、舟渔公司和浙江省海洋水产研究所等七个单位的水产专家，对惊虾仪的使用达成新的共识。

这次会议纪要中，有一段话立意深刻，大致意思是：先进的渔具有两面性，在正确理论和技术的指导下，在较高素质的使用者手中，会起到既提高经济效益又合理利用资源的良好效果。而在法治意识淡薄，法律制度不完善，管理机制和手段又比较弱的情况下，由于利益诱惑，应用先进渔具会出现牺牲资源，换取短期经济效益的恶果。

在这次研讨会上，专家们还提出了另外一项建议：为控制虾类捕捞强度，建议伏季休渔期时，应休渔船不要再调整为拖虾作业；对拖虾作业船实行总量控制，并实施两至三个月的休渔期。

惊虾仪"寿终正寝"前，高华明曾经希望不要"一刀切"，能为他们生产的脉冲参数符合标准、获过专项许可证的产品网开一面。然而，专家们认为，这时候东海虾类资源已经历五六年的高强度捕捞，再这样捕捞下去，就有可能像大黄鱼那样濒临灭绝，当务之急是考虑如何让虾类资源多休养生息。

科学技术的"双刃剑"，最终使高华明的专利产品以"一声叹息"的方式告终。

没有了惊虾仪的渔民，一段时间甚至不会捕虾了，他们又得重新学习如何捕虾。禁用惊虾仪的这一年，舟山渔场捕捞产量出现了二十年来首次负增长，减幅为4.74%。

之后几年，虽然高华明的惊虾仪退出了市场，惊虾仪禁用令一直如利剑高悬，但仍有杂牌惊虾仪在偷偷销售。直到2006年，仍有惊虾仪配件被查获，2013年舟山"两会"上仍有市政协委员提交"严查电脉冲惊虾仪生产厂家"的提案。2017年的一次舟山渔场渔具整治专项行动将惊虾仪列入严查范围。正是这次专项整治超常规的严厉程度，使惊虾仪彻底退出了历史舞台。

除了禁用惊虾仪，拖虾作业也开始实行休渔。

2003年，拖虾首次被列入伏季休渔范围。

海虾，这种繁殖率极高，处于海洋生物链低端的生物，也需要被刻意保护了，否则，东海真的要无虾了。

"虾无敌"的时代落幕了，人们终于懂得了什么叫"断臂求生"。为了保护虾资源，让一种科技专利产品蒙点"冤"又怎样？

第六章 远洋渔业伊始

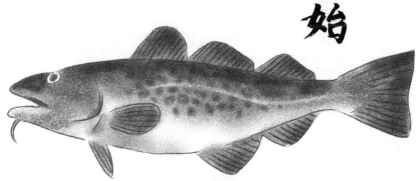

01

发轫于舟山渔场保卫战

　　"远洋"在地理学上的概念，是远离大陆、水域广阔的海洋，一般是指不属于任何国家领海和专属经济区的公海区域。至于远洋渔业，则还应包括跨越大洋，到其他国家领海和专属经济区参与捕捞的渔业。

　　但舟山渔民自古以来所说的"远洋"，却不完全是这个意思，在不同年代，舟山渔民对"远洋"和"远洋渔业"有着不同的理解。

　　可以想象，最早的舟山渔民，涂面采捕，碧海边挥舞鱼叉，从波涛中叉起一条条鱼，回到岸上，取火烧烤猎取的鱼。那时候，那离岸稍远点却难以企及的海，就是"远洋"了。

　　宋朝近岸捕捞，一风（三至五天）来回的海域就是"远洋"。

20世纪二三十年代,"远洋"指的是佘山小黄鱼渔场和嵊山带鱼渔场。

20世纪五六十年代,舟山渔民离开了家门口的岱衢洋、黄大洋和洋鞍渔场,北上吕泗洋,南下大陈岛,就叫发展"远洋渔业"了。

20世纪70年代,大批机帆船到禁渔线外的海域作业,也被称为"打出去"的"远洋渔业"。

到了20世纪80年代,"远洋"观念又发生了一次嬗变。此时,才有了真正与国际接轨的"远洋渔业"概念。

这次观念嬗变,与当时舟山的一场渔场保卫战有关。渔场保卫战主要是为了保住舟山带鱼。四大渔产到这时能够形成鱼汛的,只剩下带鱼了。

当时水产专家最深切的感受是,带鱼群体结构发生了很大变化。20世纪五六十年代,捕获的带鱼以一至两龄为主,而此时,当龄带鱼已占捕捞量八成以上,也就是说,当年捕捞的几乎都是当年孕育的带鱼。

更令人担忧的是,经专家测算,只有保证东海群系带鱼有约五亿三千万尾两龄亲鱼正常繁殖,才能让带鱼保持良好的增殖状态。而"东海群系带鱼资源变动"课题组通过调查,估算出舟山渔场当时仅存约四亿六千万尾亲鱼,即使让其全部繁殖,也难以保持应有的增殖水平。

于是,以1979年设立禁渔期为标志,舟山正式打响了舟山渔场保卫战。

是年2月，国务院颁布《水产资源繁殖保护条例》。根据这一条例，舟山地区行政公署颁发了近洋水产资源繁殖保护的规定。这个规定中，首次有了禁渔期概念：秋汛7、8、9月份，禁止机帆船底拖网在禁渔区线内生产。

除此条例外，还有一些规定，比如：春汛不捕越冬大黄鱼；近洋各种作业，渔获中经济鱼类的幼鱼不得超过渔获量的20%；严格控制冬汛到嵊山渔场作业的对网机帆船数量。但这些规定，要么没有"硬杠子"，要么实际执行有困难，导致产生的效果并不明显。

但底拖网秋汛禁捕，确实从那一年就开始严格执行了。

从组织渔民全年不停歇捕捞，到设置捕捞空窗期，渔业生产指导思想改变了。尽管这时候产量仍然是第一位的，但渔业资源取之不尽的观念被彻底抛弃了。

秋汛禁渔，是因为春汛和夏汛繁殖的经济鱼类幼鱼，这时大都在近海底层栖息。根据水产科研部门测定，这三个月里，作为舟山渔场主要作业方式的机帆船底拖网捕获的经济鱼类中，约有40%是幼鱼，其中幼带鱼约占25%，幼大黄鱼约占5%，幼鲳鱼和幼鳓鱼共约占10%。

每斤幼鱼，若是带鱼、鲳鱼、鳓鱼，为十尾；若是大黄鱼，为十五尾。二十万担幼鱼，约有二万三千尾鱼。这个数据，虽然是按照当时幼鱼重量推算出来的，但八九不离十。

实施秋汛三个月底拖网禁渔的第一年，舟山渔船少捕了一百万到一百五十万担幼带鱼。但10月份，舟山千对底拖网渔船出海，约五十万担产量中，仍有二十万担幼鱼。若把其他省（区、市）来舟山渔场捕鱼的底拖网船算进去，捕捞的幼带鱼数量更加惊人。于是到了第二年，底拖网禁渔期延长到了10月底。

底拖网，舟山渔民叫它"大拖风"，1959年被引进舟山渔场。虾峙岛渔老大陈良银用大拖风试捕，结果产量比其他渔船高一倍，于是它作为让淡汛变旺汛、使秋汛超夏汛的渔业技术创新，在舟山渔场被全面推广。

用大拖风既能捕到小黄鱼、鳗等栖息在海洋底层的鱼类，又能捕到海水中下层的带鱼，是一种能够将鱼一网打尽的作业方式。20世纪五六十年代，人们相信的是"海洋资源无限论"。要不要搞大拖风，能不能搞大拖风，当时并不是没有争论，但有人若指出大拖风会破坏资源，就会马上被斥责为右倾保守主义。多少年来，舟山渔民梦想有那么一天，能够把海底的大鱼都抲上来，可是由于受生产技术水平的限制，只能沿用陈旧的对网作业和张网作业，不能捕底层鱼。但大拖风就像为他们开辟了第二个渔场，为渔业生产史揭开了新的一页。——这是当时舟山渔民的普遍想法。

当年的捕捞资料证明，大拖风与之前普遍使用的大对网相比，在各方面确实都具有优越性。它不受风向潮流限制，随时随地都能捕。多捕了鱼，劳动强度反而减轻。大拖风捕一网需要三个钟头，其间渔民可以休息，而用大对网捕，一个钟头就要拔网一次。还有，大拖风作业比大对网作业安全，特别是洋面上风浪较大时，大拖风捕捞能减少海损事故。

南起中街山列岛，北到鸡骨礁，东到海礁岛、浪岗山列岛……舟山渔场大大小小各渔区都适宜大拖风作业。一般的机动船可以拖，机帆船也可以拖；大对船可以拖，小对船也可以拖。没过一年，大拖风就成了舟山渔区主要作业方式之一。

之后，大拖风变得多样化了。通过网具改革，大拖风不仅能在深水、清水里捕捞，还能在浅水、浑水中捕捞，其捕捞范围进一步扩大。紧接着，快带网问世。它根据机帆船的拖力而设计，网眼达四百八十个。与改良前相比，这种大拖风能增产两倍。再接着，对船张双网的办法问世并被付诸实践：海底张大拖风，海面张线网，两张网长度相同，上层线网装足浮子，下层大拖风网口用粗绳拉动上层张网。两网联动，在海洋里呈立体式捕捞，把中层、底层鱼类"两网打尽"。

经过这样穷尽一切办法的反复"扫荡"，到20世纪70年代末，终于，"东海将要无鱼"的险境摆在眼前，休养生息迫在眉睫。

这才有了1979年秋汛大拖风禁渔期。

1979年后，在各种文件和新闻报道中，大拖风一律改称为"底拖网"，甚至连大拖风这名称，人们也避而不说了。

1980年4月，浙江省水产工作会议商定：停止新造、进口和从外省购入各种底拖网机动渔船。限制近海底拖网发展由此开始。

但秋汛禁了底拖网后，带鱼资源危机并未完全解除，因为不少渔船在夏汛时仍在捕捞产卵带鱼。

带鱼的产卵期为4月至7月，每条产卵带鱼怀卵三万至五万粒，这时产下的卵子，到下半年就能长成约三两重的中型带鱼。

1987年，带鱼危机进一步加剧。冬至前后历来是舟山渔场冬汛带鱼旺发时节，这年"满洋飞"的渔船却找不到大股鱼群，众多渔船很少捕到往年常见的两至三吨的网头，连一些名老大渔船的产量也不高。这年的11月至12月，舟山渔船共捕捞带鱼约十万吨，比上年同期减少约三万吨，减产幅度达23%，为20世纪70年代初以来冬汛带鱼最低产量。东海区三省一市（苏、浙、闽、沪），投入舟山渔场冬汛带鱼生产的渔船也普遍减产，同比减幅约两成。

翌年4月春汛，由于外海马面鲀和东海乌贼减产，以及黄海、渤海对虾资源严重衰退，沿海各地国有、集体几百对渔船改变了原来捕捞的海域和品种，汇集到东海区域，集中捕捞舟山渔场的带鱼，促使情况进一步恶化。

昔日大黄鱼几近灭绝的厄运，似乎又要降临到带鱼头上。

如何保护带鱼资源，当时又有了几种新方案。

比如实行限额制。像日本、加拿大等国那样，对海洋捕捞实行限额，限定每个地区、每个企业的年捕捞量，任你如何增加渔船数量、增加渔船吨位、增大渔船柴油机功率，也不得超过捕捞限额，以这种办法来控制急剧增加的捕捞强度。

又比如推开禁渔线。这可促使渔船开发利用外海资源，以减轻带鱼捕捞的压力。当时外海渔场只开发了马面鲀，渔船全年作业点主要还是在禁渔线附近的海域，实质上仍在争夺带鱼资源。如果禁渔线再向外推开三十海里，就能促使国有渔船和群众渔船向外海扩展，寻找新资源。

但实行配额制，难度很大，最终实行的，基本上只能是"推开禁渔线"。

1988年6月，国务院批准设立东海区产卵带鱼保护区。保护区范围为北纬28°30′～30°30′、东经124°30′以西到机动渔船底拖网禁渔线海域。从1989年起，每年5月1日至6月30日，禁止拖网、对网渔船及其他以捕捞产卵带鱼为主要作业的渔船进入该保护区生产。

设立东海区产卵带鱼保护区，对舟山渔民冲击最大。

尽管渔民们也觉得带鱼再也不能滥捕下去了，但禁捕带来的收入锐减终究是绕不过去的一道坎。不过，当时他们正为大批外地渔船涌入舟山渔场捕捞产卵带鱼而担忧，这多多少少冲淡了他们对设立保护区后收入减少的焦虑。渔民最担心的是舟山管不住外地渔船，渔区里最大的呼声也是不要内外有别，"要保大家一起保，要捕大家一起捕"。

于是，这一年对保护区禁捕的监督空前严厉：

禁渔期间，除保持一定数量的渔政船执行日常巡查任务外，整个海区组织了五次规模较大的联合检查，每次参加的渔政船不少于五艘。同时，抽调来自江苏、上海、舟山、宁波各一家家渔业公司的各一对航速较快的渔轮，并给这四艘渔轮发资源监察船证书，让它们参加渔政检查，同时，还请东海舰队航空兵部队出动飞机，巡查保护区内渔船动态。

首次大检查，在保护区内查获违规渔船二十一艘。它们均受到了严厉处罚。但也发现了一些渔船在保护区以南外侧海域捕捞，对此就没办法做出处罚了。如果产卵带鱼还没游进保护区就被拦截了，那设置保护区的效果就会打折扣，甚至会使去不了保护区外的渔民心里不平衡。

20世纪80年代中后期，苏、浙、闽、沪三省一市的渔民先后建造了近千对一百吨位、二百五十匹马力的"线（禁渔线）外船"。这些渔船其实不太可能到较远的洋面作业，大多还在禁渔线附近捕捞，捕获的还是产卵带鱼。同一个村里，"线外船"的渔民能常年捕捞，一百五十匹马力渔船的渔民就只能偷偷出海在禁渔线内违规进行底拖网作业。要捕大家一起捕，抢光为止，这是一部分渔民的心理。

那几年，休渔就像一场拉锯战。渔场保护，情况错综复杂。

有一年，伏季休渔时没有发现一艘渔船违规作业，但休渔期结束后，渔船出海捕捞，捕上来的海鲜中幼鱼比例仍很高。后来分析出来的原因是，水温偏低致使产卵带鱼性腺发育期推迟了半个多月。

种种矛盾集中在一起时，破局的关键还是要找出路。

渔民出路在哪里？一次由国家水产总局召开的座谈会上披露了一系列当时引起很大反响的数据：20世纪70年代同60年代相比，海洋机动渔船总马力每年累计平均增长了247%，而捕捞产量只增长了53%，渔船单位产量反而下降了55%。

于是，从远洋渔业中寻找出路，对那时候的舟山渔民而言，势在必行！

在这一方面，舟山在全国范围内是领先的。中共中央和国务院3月11日发出《关于放宽政策、加速发展水产业的指示》，提出"要积极开发外海、远洋的渔业资源，采取优惠政策和切实措施，组织有条件的渔船向外海发展远洋渔业"。而这年2月，舟山渔民已踏上远涉重洋开赴西非的征程。

02

远征西非，艰难起步

1985年2月27日，舟渔公司码头。编号为629和630、633和634的两对渔轮，起航赴福州马尾港。

这两对渔轮，是当时国产最先进的六百匹马力冰鲜拖网艉滑道渔轮，八九级大风下也能出海生产，年捕捞量一千吨左右。

3月10日，福建马尾港，当年郑和下西洋的出发地。锣鼓喧天，彩旗飞舞，中国第一支远洋渔业船队在此起航。

船队由十二艘拖网渔轮和一艘冷藏加工运输船组成。它们将开赴非洲西北海域的大加那利岛拉斯帕尔马斯港，实施与塞内加尔、几内亚比绍、塞拉利昂合作的六个渔业项目。这是我国首次进行远洋渔业国际合作。

这十三艘船，分别属于中国水产总公司的舟山、烟台、湛江渔业公司和福建省闽非渔业公司。

中国开拓远洋渔业的路径选择，是1982年在全国范围内达成共识的。这年10月30日《经济参考》报道，三十二位渔船和海洋渔业科技工作者建议，鉴于我国远洋渔业尚未起步，为争取时间，不妨从两条最便捷的路径上突破：

一是从过洋性大陆架生产开始。

世界不少大陆架海域，渔业资源丰富，利用率较低，有关国家（地区）及企业欢迎他国企业与其签订协议，以联营或其他合作方式，到其所属渔区或附近公海捕捞生产。当时我国的部分新建渔船，稍加装备即可适应过洋性大陆架生产。

二是以劳务协作方式发展公海远洋渔业。

不少传统远洋渔业国家，有自己的远洋船队，或有资金进一步发展远洋船队，但招聘船员困难。我国可与这些国家签订联营式劳务协作协议，既可赚取外汇，又可培训船员。

早在1984年2月，中国海洋渔业总公司就组织考察组，考察西非渔业，包括考察加纳利群岛、塞内加尔、几内亚比绍的海洋资源、捕捞方式、风候习俗等，时间长达三个月。考察组共七人，其中地方渔业公司中派人员参加的只有舟渔公司，其派遣了工程师张永言和船长施浙海。

接着，中国海洋渔业总公司与塞内加尔的两家公司合作，从事塞内加尔的海洋捕捞、水产品加工业务。

塞内加尔位于非洲西部凸出部位的最西端，属热带海洋性气候，海岸线长约七百千米，盛产鳎、鲷科、墨鱼等多种海产品。

中国远洋渔轮从马尾港出发，经南海，过马六甲海峡，横跨印度洋，进入红海，过苏伊士运河，入地中海，再过直布罗陀海峡，进入大西洋。茫茫大海中，这些身长四十余米的渔轮，就像一片片漂浮在海面上的树叶。

参加过西非考察的施浙海，担任船队副总指挥兼"舟渔633号"轮船长。其余三艘舟山渔轮，由陆良锋、林加达、王永定担任船长。他们是从一百多名船长中挑选出来的，不仅捕鱼技术好，而且其他各方面素质都过硬。四十六名赴非渔民，也经自愿报名、组织挑选的过程。赴非之前，他们有着几年到十几年的捕鱼经历。

这些渔民饱经风浪，之前从未晕船，但在远航中，还是有不少人忍受不住颠簸，呕吐了。

船队刚出马尾港闽江口，就遇到七至八级大风。在整个南海航行中，风一直在六级以上，阵风七至八级，中到大浪。过苏伊士运河后再次遇到七至八级大风。驶入地中海时，迎头撞上九级大风，海浪甚至拍到了驾驶台。

这是船队渔民从未到达过的远洋。

二百多吨位的渔船，就像在巨浪中穿行的一片树叶。颠簸不仅有左右摇晃，即横摇，还有纵摇和垂荡，以及最让人忍受不住的混摇。混摇时，人就像装在罐子里的一粒骰子，被大海上下左右随意地晃动。

对于施浙海来说，这次率领船队也比以往任何一次都要艰难。渔轮尽管已是国内最先进的了，去闯荡远洋却依然显得设施落后，卫星导航信号一两个小时才接收到一次，很多时候还需要借助太阳和星空来定位。

4月29日，中国远洋渔业船队抵达拉斯帕尔马斯。

这是西班牙加那利群岛最大的城市，距离西非海岸二百多千米。祖居在定海的台湾作家三毛，和丈夫荷西在这里生活过，创作了《撒哈拉的故事》。舟山船队继续航行，于5月10日上午到达塞内加尔首都达喀尔。至此，经过五十六天航行，一万多海里航程，舟山渔民终于来到了这片从未抵达过的遥远海域。

欢迎人群中，一位塞内加尔经理看到依次靠岸的渔轮，不无羡慕地对专程飞抵塞内加尔迎船的舟渔公司经理汤坤铭说："汤先生，贵国生产的渔轮，好漂亮呀！"

汤坤铭笑了——相比于塞内加尔，舟山渔船确实很先进。

舟山渔民也笑了——他们相信自己的渔业技术比渔船更漂亮，一定会征服这片陌生的海域。

此时塞内加尔的国际渔业合作，已十分活跃。靠泊在岸边的船队渔轮，有来自苏联、法国、意大利、西班牙、日本、韩国的。他们有的与当地合资生产，有的申请许可证捕鱼，有的建立了加工基地。

面对此情况，舟山渔民一刻也不停留，立即出海。

出师似乎很顺利，在塞内加尔的第一网，就捕上两万多公斤大带鱼。那带鱼，呵，好家伙，有手掌般宽，一米多长。舟山渔民笑了，玩命似的捕，四天四夜，捕上来近四百吨鱼。

若能将这些鱼按国内价格出售，他们可就发财了。可是在塞内加尔，带鱼没人要，降价出售仍销不掉，这让远道而来的舟山渔民惊掉了下巴。

塞方经理不满地说："你们中国渔民，是否不会捕鱼？"

说得舟山渔民脸都绿了。

最后，这些带鱼，除一小部分托运回国，其余的统统被倒进了大海。

运回国内的那些带鱼，小时候我吃过。那时菜市场上，会时不时供应非洲带鱼。鱼肉不鲜美，根本没法与舟山带鱼相比，而且鱼脊骨粗硬，鱼刺也很硬，一旦卡在喉咙里只能去医院取出。那个年代，渔获按计划供应，居民凭票购买，唯独西非带鱼敞开卖，但买者不多，大多数人买过一回就不会再买了。

吃过这次亏，舟山渔民才明白，那些与塞内加尔合作的外国船队为什么抵达后要停靠几天才出海捕捞。除了长途航行后需要喝够吃饱睡透外，他们其余时间都在调查市场销售情况。

"我们也得补上这一课！"施浙海说。

一番调查后，舟山渔民终于找到了问题症结之所在——

达喀尔是塞内加尔的首都，有近百万人口，除了当地人，也有来自世界各地的旅游者，以及在这里做生意的美国人、法国人、苏联人、日本人等。水产加工品还是该国除花生之外销量最大的出口品，因此渔获出手不成问题。

只是，与我国国内居民捕到什么鱼就吃什么鱼不同，他们有"乱七八糟的鱼，连猫都不要吃"的说法。两国食鱼观念全然不同，在中国最畅销的黄鱼、带鱼，在这里大受冷落。这里的人认为，这些鱼刺太多，吃起来太麻烦。

那么，哪些鱼才是畅销的呢？石斑鱼、鲷鱼、舌鳎鱼等，都是肉多刺少的鱼。但是，当时的舟山渔民在国内很少捕这些鱼，不太了解它们的栖息规律，缺乏捕捞经验。于是，一次次出海，一次次扑空。

这样的状况持续一段时间后，舟山渔民不得不停航休整，召开"诸葛亮"会议。气候，海况，渔场，红、黄、黑、白各色鱼类的洄游规律，渔具，捕法……一项项讨论，一件件落实。

几番争论后，改变渔轮作业方式的意见占了上风。会后，一对渔轮从单拖改为双拖。

单拖，就是由单船拖曳网具，这是广东渔民的一种捕捞方法。1960年，舟山著名渔老大郭钦再驾驶一艘大型机帆船，试用单拖捕鱼，结果产量很高，接近渔轮产量，而且更容易捕到底层鱼。从此，"双拖（两船拖曳一顶网具）改单拖"成为舟山渔场的一项技术革新，单拖被迅速推广成为舟山渔民的主要作业方式。没想到，到了塞内加尔，他们又得改回去。

为熟悉渔场，舟山渔民在放网时投下浮标，收网时也放下浮标，用雷达、定位仪测定船位，再在海图上做上记号。一些日子后，海图上布满圈圈点点。舟山渔民像洞悉东海一样，洞悉了塞内加尔岸线十多海里内的渔场。

终于，当渔网再次落入大海后，捞上来的全是当地市场畅销鱼。

试捕半年后，他们将另外一对渔轮也改为双拖。

1986 年，赴塞内加尔次年，舟山渔民捕鱼渐入佳境，捕了六千多吨，价值八亿西非法郎，平均产量、产值在当地渔场的各国渔船中，名列前茅。

舟山渔民特别能吃苦。强烈阳光下，舱面气温达到三十摄氏度以上，但他们每天还从事十四五个小时的起网、放网、理鱼、速冻、装箱等体力劳动。

由于缺乏淡水，大家只能用脸盆接一点带有浓重香烟气味的空调机冷却水，用来洗脸和擦身。

塞方经理再次对他们竖起大拇指。这次不是为他们的渔轮，而是为他们的技术和吃苦精神："你们是达喀尔的冠军，别国船员无法与你们相比。"

"达喀尔的冠军"的说法，并非凭空而来，这话里有故事，而且不止一个。

一个故事是：1986 年，舟渔公司四艘渔船捕获六千多吨鱼，其中施浙海的船捕了约三千五百吨，被誉为"达喀尔捕鱼冠军船"，施浙海也获得了非洲渔业公司的嘉奖令。这张奖状，施浙海至今仍珍藏在皮箱中。奖状上写着："非洲海洋渔业公司董事长、总经理，将此证书颁发给施浙海先生，鼓励其荣获1986年年度最佳员工荣誉，达喀尔，1986年12月6日，董事长加布雷利先生，总经理法耶先生。"

还有个故事，说的是船长陆良锋。初到塞内加尔，塞方经理以陆良锋不会捕鱼为由，派了一名法国船长取代他的位置。他二话不说，卷起被褥下到船舱，当起了渔捞员。其实当时他觉得羞耻，一气之下甚至想回家，又觉得无颜去见"江东父老"。于是他知耻而后勇，硬是只凭一张小小海图，摸透了西非沿海渔场情况。到了最后，他能够仅凭海水颜色，甚至月亮圆缺，来判断当地鱼汛情况。而那位替代他的法国船长，却因捕不到鱼，网"逃"去，船碰坏，被塞方经理辞退了。重掌渔轮的陆良锋开始大显身手，创造了一个航次捕鱼二百吨的高产纪录。因此，他被誉为"达喀尔的冠军"。

1987年3月8日，第一批赴塞内加尔的四十六名舟山渔民启程回国。

临行时，舟渔公司四位船长在达喀尔港的海滩上竖起一块石碑，用蜡笔签上了他们的名字：

施浙海、陆良锋、林加达、王永定。

他们是舟山最早的远洋渔业船长。

相隔一年，1988年3月11日，第二批八十四名舟山渔民出发了。

此次出国捕鱼，报名的人更多。有位渔民结婚才三个月，也报名了。

码头送行时，情形也与三年前不一样。

三年前，有些渔民家属还脸带愁容——异国远洋，历代渔民从未去过的地方，谁知会有多少风险。这一回，送行者脸上都是一副轻松快乐的神情，那位新婚渔民竟有十三位亲友为他去远洋"淘金"送行。

八十四位渔民中，有一人特别引人注目——1号渔轮船长忻尚裕。他是舟山第一代机帆船老大忻阿来的二儿子，那年已四十四岁。

忻阿来的名字，在20世纪五六十年代的舟山渔场，如雷贯耳。1956年，舟山渔场公布首批十位名老大，榜上有他的名字。当年的榜单是以年度捕捞产量来排位的。产量增增减减，凭经验也凭运气，许多曾经的名老大在最近几年已经很少有人记得了，但忻阿来却是个例外，除了因为他一直保持着高纪录，还因为他的名字已与第一代机帆船紧紧相连。

舟山渔业机帆船生产萌芽于1954年。那年，渔区已普遍建立生产合作社。当时舟山决定试验机帆船捕鱼，由沈家门水产技术指导站（浙江省海洋水产研究所前身）牵头。半年后，三对机帆船被打造出来，由三位名老大承担试验性捕捞工作。

　　这个消息一传开，轰动了整个渔场。不用摇橹，不用驶篷，不愁顶风，不怕逆水，用机器操纵渔船，说起来好处一大箩。然而，这也颠覆了许多传统的捕鱼经验。好不好最终还要看能不能增产。这样，关注的焦点，就落到了这三位承担试捕任务的渔老大身上。他们的成败，影响着能否顺利推广机帆船。

　　试捕时间长达一年。最后的结果是，忻阿来的那对试捕船作为力证机帆船优越性的例子，留在了历史档案中。这靠的是忻阿来会动脑筋。他想到机帆船驶得快，承受得了比木帆船更大的拖力，就在出洋前叫人织了一顶有一千五百个网眼的网具，比以前使用的渔网大了许多。出洋生产时，他一直站立在船的鳌壳上观察渔情，指挥放网和起网。寒冬腊月的一天，风猛浪大，他正指挥起网，晃动的布篷将他扫进冰冷的海水里，被人救上船后，他竟仍站回了原来的位置。

　　当年冬汛，他试捕的那对机帆船，共捕到约五百担带鱼，比木帆船的单位产量提高三倍多。第二年春汛和夏汛时又连续试捕。结果冬、春、夏三个鱼汛期，共捕鱼三千多担，比同期舟山木帆船的最高单位产量约高出三倍，比木帆船的平均单位产量高出五倍多。

　　从此，"渔船机帆化"一下子成为渔民的共同心愿，而忻阿来的名字也被人们永远记住了。

　　相隔近三十年，到了1987年，忻阿来的二儿子要去远洋捕鱼了。两代人，两个相隔万里的渔场，这种巧合太有意思了。

于是忻阿来和他的儿子就被人们放在一起议论。

这次赴塞内加尔的渔轮，比首次出征时多了两艘，共六艘渔轮，带队的是公司党支部副书记陈利恩。

陈利恩船长出身，是个捕鱼能手。带队者不用下船，但他却在岸上闲不住，要去下海，每天换一艘船，六天转个"轮回"。六艘渔轮的船长，见他上船就把"指挥权"移交给他。他不仅缩短了作业时间，还提高了产量，这不得不令人佩服。在一趟趟下海后，他绘制出了一幅塞内加尔的渔场作业图，图上标明了在哪个区域可以捕何种鱼，什么时候鱼汛旺发，连哪里有礁石都标得清清楚楚——这图，俨然是一张捕捞"作战图"。

当时在塞内加尔与中方合作捕鱼的一位西班牙船老板看到这张"作战图"，又听说他六个航次的捕捞成绩，叫翻译来问陈利恩，想出一万美元的月薪聘请他到西班牙渔船上当船长。陈利恩给一口回绝了。

多年后，陈利恩说起此事，开怀一笑说："当年要是应承下了，一年后就能买三套大房子。那个时代的人，思想觉悟可高了。"

与塞内加尔的渔业合作一直持续到1995年。

这年年底，又有二十四名舟山渔民赴塞内加尔。与前两次不同，这次去的都是船长、大副、轮机长。他们驾驶着四艘五百吨位远洋渔轮，在塞内加尔进行了两年的捕捞。渔轮上的普通渔民，包含国内其他渔业公司的员工及西非国家的渔民。

几年后，人们说起舟渔公司在舟山远洋渔业发展中的作用，常会用到一个词——"黄埔军校"。1995年的那次中非渔业合作，这所"黄埔军校"培养的"学生"，在之后中国远洋渔业发展历程中起到了非常关键的作用。

与外国合作捕捞，双方之间往往有着种种较量。如果说在塞内加尔解决冲突还是小试牛刀，那么在摩洛哥就是"真枪实弹"了。

舟渔公司第三批赴西非渔船，去的是摩洛哥。1988年初，中国水产联合总公司与摩洛哥王国渔业部门达成协议，决定在阿加迪尔成立中、摩合资经营的渔业公司。舟渔公司为此派出四艘渔轮组成第三支赴非船队。

船队抵达摩洛哥阿加迪尔港后，一周试捕下来，中、摩双方发生了争执。舟渔公司四艘渔轮由于不熟悉渔场，三天才捕了一吨鱼，摩方经理对此不满意，提出捕捞要以摩洛哥渔民为主，网具全部改用韩国模式。我方当然不同意。最后商定，4号船以摩方船员为主，采用韩国网具作业，其余船只仍由中国船长掌舵，比试一个航次。如果比试结果是4号船效益高，那么以后所有船只都以摩洛哥渔民为主。反之，则全部由中国船长指挥。

这是一次空前的较量。

这是舟山渔民在异国海域里遭遇的前所未有的技术比拼。

一个航次，三十多天后，四艘渔轮陆续返回港口。经统计，各船产值如下：

1号船：产值五万五千四百七十美元。

2号船：产值七万五千五百十五美元。

3号船：产值八万零一百三十五美元。

4号船：产值四万八千九百七十九美元。

可见，以摩方船员为主、采用韩国网具作业的4号船产值最低。

以产值而不是以产量决定比赛名次，考验你的不仅是渔获数量要多，而且品种也要是能够在当地热销的。

摩方经理穆西亚惊讶万分，竖起大拇指，连声称赞中国渔民的捕捞技术。

之后一年捕捞下来，穆西亚更是觉得自己当初要求比试的决定太鲁莽了，见了舟山船长总是说"抱歉"。

在摩洛哥捕捞的海产品，主要是章鱼、鱿鱼、红鲷、黑鲷、舌鳎鱼等。他们捕上来的鱼经加工后，销往日本、西欧等地。

舟山渔民在西非捕鱼，有着他们之前没想到的巨大的劳动强度。

一位远洋渔民说，渔民的劳动强度本来就非常大了，但到了西非，发现过去的艰苦已经算不上什么了。渔轮在海上生产时，一网捕上来，船员们就得赶紧理鱼、进冻、装袋、打箱。刚干完，又得下网了。而在国内，捕上来的鱼推进船舱撒上冰就完事了，大伙还可利用下网后的空隙休息一会儿。在西非，一天下七网，一网两个多小时，连睡眠时间也不能保证。

当然，他们也有着令他们自己满意、让别人眼红的收入。

1988年1月，舟山市水产局发布过一则招聘出国渔民公告，在岱山渔区招聘二十名渔民赴几内亚比绍捕鱼，并培训当地渔民。招聘对象为船长、轮机长、渔捞长、大副。给出的待遇是国内年工资人民币三千至四千元，国外津贴（包括伙食费）人民币八千至一万元，出国期间的人身保险费、医疗费、劳保用品等均由该局支付。

这批人当时如数招到了。1988年，舟山城镇居民平均每人可支配收入一千一百十九元，可见招聘给出的工资还是相当有吸引力的。

03

在白令海、鄂霍次克海捕鳕鱼

　　20世纪八九十年代，舟山渔民尝试了多种出国捕鱼的方式。去塞内加尔是合作捕鱼，我方出船、出人、出技术，与塞内加尔企业联营，在海外创办合资企业。与摩洛哥、几内亚比绍等国合作捕鱼，也是这种模式。舟山渔民在这种模式中，渐渐熟悉更多的"远洋"，为之后自主发展远洋渔业积累了经验。

　　1989年1月8日，舟渔公司十二名船员和阿根廷的六名船员，驾驶一艘由中阿企业合资建造的双甲板艉滑道单拖冷冻捕捞船，从大连港起航，穿越"北太平洋"，经夏威夷岛和厄瓜多尔，绕过麦哲伦海峡，北上到达终点港——阿根廷马德林港。受中国水产联合总公司委托，舟山首次派出船员以劳务输出的方式去南美洲进行为期两年的合作捕捞。

劳务输出，是一种更为简单的合作模式。

渐渐地，这种"为他人作嫁衣裳"的模式不为人所满意。

从根本上说，只有独家经营，才算是远洋渔业的真正起步。

于是，到了1991年，舟山远洋渔业又迈出了第二步。

该年，舟渔公司集资约七百万美元，向德国购买了一艘大型渔轮。

这艘渔轮长一百零二米，宽十五米，总吨位三千一百吨，马力三千八百匹，续航力三个月以上。渔轮上有海水淡化设备，每天可供应淡水二十五吨；有四条现代化生产流水线，可分别加工标准鱼片、无刺鱼片、鱼糜及冻鱼。船员住房舒适，并配有手术室和病房。

这是浙江省第一艘远洋拖网加工船。

舟山人将它命名为"明珠号"。

"明珠号"5月底抵达舟山，6月17日即赴阿拉斯加。这天中午十一点半，渔轮起航时，舟渔公司二百余米长的码头上，有数以千计人员欢送。

阿拉斯加位于北美大陆西北端，一个遥远而陌生的地方，冰雪覆盖，风暴肆虐。舟山渔民远渡重洋到因纽特人的家门口捕鱼，在我国海洋捕捞史上写下了新的一页。

"明珠号"从舟渔公司码头解缆起锚后，到马峙门锚泊，经海关、边防、卫生检疫后正式起航，穿越日本海，横跨白令海，乘风破浪航行十一天，抵达阿拉斯加。打开船舱，迎面扑来一阵刺骨的寒风。在舟山起航时，还在温暖的初夏，十一天航程后，仿佛已置身严酷的冬天了。

阿拉斯加三面临海，分别为北冰洋、白令海和太平洋。"明珠号"的鳕鱼首捕地在白令海渔场。这是浙江省远洋渔船第一次远征"北太平洋"白令海渔场。他们利用当时苏联政府提供的补偿配额，将捕获的鳕鱼加工成鱼片后直接投放欧美市场。

鳕鱼，肉质白细鲜嫩，肉厚刺少，蛋白质含量比三文鱼、鲳鱼和带鱼都高，而脂肪含量极低。此外，鳕鱼肉中含有丰富的镁元素，有利于预防高血压、心肌梗死等心血管疾病。因此，鳕鱼在欧洲被誉为"海中黄金"和"餐桌上的营养师"。那几年，大西洋鳕鱼年产量在一百万到一百五十万吨之间。

驾驶"明珠号"的船长叫董良岳，这年四十二岁。

董良岳十七岁时，从渔村被招到舟渔公司的渔轮上捕鱼，从炊事员、机舱加油工、渔捞长、大副、船长，一直到担任渔轮船队总船长。他驾驶的渔轮到过东海渔场各个海域。在赴白令海捕鳕鱼前，他做的最出名的一件事，就是开创改良底拖网以捕上层鱼的先例。

那几年一到秋汛，外海马鲛鱼旺发，太阳一落山，马鲛鱼就上浮。日本渔轮每年都要捕去三万多吨马鲛鱼，而舟山渔轮用的底拖网不能捕捞上层鱼，只能望洋兴叹。他不服气，经过多次试验，终于将底拖网改为捕马鲛鱼网，从此捕马鲛鱼网成为秋汛捕捞马鲛鱼新的作业工具。

"明珠号"上有九十名船员，包括十名从海洋捕捞、航海、机械、电子等专业毕业的大学生。他们是舟渔公司用分房、报酬倾斜等优惠政策招收进来的，被安排在驾驶台、机舱、加工部、翻译室等船上重要部位。

这一年，"明珠号"在白令海捕了三个月鳕鱼。

6月27日放网开捕，首网捕得鳕鱼六七吨。这产量不算高，但与同类试捕渔轮相比，仍令人振奋。因为船员们知道，中国北方有家渔业公司，在白令海渔场里花了七个月时间才试捕成功。

捕鳕鱼，对"明珠号"船员来说是头一回。加工首网捕得的鳕鱼，用时为三个多小时。可是七天后，德国质量检验师检验完产品后说："你们这样的产品，在中国市场上是一流的，但离获得国际市场的认可，还有一定的差距。"按照德方检验师的要求，他们又干了一整天，终于找到了窍门。之后加工的鱼糜，德方检验师看了竖起大拇指，连称"OK"。

喜欢群居的鳕鱼，在海里有昼夜垂直移动的习性，成鱼从深水处向浅水处产卵洄游。因此，"明珠号"昼夜不停作业，四小时一班。产量日日递增，最高日产量达到一百吨。

6、7月的白令海，昼长夜短。天黑的时间没几个小时。船员们常常是刚打个盹就又要起床了。日子一长，人总有种懒洋洋的感觉。

此外，白令海多雾，这也让人不适应。在白令海的三个月捕鱼期，有一半时间，船员们都置身在湿漉漉的弥天大雾里。

那里属低气压控制区，遇上恶劣天气，风力超过十二级，浪高涛汹。"明珠号"按规定不能靠岸，只得漂泊在大洋上。这时候，无尽的寂寞开始折磨船上的每个人。

几盘录像带看烂了，扑克牌也打坏了。二十六位收到过家信的船员拿出家信看了一遍又一遍，惹得没收到过信的船员十分眼红——这些家信是出航一个月后，烟台渔业公司的"远2号"轮捎来的。于是，有的船员就把家信拿出来，轮流给大家阅读，信中若有一两句让人脸红心跳的话，便会惹得一阵阵欢笑。

按照出海前约定，这批船员在白令海捕鱼期间，共能收到三次家信，都是通过国内其他赴白令海捕捞的渔轮捎带过来的。9月4日是最后一次收家信的日子。这时，"明珠号"上已有六成船员收到过家信。那些收到家信的船员，把自己最好的烟和酒拿出来请客。而那些没能收到家信的船员，有的竟剃了光头。

在最寂寞的避风期，船上最能忍受寂寞的反而是那些年轻的大学生。他们上船时就带上一箱箱磁带和书籍，有的还带上一把吉他。大学期间已过惯了单身生活，大学毕业后直接来到远洋，使他们更能适应长久漂泊在海上的生活。

于是，每到傍晚，船头便响起大学生的吉他弹奏声，在空荡荡的白令海渔场上空回响。

大学生出海前早已做过功课，寂寞时就给船员讲白令海的故事。船员们大多是渔民出身，没看过多少书，大学生讲的故事令他们感到惊奇：

原来，白令海与中国有很深的渊源。唐代我国东北少数民族黑水靺鞨开辟了对堪察加半岛的航线，这条航线从库页岛出发后，顺着海流乘西北风向东南航行，到择捉岛（俄罗斯称其为伊图鲁普岛）后，则转向东北，而后到堪察加半岛南端，形成了一条从西北驶向东南再转向东北的弧形航线。这说明库页岛的黑水靺鞨人在唐朝就已掌握了鄂霍次克海逆时针方向的海流规律。

这个故事记载在《新唐书·黑水靺鞨传》中。

"鄂霍次克海？这不就是下一站我们要去的地方吗？"船员们问。

"是呀！"

船员们一下子觉得眼前的海，不再那么陌生了，原来这里并不是中国人从来没有来过的海域啊！

9月22日，白令海结冰了，"明珠号"驶到鄂霍次克海渔场捕捞。

鄂霍次克海是太平洋西北部的边缘海，离它最近的陆地是西伯利亚。"明珠号"9月底到这里时，正值捕鳕鱼高峰期。

此时昼短夜长。黑夜时间长达十几个小时，于是白天捕捞更为紧张，天黑了还得捕。

到了11月，西伯利亚寒流袭来，气温降至零下十五摄氏度，漫天飘雪，人站在甲板上，胡子顷刻间结满冰花。

厚厚的冰层覆盖海面，并不断向外延伸，"明珠号"只得往南撤退，但越往外移鳕鱼越少，于是又转过船头，进行破冰作业。

起网滚筒冻住了，船员们操着凿子一点点凿开。鱼舱盖板被冰封住，液压机无法顶开，他们又用热水烫、用火烤……

海面冰层厚达八十毫米。"明珠号"开足马力，铁犁似的船头刚破开冰面，冰块便迅速向船尾涌来，放渔网极度困难。

船员耳畔整天响着"嘎嘎吱吱"的撞击声和冰块碎裂声。那是来自船长董良岳驾驶渔轮在冰层间滑来滑去，并避开厚冰区。

最惊险的一次经历发生于"明珠号"正在起网时，浮冰从四面八方向船体夹击，船开足马力仍动弹不了，网拉不上来了，如果它缠住了螺旋桨，那么船体将被冰块冻住。

零下十几摄氏度的天气里，董良岳脸上却流淌着汗水，他急得从驾驶台上跑下来高喊："快，快，用后单环葫芦起吊！"

巨大的葫芦架转动，网身一寸寸露出海面，但没过一会儿，"嘎"一声又卡住了，起网机超负荷，支撑不住了。怎么办？数十双眼睛瞅着董良岳。"绞！快绞！！"董良岳又喊道。几十位船员一起拉动渔网，网身渐渐地从冰层底下被拉出来。这时董良岳连忙跑回驾驶室，驾驶渔轮逃离了这片浮冰越来越多的海域。

这一年，转战两个远洋渔场，"明珠号"捕捞加工鳕鱼约六千五百吨。

出海二百五十二天后，1992年2月24日，"明珠号"凯旋。

舟渔公司码头上挤满了前来迎接的船员家属，只见那些船员的妻子身着可能是她们衣柜里最漂亮的衣裳。许多船员和妻子一见面就紧紧拥抱在一起。

然后，妻子挽着丈夫回到宿舍楼，家家户户响起了"乒乒乓乓"的关门关窗声。他们的孩子，早已被爷爷奶奶外公外婆带回到自己的家里。

最恣意畅爽的交欢，在一间间宿舍里铺展开来。这是分别大半年后，妻子对丈夫最大的慰藉。远洋渔民与妻子久别重逢，他们的故事总是温馨而浪漫的。

有一位远洋渔民在出海前，提前在从出海之日到计划返航到家之日间的每一天的日历页上写上给妻子的一句话：

…………

9月20日：分别已整整三个月，让我们互相祝福吧！

…………

10月6日：家务事简单些，不要太劳累。

…………

12月19日：谢谢你支撑着这个幸福的家。

…………

丈夫出海的每一天，妻子翻过日历，就会觉得他仍陪伴在身边。

这或许是妻子要求丈夫写下的。人出海了，但要把挂念留下，有这份挂念留在家里，她才放心。

首征白令海和鄂霍次克海成功后，1992年5月，又一艘从德国引进的大型远洋拖网加工船驶抵舟渔公司码头。这艘渔轮被命名为"明昌号"。

它的船体长度和宽度、总吨位和马力都与"明珠号"的相同，也拥有冷冻设备，唯一不同的是船上的加工机械——它有两台鱼片加工机、三台剥鱼皮机和一台鱼糜机。

从此"明珠"和"明昌"，便成为当时舟山远洋渔船的"双姝"。

这年6月15日早晨，"明昌号"开启远航鄂霍次克海的征程。在此之前，"明珠号"已于4月8日起航再赴鄂霍次克海。

这一年捕获的鳕鱼，有一部分装运回国。8月18日，"明珠号"返港卸货，四个月共捕鳕鱼约四千五百吨。所捕鳕鱼已全部加工成去头去尾的冻鱼段和鱼粉。外销的是无刺鱼片，内销的是有刺鱼片和鱼糜。

按规定，该轮应该10月份才返航，提前回来是因为渔获装不下了，被迫返航卸货。

那些年，鄂霍次克海的鳕鱼资源实在太丰富了，彩色鱼探仪显示的鱼群图像呈紫红色，他们只能根据加工能力捕捞，最高网产达一百二十吨。

于是，除了"明珠号""明昌号"外，又添了一艘运输船，往返于舟山与鄂霍次克海渔场之间，运回捕捞上来的鳕鱼。运输船载重五百吨。它从舟渔公司码头出发，五个昼夜后到达日本北海道附近海域，然后穿过宗谷海峡，继续朝东北方向进发，三个昼夜后到达鄂霍次克海，与那里的"明珠号""明昌号"会合。

运输船来去匆匆，装上鱼就回，卸下鱼又去。去时，带上两三吨冬瓜——其他食物在那里都难以保存，只有冬瓜能够保存得长久些，以至于"明珠号""明昌号"的船员看到运输船，老远就嚷："嗬，今朝夜里有冬瓜汤吃了！"

截至1996年，"明珠号""明昌号"产值达人民币五亿多元，盈利人民币两亿多元，是当时舟山远洋渔业效益最好的项目。

在舟山远洋渔业起步阶段，舟渔公司是一只"领头羊"。到了2021年，舟山已有六百多艘远洋渔船出海作业。而舟渔公司也在2019年与其他公司合作组建了一支拥有五十艘远洋专业鱿钓船的庞大船队，并在这一年里继续建造了六艘新船。原址在平阳浦的水产加工板块，迁入舟山国家远洋渔业基地，成为定海远洋渔业小镇里中国农发明珠工业园的首期项目。这只"领头羊"最终还是落脚在定海远洋渔业小镇——这座新兴的渔业重镇。

1998 年后，白令海的鳕鱼资源呈现衰退趋势。

1999 年 8 月 1 日，新华社的一篇题为《白令海缘何"无鱼"》的报道，马上引起舟山渔业部门的高度关注。报道写道："白令海大洋综合调查已经接近尾声，北极科考队至今已经在三十多个站位进行作业，施放资源拖网十八次，却基本上没有捕到什么鱼。是白令海真的没鱼，还是别有原因？望着空空的拖网，一时间，科考队里议论纷纷。"

这篇发自"雪龙号"北极考察船的报道，虽然没有对白令海鳕鱼、鱿鱼和鲽鱼资源是否衰退下结论，甚至在多种分析中还倾向于比较乐观的观点，但作为较迟进入白令海捕捞的舟山渔民及渔业部门，看到当地媒体刊登的这则新华社电讯，还是感到了深深的担忧。

没过几年，舟山渔民在白令海的鳕鱼捕捞状况，表明这种担忧并非空穴来风。

2001 年，"明珠号"仍在白令海作业。但这时每网产量，偶尔才有七八十吨，一般仅二三十吨，与之前几年大相径庭。

这时"明珠号"船长已是傅银华。傅银华像董良岳一样也是舟山渔场著名渔老大。在任"明珠号"船长之前，是"明昌号"船长，再之前是"舟渔225号"轮船长。他当"明珠号"船长后，不仅面临白令海渔业资源衰退，还遭遇国际市场油价暴涨。他只得为船只航行、拖网作业制定经济航线和确定经济航速，以降低生产成本。

由此舟山渔民开始感受到，远洋捕鱼，也并非如一开始想象的那样"鱼捕都捕不完"，鱼也是要捕光的。

到了2004年5月，世界自然保护基金会发布的一份报告说，全球鳕鱼捕捞量已从1970年的约三百一十万吨骤减至2000年的约九十五万吨，2002年又降至八十九万吨左右。三十多年来全球鳕鱼捕捞量已经骤减了约70%。

此后，限制鳕鱼捕捞量的配额管制更严，舟山渔民已经很难拿到大笔配额。

这也是中国远洋渔业发展的困境：起步太晚！1994年11月《联合国海洋法公约》生效，地球上近36%富饶的公海变成了沿岸国家的专属经济区。对捕捞配额的争夺变得激烈。

不过此时，后来成为舟山远洋渔业"第一渔"的鱿钓业已颇具声势。

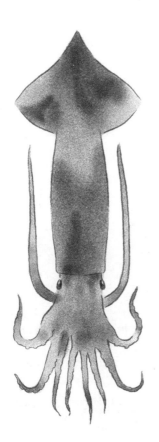

第七章　去公海捕鱿鱼

01

乌贼沧桑

鱿鱼和乌贼，都是无脊椎软体动物，头足纲，不过所属科目不同，这样说来它俩是"堂兄弟"。

大自然的造化，形成舟山渔场四大渔产，其组合也非常有意思。大、小黄鱼和带鱼都是脊索动物，属于硬骨鱼纲，搭配一种软体动物头足纲乌贼，满足人类不同的口味。

乌贼又称墨鱼。称墨鱼很好理解，它在海里遇敌时会喷出一股黑墨，掩护自己逃生，故称墨鱼，但为什么叫乌贼呢？《南越志》里有一句话：

乌贼鱼浮水面，乌见之，以为死，啄之，乃卷取去，故云乌贼。

乌贼真能伸出长触手，卷住乌鸦吗？

鱿鱼的远祖，说起来更让人惊奇，它的远祖是奥陶纪的直壳鹦鹉螺。奥陶纪离今天多远？四亿八千万年至四亿四千万年前。二十多年前我和女儿说到这年代，女儿问："从'一'数起，数到四亿八千万，要数多少天呀？"问得我一下子噎住了。

后来我真的探究过这个问题。一份资料里说：从"一"数到"一亿"，二十四小时不吃不喝不眠不休，用儿童语速需要约二十二年九十四天，用普通人语速需要约十一年四十七天，用播音语速需要约八年三百二十九天，用人类最快语速需要约四年三百五十二天。那么四亿八千万呢？这实在是个遥远得让我们无法想象的年代，遥远得连光数完这年份都要耗费半生。

那时大海里鹦鹉螺的模样，更是完全颠覆了现代人对螺的认知。它不是人们印象中窄窄的、短短的螺。最大的鹦鹉螺，从奥陶纪地层中发现的化石看，长达十多米。十多米长的螺如果出现在眼前，就像蚂蚁一下子变成雄狮，会不会让人恐惧？

那时直壳鹦鹉螺是海洋中最凶猛的肉食性动物之一，三叶虫、海蝎子等节肢动物根本不是它的对手，无颌鱼更不在话下。它拥有坚硬的梭子状外壳，边喷水边前进，游动迅速，发现猎物就远远地伸出粗大的长触手，卷住猎物，用尖利的嘴将其撕裂。

这样的情景似乎在科幻片中看到过，实在让人心生恐惧。

鱿鱼就是从这样的直壳鹦鹉螺进化而来的。当我们嚼着烤鱿鱼或者鱿鱼丝的时候，是不是嚼出了一点点四亿多年前海洋的味道？

20世纪80年代末，在普陀山文物馆，我见到过一块石头。它有二十四点五厘米长，躺着像一株竹笋，立起来像一座微型宝塔。这块石头，经武汉地质学院考证，是约四万年前的古鹦鹉螺壳体化石。四万年前已是更新世晚期，直壳鹦鹉螺早已灭绝，绝大多数动植物属种已与现在相似。普陀山的那块鹦鹉螺壳体化石，属于卷壳鹦鹉螺，直壳鹦鹉螺的"近亲"。卷壳鹦鹉螺的贝壳，一般直径鲜有超过二十厘米的，普陀山的那块直径二十四点五厘米的外壳化石，实属相当珍贵了。据说这是清朝末年一位名叫化闻的和尚遗留下来的。这种卷壳鹦鹉螺如今已实属罕见。而它的亲族后代鱿鱼则大量生活在海洋中。

当舟山鱿钓业发展到全国最大的时候，我忽然想起了几十年前在普陀山见到的那块古鹦鹉螺壳体化石——鱿鱼的祖先。舟山渔场传统海产品的席位上原本并无鱿鱼。这并非说舟山渔场没有鱿鱼，在乌贼资源衰退、远洋鱿钓业尚未兴起那几年，舟山近海鱿鱼也曾被当作一个替代乌贼的新品种加以开发，但它的资源量无法与曾辉煌一时的乌贼相比。

舟山乌贼属于曼氏无针乌贼。它喜欢栖息在温暖而澄清的海水里，冬天它在舟山外海深水处越冬，春季随着水温上升，向近岸游来，到内湾海岛岩礁与藻类丛处产卵。舟山渔场是我国乌贼主要产卵地。

　　舟山乌贼的汛期，在立夏至小暑。每年春暖花开时，它们从东南方外海经大陈岛一路游来，立夏时分批逐渐向中街山列岛海域靠拢，最后游到嵊泗列岛海域。从立夏到小满是第一批，这时候乌贼还未产卵，肉厚，力壮，舟山渔民称之为"大种"乌贼。从小满到芒种是第二批，此时为乌贼汛最旺的日子。第三批从芒种到小暑，大多数乌贼已产过卵，身体瘦，游速快，群体分散。

　　在长期的生产中，渔民把一些捕捞经验浓缩在渔谚里，代代相传。有一句渔谚说："四月乌贼旺汛到，渔民落夜又起早。"为何要落夜又起早？老渔民说，是因为早晨或日落，海水底层温度与表层温度相差五摄氏度左右，这时候海水里乌贼最为密集。另有一句渔谚说："立夏打一暴，乌贼抛老锚。"这又是什么意思？老渔民说，立夏刮大风，就是打暴，说明北来寒流仍然强势，那么乌贼就会姗姗来迟。还有渔谚说："细雨绵绵，一网二船。""小麦瘟，乌贼畚。"老渔民说，这讲的是初夏之时，若气温和水温都较高，而气压较低，细雨绵绵，风平浪静，那么乌贼便会旺发，一网就能装满两船，乌贼多得就像能用扫帚扫进畚斗。

　　一些老渔民还讲到，中街山列岛、嵊山岛、花鸟岛能够成为乌贼主产地，与那里港湾边沿多大小涡流和激流有关，湍急的潮流激起海底沉积的养分，孕育大量浮游生物，乌贼最喜欢在这些地方产卵繁殖。在舟山渔场，乌贼开始了近乎一生一回的生儿育女。先是雄乌贼之间为争夺雌乌贼展开一场场搏斗。得胜的雄乌贼，在雌乌贼身边游来游去，通过不断变换身体的颜色向雌乌贼献殷勤。通过变色迷惑了雌乌贼后，雄乌贼突然用腕足钩住雌乌贼，藏有精子的精荚在交配时进入了雌乌贼身体。一只强壮的雄乌贼一昼夜可以交配二十几次。雌乌贼受精后几分钟到几个小时，就开始产卵了。生殖后的乌贼，不吃食物，行动迟缓，不是被凶猛的鲨鱼、海鳗吞食掉，就是因饥饿而死亡。产下的乌贼卵，如绿豆那般大，还有一个柄，柄有分叉，缠绕在海底珊瑚、岩礁或海菜上，约一个月后，小乌贼就出生了。小乌贼分散在沿海觅食，待深秋天凉，便成群结队游到外海去过冬，来年春末，它们会沿着父母游过的老路，到海岛周围来完成近乎一生一回的生儿育女。

乌贼的生殖规律和短暂生命，决定了它作为一种渔业资源的种群生物系统是极其脆弱的。如果怀卵雌性大部分被捕光，那么乌贼族群马上就会萎缩。如果连出生不久的小乌贼也不放过，那么族群灭绝就会迅速到来。

舟山渔场传统的乌贼捕法，主要用的是小拖网。乌贼汛期，小拖网船游荡在岛礁附近海域。放卵期的乌贼，哪怕一部分被捕上来，终究还会有另一部分留在海洋里。这样就能使乌贼存量在生生灭灭间保持平衡。哪怕前一年捕多了，第二年也能迅速弥补过来。

渔民说，相比之下还有更古老的捕法，就是让乌贼"自投罗网",这样捕上来的乌贼,一般都已交配过多次了。

舟山渔场有个壁下岛,岛上渔民捕乌贼,就喜欢让乌贼"自投罗网"。渔民们在两礁之间选一个水流打旋处,将船一横,两头搁两根毛竹伸向海面,渔网挂在毛竹上,沉到海底。到了夜晚,船上点上灯。乌贼喜欢光,都游过来围着渔船打转。这时候把渔网拉起来,再用木柄网兜把乌贼从渔网里捞出来。乌贼旺发时,隔五分钟就可拉上一网。照乌贼的灯,起初用的是松明,后来改用电石灯、汽油灯。

这是舟山渔场最具古意的乌贼捕捞法。照此办法捕乌贼,乌贼是永远捕不光的。这种捕法,壁下人一直坚持到20世纪60年代末,之后才随大流,改用拖网捕乌贼,从而捕到更多的乌贼。

在还没有冷库的年代,大量乌贼捕上来,除了少数鲜销,大多数用来制作螟蜅鲞。

螟蜅鲞在舟山岛民聚集过程中,曾起到过特殊作用。自清乾隆年间(1736—1795)起,浙江的鄞县、镇海、台州、温州等地渔民来舟山捕捞乌贼,每年春、夏在一些小岛上搭建寮棚用以暂时居住,将在小岛周围洋面上捕获的乌贼晒制成螟蜅鲞,待到秋天,带着螟蜅鲞返回老家。次年春、夏,又来到小岛,整修一下芦苇覆顶的寮棚,安顿下来,继续捕乌贼、晒螟蜅鲞。之后某年,他们和老婆孩子一起上岛,丈夫捕乌贼,老婆晒鲞。乌贼汛期结束,又开垦几亩荒地,就在岛上定居下来。舟山的许多小岛，最早的时候被称为"螟蜅岛"。

螟蜅鲞是舟山渔场有名的水产干品，能与它匹敌的就只有大黄鱼鲞了。因为传说食用螟蜅鲞能够补血、调经，南方沿海各地都有产妇用其滋补的习俗。优质的螟蜅鲞，必经海水洗净和一次性晒干，那样螟蜅鲞表皮上就会泛出一层白霜，渔民称之为"起花"，白霜下的鲞肉透射出一种红润。这种鲞，闻之香气扑鼻，存放久了也不会变色变味。其中的关键，是必须一次性晒干。想那小岛居民刚刚迁来时，搭起来的寮棚前后无遮掩，太阳暴烈，晒出来的螟蜅鲞一定是顶好的，怪不得那时他们依靠一个乌贼汛，把螟蜅鲞晒干销出去，就能大体维持一年的生计。

舟山渔业资料中，有一组关于不同时期乌贼捕捞量的数据：

1951年至1957年，年均产量一万一千七百吨；

1958年至1980年，年产一般二万至三万吨，少时一万吨，其中1979年产量最高，达三万七千吨；

1981年至1987年，年均产量降至一万吨左右；

1988年仅产三千四百十六吨。

从这组数据中可见，1979年是由盛变衰的转折点。

那时，春汛和夏汛时大批机帆船和渔轮在产卵场外围拦捕未产卵乌贼，使许多乌贼还没传宗接代就被打捞上来了。到了

243

7—8月份，孵化出的稚乌贼分散在沿海索食生长，张网捕捞又对稚乌贼杀伤极其严重。据统计，当时浙北沿岸一顶张网一天至少能捕获稚乌贼一百斤，每斤有二百多只稚乌贼，仅7—8月份，就要杀伤约两亿五千万只稚乌贼。而冬汛捕带鱼时兼捕越冬乌贼，更是从20世纪60年代就已开始了。此外底拖网、桁杆拖虾网反复拖刮海底，导致海底沙漠化，乌贼卵赖以附着的珊瑚、海藻也被"铲"光了。在这样的全面围剿下，舟山渔场庞大的乌贼族群终于支离破碎，再也支撑不起一个完整的汛期了。

在舟山四大渔产中，乌贼汛的衰退发生得相对较晚。当人们猛然惊醒，发现连乌贼都快要与我们告别时，相应的挽救措施马上得以实施。

那时的挽救措施主要是乌贼资源人工增殖。

1983年6月底，一千八百多万只经半人工孵化的稚乌贼，投放舟山渔场，加入自然繁殖的乌贼队伍。

试验规模相当大，先在中街山列岛和朱家尖岛海域放置一批乌贼笼，引诱乌贼放卵，再把附卵超万粒的笼子，放在庙子湖岛附近风浪较小的海湾中吊养，其余附卵不满一万粒的笼子，由渔民在夏汛结束时，吊养在生产海区的绠绳上。这样，共放置了五万八千只笼子，附有乌贼卵两千一百多万粒，一个多月后孵化出稚乌贼一千八百余万只，孵化率超85%。

空前的成功让人们兴奋。舟山渔民以为这样一来，乌贼便能逃过一劫，人定胜天的神话依然能够持续。

1984年，半人工孵化稚乌贼增殖试验继续进行，到当年6月底，又有一千一百余万只稚乌贼加入乌贼群体，在自然海区洄游生长。但令人担忧的是，这次乌贼笼附卵少了，平均每只笼附卵约二百粒，比上一年减少近一半。

这项乌贼人工增殖试验实施三年后，到1985年时，已相继投放十多万只乌贼笼，累计附卵五千三百多万粒，以孵化率80%计，共孵出稚乌贼四千多万只。这些乌贼群体的补充，对维持那几年乌贼的产量，延缓其减产速度，起到了一定的作用。

1986年，我采访过庙子湖岛乌贼人工繁殖场。这是浙江水产学院（今浙江海洋大学）渔业生物研究所承担的一项国家自然科学基金项目。

一个水泥池子里，近百只乌贼在欢快地游动，水池中央有只笋筐，笋筐里插着许多根如筷子般粗的竹丝。雌乌贼产卵前，会围着笋筐游动，像是在挑选竹丝，选准后，就用口腔下的漏斗，对准竹丝喷水，像是对竹丝进行冲洗，又像是在试探竹丝牢固性，然后才从容不迫地产卵。几只雌乌贼不断交替在竹丝上产卵，不一会儿竹丝上就形成了一串串葡萄一样的卵群。

虽然试验很成功，但是随着进入产卵场的怀卵乌贼年年减少，期望通过人工增殖，将乌贼资源恢复到全盛时期，还是没能实现。

1986年，浙江水产学院的一份渔场调查报告，把近海渔业资源的利用现状，分为三种类型：捕捞过度、利用充分、尚未利用充分。小黄鱼、大黄鱼、曼氏无针乌贼、海蜇都属于捕捞过度；带鱼、鳓鱼、鲳鱼、马鲛鱼属于利用充分；尚未利用充分的是黄鲫、鳗、龙头鱼、鲏鱼、梅童鱼、叫姑鱼等小型鱼类及虾蟹类。

到20世纪80年代末，乌贼汛消失，尽管还能少量捕获。

02

鱿鱼崛起

　　渔场调查报告继续发布。在1994年的渔场调查报告中，利用过度、资源严重衰退的渔业资源中，又增加了绿鳍马面鲀；利用过度、资源明显下降的，则有带鱼、三疣梭子蟹、鳓鱼、葛氏长臂虾。东海传统渔业资源衰减趋势仍在加剧。

　　这时候，东海海洋生物链也发生了根本性的变化。

　　从资源总量来说，主要品种已从20世纪六七十年代的大黄鱼、小黄鱼、乌贼和带鱼，变成了90年代的带鱼、鲐鲹鱼、虾和头足纲类，头足纲类主要是鱿鱼。

　　根据1994年中、日两国联合对东海底层渔业资源的调查，头足纲类资源较前几年品种增多，数量增加，估计年可捕量约为三十万吨，其主要种类是分布在东海北部、韩国济州岛周围的太平洋斯氏柔鱼和浙江中南部外侧海域的剑尖枪乌贼。

太平洋斯氏柔鱼和剑尖枪乌贼都被舟山渔民称为鱿鱼。鱿鱼钓捕，就是在这样一种万般无奈的情况下悄然登场的。

之后三十多年规模浩大的舟山远洋鱿钓，最早从日本海起步，所钓的是太平洋斯氏柔鱼。

太平洋斯氏柔鱼，又称太平洋褶柔鱼，分布在暖流水系与寒流水系、大洋水系与沿岸水系交汇的海域，它在舟山渔场外海就有分布。

舟山人最早吃到的鱿鱼，便是捕自东海外海的太平洋斯氏柔鱼，但它分布最密集的是在日本海。每年6月开钓日本海鱿鱼，11月份结束。钓上来的鱿鱼由运输船运回国。

鱿鱼有十个腕，其中两个是触腕，触腕带有吸盘和与吸盘吻合的齿。捕捞这种形状怪异的"鱼"，方法很特殊——钓！

钓是十分古老的捕鱼方式。人类最原始的捕鱼工具是兽骨制成的鱼叉。后来的鱼钩是由带倒刺的鱼叉逐步演变而来的。西安半坡遗址出土过有骨刺的鱼钩，说明六千多年前，先人已用钓的方法来捕鱼。不过，到了后来，钓被网替代，不再是捕鱼主要方法。钓慢慢地演变成一种消遣方式。想不到，随着近海渔业资源衰退，鱿鱼捕捞兴起，以及后来鱿鱼坐上舟山海产品头把交椅，这种古老的捕鱼方法重新成为舟山渔业的主要捕捞方式之一。

1989年初，中国和苏联签订渔业协议：苏方每年提供中方两千吨鱿鱼配额指标。当年8月，上海水产大学（今上海海洋大学）受中国水产总公司委托，派遣实习船"浦苓号"赴日本海苏联管辖水域，进行为期一个月的渔场探索调查和光诱试钓技术试验。在那次科考中，我国首次涉足鱿钓领域，在渔场、资源、技术等方面取得了详细的第一手资料。

带队前去的，是上海水产大学教授王尧耕。

王尧耕是我国远洋鱿钓渔业的开拓者，领导过初期的远洋鱿钓技术组，后来还担任过上海水产大学与中国水产总公司联合成立的远洋渔业研究室的主任。2019年，舟山市政府与中国远洋渔业协会联合举办"中国远洋鱿钓发展三十周年总结大会暨可持续发展高峰论坛"，王尧耕在会上获得了唯一的"卓越贡献奖"。

"浦苓号"科考后的第二年，舟渔公司与上海水产大学合作，用四个月时间，将"舟渔651号""舟渔652号"两艘渔轮改建成光诱鱿钓船。

这两艘船，原是六百匹马力艉滑道式渔轮，长四十三米，宽六点七米，续航力四十五天。改建后，船上四十四台鱿鱼钓机和钓具是从日本进口的，其余设备均系国产。

1990年6月7日上午，在约两千名群众的欢送下，两艘鱿钓船徐徐驶离舟渔公司码头，奔赴日本海进行鱿钓作业。

这次出海，"浦苓号"实习船同行，所以是一次科研行动兼生产作业。

当时鱿钓船上船员，谁也想不到，他们的这趟出海，揭开了舟山乃至中国之后三十多年规模浩大的远洋鱿钓产业的序幕。

日本海的鱿鱼渔场与舟山的直线距离有六百余海里。

鱿鱼白天栖息于水底，夜间游至上层觅食，因此鱿钓一般都在晚上。

下午四点左右，鱿钓船开始寻找鱿鱼群，测得哪里水深鱿鱼多，就选定哪里，抛下漏斗形海锚，让鱿钓船随着洋流慢慢移动，并给船装上尾帆，从而控制船的摇摆度。

到了晚上，船上左右舷两排大功率集鱼灯一齐打开。一百多盏灯，将整艘船及周围海面笼罩在一片灯光中，鱿鱼从三四百米深水处被引诱上来。

船员遂开动钓机，绕线卷筒开始放出钓线，钓线上串联着几十个五颜六色呈小鱼形状的荧光拟饵钩。钓鱿鱼不用饵料，鱿鱼看到拟饵钩，以为这是发光的食物，便展开触须抓取，然后就被钩住，脱不了身了。

钓机的绕线卷筒，不仅能自动放线，也能自动起线、脱钩。钓线攀升到船舷那一刻，经过滚轮时一转弯，鱿鱼就自动脱钩被甩到网台上。

鱿鱼钓上来后，按大、中、小规格分类装箱。值得一提的是，鱿鱼表皮会变色。装箱后，在国内市场销售的中、小鱿鱼，马上冷冻，这时鱿鱼颜色是白的，比较受国内顾客欢迎。大鱿鱼一般是销到国外去的，需要等到鱿鱼由白色变成咖啡色时再冷冻，因为外国人更喜欢咖啡色鱿鱼。

这个时期的鱿钓船，只能装约四十吨淡水，一般可用二十天左右。为了延长每个航次作业时间，他们从出海第一天起，就规定船上每人每天只能用一脸盆淡水，船员洗澡洗衣服，甚至炊事员淘米洗菜，全部用海水代替。这样，每航次作业时间就能延长到五十天。

首捕第一年，两艘鱿钓船共钓获鱿鱼三十七吨左右。第二年，又增加了一艘鱿钓船。到了1993年，一下子增加到了十七艘（其中两艘兼做运输船），鱿鱼产量达两千零二吨。这期间，舟山二渔公司、舟山市普陀海洋渔业（集团）公司（以下简称普渔集团）也改装渔轮，或购置日、韩二手钓船，加入了日本海鱿钓行列。

1994年，东海带鱼资源继续萎缩，虾类资源利用率已到顶点。这年10月，桃花渔业的一艘渔轮，在日本海的一个航次中，十七天就捕获鱿鱼约一百二十吨，产值达九十八万元。消息传遍舟山渔区，越来越多的渔民想去日本海钓鱿鱼。

鱿钓船多了，日本海就显得小了，而捕捞配额既是"面包"，也是高悬的利剑。随着共管海域国家的管辖日趋严格，制约和限制渐渐显露出来，就不能有太多的渔船集聚日本海。

于是，发展大洋性作业的远洋渔业，在这时破题。去"北太平洋"开发新的鱿鱼资源，成为当时最切实际的选择。

提出这一设想的，又是王尧耕。1993年，他的"浦苓号"

实习船带领来自舟山、烟台、上海、宁波和大连等地的五家国有海洋渔业公司的六艘鱿钓船，赴日本东侧的公海试钓鱿鱼。是年，没有发现鱿鱼群。翌年8月和9月间再次探捕，"浦苓号"和六艘鱿钓船在海面上一字排开，进行地毯式搜索，终于在"北太平洋"上发现了鱿鱼的中心渔场。

正在日本海作业的鱿钓船，纷纷奔向"北太平洋"。近百艘渔船共捕获鱿鱼约二万三千吨，平均单船产量约二百三十四吨。

初战告捷，舟山渔业企业迅速将捕捞重点转移到"北太平洋"光诱鱿钓项目。

"北太平洋"，在舟山渔民这里指的是北纬35°以北的太平洋，介于西北太平洋大海盆和西北太平洋海岭之间的那片广袤海域。

"北太平洋"鱿钓始于每年7月，那时渔轮从舟山起锚，经过五天五夜航行，一路上，要经历海水六次变色，即由浊黄变碧绿，变浅蓝，变蓝绿，变深蓝，变蓝褐，最终变黑蓝，才能到达鱿钓洋地。那时距舟山已有约一千五百海里。

1995年，舟渔公司的"北太平洋"鱿钓船已达三十五对，从事国内生产的只剩下九对渔轮。普渔集团下属的远洋渔业有限公司也组织十二艘渔轮、六艘冷藏运输船赴"北太平洋"。整个"北太平洋"渔场中，舟山渔船猛增到二百四十八艘，产量达七万三千吨。

1996年，舟山鱿钓作业渔船又增至三百六十九艘，产量达八万三千吨。到了1997年，舟山"北太平洋"鱿钓船数量和产量都已占全国一半。舟山"全国远洋鱿钓第一市"的地位也是在这一年确立的。

舟山的群众渔业涉足"北太平洋"鱿钓是在1995年。这一年的7月3日，虾峙岛渔民李科平，带领着三十五名渔民，驾驶着一艘从日本买来的二手鱿钓船，毅然到"北太平洋"钓鱿鱼去了。

虾峙是全国著名渔岛，出过不少名老大，比如黄石村名闻东海渔场的"风格老大"陈良银、沙峧村连续十年捕鱼超万担的名老大周叙成、河泥漕村"海鸥老大"郑交夫、灯围高产名老大蒋伟国……

在李科平买船单枪匹马远征"北太平洋"之前，"北太平洋"上所有舟山鱿钓船，都是属于国有和集体渔业公司的。至于广大渔村里的渔民，还止步于舟山传统渔场或者渔场外的外海。一方面，是因为缺乏勇气；另一方面，则是因为船不行，要去远洋，就得重新造船。那时打造一艘鱿钓船最少需要二百万元，"啥时才能赚回来"是渔民最大的担忧。

但毕竟还是有勇开先河之人。

李科平十五岁下海捕鱼，二十五岁当了渔老大。1992年舟山市普陀远洋渔业公司组建时，他到公司当渔老大。1993年，他驾船到南太平洋钓金枪鱼，成为带头船老大。去"北太平洋"

鱿钓时，他才三十四岁。

这时，舟山渔区为改变传统渔业连续几年低迷的状况，从体制上进行改革，由集体大包干向股份合作制转变，李科平就有了自己买艘船去闯荡远洋的念头。

这一想法在家里一提出，家里人全部投反对票，他的妻子尤其想不通，在公司当带头船老大，每年稳稳当当有十多万元收入，干吗非要扔掉好端端的"金饭碗"？买船的风险又要自己一个人承担，亏了怎么办？

但李科平却想着，以前渔民出海，三小时就能捕满一船鱼，到了如今，三天三夜都不一定能捕满一船鱼。尽管如此，渔民还是扎堆围着传统渔场打转，虽然也眼红远洋渔船的收成，却谁也不愿去当第一个吃螃蟹的人。自己有远洋捕捞经验，成功了就能为大家闯出一条新路来。

道理是对的，家人思想工作也要做通，后院不能起火。

李科平动员了一帮说客，都是他的好朋友，有大渔业公司的老总，有多年闯荡远洋的名老大，搞了一次家庭聚会。聚会时大家聊远洋钓鱿鱼的经历，算投资回报账，说得天花乱坠。送走客人，李科平妻子终于对买船的事点了头。

掏出所有家底，钱还差一百多万元。那只得借款，李科平足足向六十七个人借了钱，才筹足二百多万元买船款。每拿到一笔钱，他的心里就压上一块石头。许多人虽然给他面子，但从神情中看得出，他们对他的这个远洋计划心存疑虑。

到了"北太平洋"的头个月，李科平鱿钓船的产量几乎为零。他暗暗叫苦，要是一直"背光头"，那真的回不了家了。

他心里着急，脸上还不敢显露出来，生怕自己一着急，船上的渔民心里更难过了。

好在接下来的两个月里，他们钓到了约一百三十吨鱿鱼。到了翌年1月，船上鱿鱼已有约二百五十五吨。时间也已到了他们返航的日子。

李科平远洋首捕所获鱿鱼，卖了约二百六十万元。那时没有银行卡，约二百六十万元纸钞被装进四只编织袋，李科平扛着回家。

这一趟出远洋，扣去人工、油料等成本，创利一百三十多万元，大部分投资收回了。

几乎与李科平同时，舟山涉足民营鱿钓的还有一人——方央南。

他和李科平一样，也是离开国有渔业公司去独立创业的。原先他是舟渔公司的船上报务员，已经整整干了二十年。

在别人看来，这位从衢山岛黄沙村这么一个三面环山、一面临海的偏僻村落走出来的渔民，能在舟渔公司这样的大型企业工作，应该感到知足了。但他不知足，在那个梦想比生活灿烂的年代，他同样希望拥有一艘属于自己的船，去"北太平洋"钓鱿鱼。

1995年6月，比李科平起航还早一个月，他带着雇来的二十名渔民，开始远征"北太平洋"。

他的船也是一艘日本二手鱿钓船。购置此船的一百八十多万元资金，和李科平的购船费一样，也是四处筹集的。他的借款比李科平的更多，因为离开舟渔公司时，他的存款只有五万元。

他不像李科平那样当过渔老大，因此雇用了一位老船长。也因此，之后"群众渔业远洋鱿钓第一人"的称呼，没有落在他的身上。

整整七个半月，他的船在"北太平洋"的风口浪尖上没日没夜地钓鱿鱼。

当时，同在"北太平洋"作业的民营鱿钓船共有五艘，船东中只有方央南和李科平亲自出海。

临近年底，其他船先后返航，最后连李科平也走了，但方央南仍坚持在海上，是最晚离开的。

他的首航战绩，是约二百七十八吨，比李科平还多了约二十三吨。

和李科平一样，一个航次就基本还清了债务。

梦想实现得如此痛快，方央南几乎要喜极而泣了。

从此，李科平和方央南成了舟山群众渔业远洋鱿钓的两位代表。相比之下，经历与方央南差不多的李科平，名气要比方央南大多了，他还成为几十万渔民中，唯一去北京参加2008年奥运会火炬传递的舟山渔民。究其原因，与李科平身处的虾峙岛有关。

李科平一趟太平洋之行，惊醒了这座渔业重镇上世代打鱼的渔民，岛上兴起了前所未有的投资买船造船热潮。远洋鱿钓船从1997年的四艘、1998年的八艘、1999年的二十五艘，一直发展到2000年的六十一艘。也是在2000年，虾峙镇远洋渔业产量达一万五千吨，产值达一亿一千万元，获得了"鱿鱼之乡"的美誉，成为全国最大的群众远洋渔业基地。

李科平和方央南各自的鱿钓事业在这些年里也都风生水起。

2002年，李科平成立舟山市华鹰远洋渔业有限公司。公司成为舟山第一家拥有远洋资格的民营企业，旗下有五艘远洋渔船。2005年，他开发朝鲜海域鱿鱼拖网。2007年，又转赴印尼渔场，同时打造浙江省第一艘五百吨级专业鱿钓船，到秘鲁海域捕捞鱿鱼。2010年，他牵头十六位在东南太平洋渔场生产的船东，共同出资八千万元，购买两艘辅助运输船，组建远洋渔业运输公司，开始改变远洋鱿钓的海上运输、物资供给、人员中转长期交外国公司代理的局面。接着又购置了公司第一艘冷藏运输加工船"欣洲轮"。

首次"北太平洋"鱿钓后的第二年，方央南与朋友合股又买了一艘鱿钓船。之后几年，一有资金积累就购置新船，到2000年他已拥有六艘鱿钓船。他带着船队，在"北太平洋"漂泊了十年。2004年上岸时，他已年逾五旬，随即成立了舟山市嘉德远洋渔业有限公司。2009年，他新建六艘在当时国内最先进、规模最大的新一代大型鱿钓船，总投资约为一亿五千万元，系当时国内民营远洋鱿钓企业的最大一笔投资，开始进军西南大西洋、东南太平洋。两年后，又建造同等规模的四艘鱿钓船，其公司也一跃成为舟山乃至全国的远洋渔业"明星企业"。

当然，这些都是后话。

1995年时，鱿钓船上的钓机，还是第一代的基本型产品，性能无法与后来电脑控制型钓机相比。舟山渔民更喜欢手钓，在钓线上缚上五六只拟饵钩，一次就能拉上五六只大鱿鱼，这样一夜能钓上几百公斤鱿鱼。鱼多时，全体船员都用手钓，整个晚上可钓约五吨鱿鱼。

一整夜，船员站在船舷或甲板上，无数次重复着放线、收线的单调动作。钓三百公斤的鱿鱼，要将一百二十米长的钓线收放两三百次。手钓要想钓得多，必须不停地抖动钓线，把拟饵钩伪装成"活物"，因为鱿鱼只对活物有兴趣。这样，除了放线、收线，还增加了抖线动作。腿站麻了，胳膊发僵了，手指、手掌被钓线勒割出一道道血口子，大洋上潮湿的风和黑夜里的无边孤寂直往心里渗、往骨缝里钻……这样的日子，不是一天两天，而是长达半年：头一年7、8月出海，要到次年2月才能返回。

"北太平洋"鱿钓渔场，位于阿留申低压带附近，三天两头遭遇低气压，无风三尺浪。除了7月和8月外，其他的日子里，海面上的浪都有三米多高。三米高的浪，会打到船上。但只要浪低于五米，鱿钓作业就能照常进行。在"北太平洋"待过一两年，对三米高的浪就毫不在意了。甚至有时遇到八级左右大风，吨位大点的鱿钓船仍会作业。

除了风浪之外，"北太平洋"鱿钓渔场还会出现另一种海浪——涌浪。涌浪从很远很远的地方悄悄溜过来，无声无息地来到鱿钓船旁。一个涌浪，瞬间能将渔船抛离海面数米，渔船再从空中掉入浪谷。若横向遭遇涌浪攻击，船就有倾覆之险了。

所以，渔船驾驶台里二十四小时有人值班。任务之一，就是观察远方是否有涌浪袭来。

当然，最危险的还是当渔场出现十一级以上大风的时候。那时船就会陷入八米浪区，船上的渔民看不到天空，只见四周是一堵堵水墙。谁也不愿遇到这样的险情，一旦听到气象台预报十一级左右大风，大家都会逃离渔场。

但也有出现天气预报说风力八级，突然增强到了十级以上的时候，或者出现渔船逃离时螺旋桨坏了，失去了动力的情况——甭说"哪有这么巧"，方央南就曾遇到过后者。

那一次，方央南的六艘鱿钓船急急逃离台风要经过的海域。半路上，一艘船的螺旋桨尾轴突然断裂，驶不动了。他让另外三艘船先逃，自己带着两艘船，拖着那艘失去动力的船，落在后面。

台风来得异常迅速，傍晚时分，风圈就罩住了他们。

他们陷入了台风眼，没有风，只有高出海平面很多的旋转的海水。

他们的船随着海水旋转，拖船上一根碗口粗的缆绳，瞬间绷断了。

这时候，唯一的办法就是坠下锚，然后把性命交给老天爷。

幸亏那一次他们挺过来了，绝处逢生。方央南说是运气好。

除了台风，鱿钓人最怕生病。

一旦生了重病或负了重伤，从船长打通求救电话，到医疗船赶来，需要好几天。医疗船来了，若碰上大风天，船与船无法贴近，唯一的办法，就是让对方抛一根缆绳过来，将缆绳绑在病号腰间，再把他抛到海里，由对方拉上船。

在海上远洋基地尚未完备时，渔船维修也是难题。

1996年9月，"浙普渔6013号"轮作业时，主机曲轴断裂，普渔集团派专船载着维修人员和替换轴承赶到"北太平洋"渔场。船上场地狭窄，只得割开甲板。没有起重设备，只能以平板升降电动机替代。维修时船体摇晃不定，稍有不慎就会酿成大祸。

这是中国大陆首次有文字记录的远洋渔船突击维修。

那时，舟渔公司还有专业潜水员十人，专司排除远洋渔轮水下故障。

1997年8月的一天，一艘鱿钓渔轮螺旋桨叶子突然转不动了。两名潜水员穿上潜水衣，下海探查。尽管潜水衣内套着毛衣毛裤，但海水的寒冷还是像无数枚针刺进皮肤，刺得他们哆嗦起来。潜到船底，发现螺旋桨被舷列板卡住了。之后连续两天，他们六十多次潜入水中，用钢丝绳把螺旋桨捆住，再让起网机一点点拉开舷列板。他们一边干活，一边还要警惕四周动静，因为在这大洋深处，随时会遇到鲨鱼袭击。

除了潜水员，船上渔民是严禁下海的，但也有例外。

1997年11月13日凌晨，"舟渔冷6号"轮灯火通明，船上悬挂的八十余盏两千瓦诱鱼灯，把正在船头起锚的九位渔民照得清清楚楚。突然一个六七米高的横浪扑上甲板，将两位渔民扑打到船舷栏杆上，铁栏杆遭到撞击后脱焊断裂，两人掉入海中。

船长孙加清在驾驶台目睹这一飞来横祸，摁响了警铃。急促的铃声惊起了在底层机舱刚刚躺下的刘炳凯，他和轮机长武建平一跃而起，爬上舷梯。

甲板上，渔民们不断地向落水者抛救生圈，但救生圈都被风浪掀走了。

一名落水者已被巨浪卷走，另一名虽抓住了海锚上的伞绳，但也命悬一线。

刘炳凯见状，纵身跳入海中。船长和渔民们连呼"不要下去"，但为时已晚。

在浩瀚的太平洋跳海救人，尤其是在寒风呼啸、雪花飞舞的11月，是九死一生的冒险。

幸亏刘炳凯跳下海后，抓住了海面上的救生圈，这救生圈系着绳子，绳子的另一端由渔轮上的渔民拉着。

依靠这只救生圈，刘炳凯游到了船头海锚旁，与落水幸存者紧紧地拥抱在一起。

渔轮上的渔民，奋力向上拉绳子，才把两人拉了上来。

此时，落水渔民已被冻得四肢麻木、面无人色，刘炳凯也浑身发抖、脸色苍白。

刘炳凯，1995年7月毕业于厦门水产学院轮机专业。当时他是"舟渔冷6号"轮上唯一的大学生。这一年，在舟渔公司近三千名从事远洋捕捞作业的渔民中，有十几名大学生。

"北太平洋"鱿钓虽然辛苦，但收入也不错。20世纪90年代末期，在收成好的年份，远洋渔轮上，船长、轮机长的年薪加提成，纯收入有十六万至十七万元；其他职务的船员有五万至六万元，普通劳力二万至三万元。这时舟山的人均年收入才五千元左右，劳动人口平均年收入才一万五千元左右。"北太平洋"鱿钓渔民出远洋还是有相应回报的。

随着"北太平洋""前线"鱿鱼丰收，"后方"鱿鱼加工也风起云涌。

最初，大量鱿鱼捕捞上来后，只能涌入农贸市场鲜销，一时间满市场都是鱿鱼。

我找到过一份资料：1992年普陀区安排供应国庆市场的水

产品大约共九十五吨，鱿鱼占了约八十吨。

但对于吃惯了东海海鲜的舟山人来说，鱿鱼充其量只能在满桌鱼蟹虾螺中充当配角，如今尚且如此，何况 20 世纪 90 年代。

于是，有人为鱿鱼找到了第一个出路——晒鲞。

有人，不是一个人来说，而是一个乡的人。这个乡叫展茅，是一个农耕乡。1991 年前后，它竟因鱿鱼而崛起了一个专业市场。

那时往来展茅的公路，还没像现在这么四通八达，展茅多少还有点闭塞。乡里只有一家旅馆，旅客大多是来收购鱿鱼鲞的，他们居然能够几吨几吨地从这里提取鱿鱼鲞。

1990 年前，展茅人已在经营鱿鱼鲞。那时的鱿鱼鲞，多由捕自东海的小鱿鱼晒制。拖网捕捞作业时，大宗渔获中常常夹杂着鱿鱼。那时居民更不爱吃鱿鱼，鱿鱼便"游"入这个以农耕为主的乡镇。

日本海鱿钓开始后，展茅鱿鱼鲞市场一下子热闹起来。1991 年，这个乡的农户加工鱿鱼约两千五百多吨，持执照的加工户有三四百户。

那时舟渔公司鱿钓业刚刚起步，鱿鱼库存并不多，而他们自己也有咸品车间加工鱿鱼。僧多粥少下，展茅加工户只得排队购货。这当然不能满足他们的采购需求。于是，他们的采购触角伸向沿海各地，南至广东，北至辽宁。

　　至于鱿鱼鲞的销售范围，则包括内蒙古、新疆在内的全国各地。

　　鱿鱼鲞烤肉是道大菜。它替代了之前的乌贼鲞烤肉，以及更之前的黄鱼鲞烤肉，慢慢地成为舟山的一道家常菜。

　　由鲜品变干品，鱿鱼一下子升值了。制鲞是舟山鱼最传统的加工方式之一，展茅人照样学样，不过还是有一些不同的——规模是史无前例的，不再是渔民家家户户晒制，而是形成了一批晒制专业户，只负责加工鱿鱼。整个舟山渔区的晒制加工业集中于展茅一地，各地的鱿钓船纷纷来投售，从而形成了一个鱿鱼专业市场，可以视作如今远洋渔业基地的一个雏形。

　　展茅最早的一批两层楼房，是靠晒鱿鱼鲞的收入建造起来的。妇女凭一把鲞刀，一天可赚二三十元。步履蹒跚的老人，定时给晾晒的鱿鱼鲞翻翻身，每天也有五六元收入。在当时，这样的收入很不错了。

　　"北太平洋"鱿钓开始后，房前屋后的简陋加工场已腾挪不开。乡里顺水推舟，专门辟出了一块空地，鱿鱼鲞经营户就搬到了那里，一百多个经营户，大户租十几亩土地，小户租两三亩，搭起一间间简易房，各家房前空地便是大晒场。

　　展茅鱿鱼市场兴旺了十几年。后来，这种原始粗加工的散装鱿鱼鲞，在市场上不吃香了，销量开始萎缩。在百余多户经营者中，有些人另谋他就，有些人则另辟蹊径。

　　有个叫徐舟波的奇人，一次从朋友喜宴上得到启示，把鱿鱼做成像糖果一样的小包装的即食食品，还把它称作"旅游（海洋）食品"。去注册公司时，工商局的人觉得好生奇怪："你一个做水产食品的厂家，挂个旅游食品的名字算什么？"当时人们对"旅游食品"闻所未闻，舟山四百多家水产加工企业，没有一家用这种名称的。他费了好些口舌才注册成功。

多少年后，人们才觉得他有先见之明。

鱿鱼鲞畅销时，小包装冷冻鱿鱼的销售不温不火。究其原因，主要是外地人不知道怎么烧鱿鱼才好吃。以鱿鱼为原料，生产调味鱿鱼片、鱿鱼丝，不用烹调就可直接食用——这一精深加工方法，一下子把鱿鱼的销路打开了。

舟山最早生产鱿鱼丝的是舟山二渔公司，1985年初该公司送京参加全国展销会的水产品中，就有五香鱿鱼丝。但舟山鱿鱼片、鱿鱼丝真正在全国打响品牌，却是九年后的1994年，在中国食品及食品包装技术博览会上，"明珠"牌鱿鱼丝获得金奖，由此带来了热销。热销到什么程度？热销到靠本地原料不足以满负荷生产。仅1995年上半年，舟渔公司、舟山兴业公司等就从国外进口了十三批用来加工鱿鱼片、鱿鱼丝的原料。

舟渔公司那位研制"明珠"牌鱿鱼丝的工程师夏松养，获得了1994年度舟山市科技进步奖一等奖。她经过无数次调味、干燥、烘烤、蒸煮，反复调制、试验，才试制出了色、香、味俱佳的鱿鱼丝。这位上海水产学院食品加工专业的毕业生，那年才三十七岁。1996年浙江省评选青年科技金奖，全省仅十人获此殊荣，夏松养便是其中之一。

之后的一些年里，鱿鱼加工品中又增加了小鱿鱼全烤、鱿鱼头、鱿鱼须等几个系列十几种产品，一只鱿鱼创造出了几只鱿鱼的价值。

鱿鱼加工业兴起后，只有不到半年捕捞期的"北太平洋"鱿钓，已满足不了市场需求。

03

转战三大渔场

2000年，新世纪来临，舟山"北太平洋"鱿钓却面临一场困局。

这一年舟山到"北太平洋"的群众渔业鱿钓船有一百五十一艘，其中三分之一赢利，三分之一保本，三分之一亏本。

当时，渔民们认为捕捞有大小年，翌年肯定会好转，所以仍然对投资造新船没有半点犹豫。

结果到了2001年，去"北太平洋"的群众渔业鱿钓船增加到一百八十艘，产量和产值却均比上年明显下降，更多鱿钓船亏了本。

亏本原因，主要是日本宣布二百海里专属经济区后，鱿钓作业的生产空间大为缩小。

当时的虾峙镇，有"北太平洋"鱿钓船五十九艘，约占全市群众渔业"北太平洋"鱿钓船总量的35%。之前虾峙鱿钓船都能进入日本领海十二海里外捕捞，到了此时全镇只有二十八艘能进入，且只能在离日本海岸一百三十八海里外生产。此外，捕捞时间也受限制，鱿钓船要在11月30日前全部撤出。往年11月下旬至次年2月上旬，虾峙鱿钓船在日本二百海里专属经济区内能捕捞到全年产量的40%左右。此时由于配额量和作业时间皆受限，这一块产量就失去了。

"北太平洋"鱿鱼产量下降的同时，鱿鱼价格也下降了。此时国家放宽了对国外水产品的进口限制，大量来自阿根廷、秘鲁的鱿鱼涌入中国市场。由于这些国家拥有丰富的鱿鱼资源，捕捞容易，生产成本低，出口我国的鱿鱼价格每吨只需要四五千元，致使国内鱿鱼价格走低。2001年舟山鱿鱼只能卖到平均每吨七千元，价格下跌了两三成。

渔场的单一，是当时舟山远洋鱿钓面临的最大问题。

去更远的海域！

——舟山鱿钓的目光从"北太平洋"一下子跳到了西南大西洋。

我曾请教舟山鱿鱼业一位资深人士："那时为什么会看中西南大西洋？"

提这样的问题其实是幼稚的。因为全球鱿鱼渔获的主体有两种：头足纲蛸亚纲枪形目中开眼亚目的柔鱼科和闭眼亚目的枪乌贼科。柔鱼科主要有栖息于流速迅疾的太平洋和大西洋边界流系统中的太平洋斯式柔鱼和阿根廷滑柔鱼，以及栖息于流速缓慢的东太平洋东边界流系统中的茎柔鱼，去西南大西洋捕鱿，这在鱿鱼捕捞业界应该算是常识。不过我想知道的是，选择西南大西洋作为舟山鱿钓业的又一个海外主渔场，除上述原因之外，是不是还另有情由。

这位资深人士只回答了五个字：时势造英雄。

时势造英雄的意味，我是在后来接触到一些资料时慢慢体会到的。

1977年以前，阿根廷鱿鱼是当地沿岸国家（阿根廷和乌拉圭）鳕鱼拖网捕捞时的兼捕物，捕获量不大，且几乎都是渔民在近岸用小型渔船甚至用竹筏捕捞上来的。20世纪80年代初期才有一些国家赴西南大西洋的公海进行捕捞，到1986年时，有一百五十多个国家的拖网船或鱿钓船作业。1986年马尔维纳斯群岛（福克兰群岛）临时渔业保护和管理区成立，之后的东欧剧变和苏联解体严重影响了远洋鱿鱼渔业的发展，西南大西洋作业渔船一度减少到了寥寥几十艘。1993年，阿根廷政府简化了外国船只进入阿根廷专属经济区捕捞的许可程序。就是在这时候，西南大西洋引起了舟山鱿钓业的关注。

1996年11月5日，舟山兴业有限公司三艘千吨级鱿钓船作为中国赴西南大西洋的首支船队，前往探捕。其中的2007号鱿钓船，赴乌拉圭渔场"闯头阵"。当时，与乌拉圭的鱿钓合作项目已谈好，但还没办理签约手续，2007号鱿钓船就先在乌拉圭二百海里专属经济区外的公海上试捕一个月，探探渔情。

这艘从韩国进口的鱿钓船，装备了日本最先进的钓机。船上有两名船长，除了本公司的船长外，还有一位重金聘请来的韩国船长。西南大西洋渔场，当时对于舟山渔民来说，还是一片完全陌生的处女海。"双船长"安排，学习经验的意图很明显。为协调两人的关系，公司把项目代表派到了船上。项目代表在韩国人眼里如同老板。"老板"到场，在有些事上韩国船长自然就不敢再欺负中国船长了。

2007号鱿钓船到乌拉圭后一直在洋地作业，很少靠码头。一天，因为修船，鱿钓船靠泊乌拉圭蒙得维的亚港。就在那里，渔捞长许志盛为抢救一艘韩国渔轮上的渔民，把自己的生命永远留在了他乡。

那艘韩国渔轮和2007号鱿钓船一块停靠在码头边。一名韩国渔民到封闭多日的船舱寻找物品，结果吸入硫化氢气体，中毒昏迷，刚巧被去韩国渔船做客的许志盛碰到。许志盛爬下舷梯去救人，将昏迷者的一只手搭上自己的肩胛后，就昏迷倒下了，被送进医院后没能抢救过来。

舟山渔民为开拓远洋，在波峰浪谷间牺牲了多少人，对此并没有确切的数字记载。我能够找到的只是一些个例。

2003年清明节，两名被派遣到中国水产有限公司船队印度西海岸后勤补给基地的舟山工作人员，曾一起为安眠在努瓦迪布的中国远洋渔民扫墓。

努瓦迪布位于毛里塔尼亚西北部莱夫里耶湾半岛。20 世纪 90 年代，舟山许多渔民到毛里塔尼亚捕过鱼。1999 年时，舟山两艘渔轮在毛里塔尼亚渔场合作捕捞，产量还超过在那里捕捞的来自山东、福建、广东等地的远洋渔轮，荣获了冠亚军。

那块墓地不大，面向大海，数十座墓碑悲凉地立在那儿。

一名工作人员驻此地已有年头，他神色黯然地指着远处的墓碑说："那片是青岛和大连渔民的安息地。自中国渔船到达毛里塔尼亚以来，已有数十名中国渔民葬在这块土地上。为了能够魂归故里，这里的坟墓都面向东方……"

"有舟山渔民吗？"另一位刚来的工作人员轻声问道。

"不知道，或许有吧。"

风吹来一阵黄沙，莫名的酸楚涌上两人心头。

经年后，当他们在舟山再次相逢，不禁都回忆起这一幕，感慨远洋渔民的不易。

许志盛的家乡在岱山县衢山岛上的一个小渔村。1998 年，许志盛的死讯传回家乡时，整座村子笼罩在阴霾之下，气氛令人窒息。

许志盛的妻子流着泪说："10 月 11 日吃中饭，我端着一碗饭想用电饭煲热一热，手里的碗突然滑落摔成三瓣儿。我当时心里就有一种说不出的怕，不是担心，是吓煞。这一天，我自己哄自己，一天也没哄好。夜里，我去女儿家，闲谈时，邻居敲门让我马上回家。回家后，只见满屋都是人，有志盛公司的人，有难得聚在一起的亲戚们，这架势，我猜也猜出来了，志盛他……"

许志盛的骨灰盒是盛在一只小小的箱子里送回家乡的。那箱子做得很精致，用的是上好的木料，还上过油漆。在蒙得维的亚港，鱿钓船渔民把骨灰盒放进箱子后，因为不忍心让好兄弟一人孤单回国，就拿来各自的相片，放到箱子里。许志盛妻子接到箱子后，以为这就是骨灰盒，就直接将它落土入坟了。当她得知，箱子里除了骨灰盒还有2007号鱿钓船渔民的相片时，决定开坟取箱。那可是要惊动丈夫亡灵的，可她觉得不能让活人相片埋进坟里，特别是那些活人还在与海搏命。她说："不这样做，志盛会怪我。"

在所有的当代舟山远洋故事中，这是最令人潸然泪下的一段。

许志盛的故事，让西南大西洋鱿鱼开发在一种悲壮的气氛中揭幕。

1999年11月20日上午，由浙江省远洋渔业集团有限公司和舟山兴业有限公司组建的西南大西洋鱿钓作业船队起航。两艘远洋作业船"新世纪1号""新世纪8号"徐徐离开码头，赴西南大西洋进行为期两年的鱿钓生产。稍后，"新世纪18号"也出发赶赴西南大西洋。三艘船上共有八十八位舟山远洋渔民。

船队先后穿过马六甲海峡，横跨印度洋，越过南非好望角，历时四十余天，行程约一万一千九百海里，抵达西南大西洋渔场。

这回，群众渔业几乎同步跟进。11月29日中午，"浙远东828号"轮起航。这是舟山第一艘群众性过洋作业的渔船。正是这艘船，和"温渔202号"轮一起，创造了中国群众渔业首闯西南大西洋的纪录。

到这年底，舟山共有二十二艘船驶进西南大西洋。

阿根廷渔场水文条件与舟山渔场有不少相似之处，同样是冷热两支水团交汇形成了丰富的营养盐：来自北面的巴西暖流沿东岸向南流动，为高温高盐的热带水团。南方的西风漂流中有一支向东北流动的马尔维纳斯寒流，带来低温低盐的极地水团。这样的水文条件非常适合鱿鱼的产卵孵化。

有两个鱿鱼种群生活在这个渔场，分别在秋季和冬季产卵，其资源占到了西南大西洋鱿鱼总量的95%以上。它们从出生到发育，有一条长长的迁徙路线，从巴西和乌拉圭的开放水域，一直迁移到阿根廷外围陆架区，甚至超过陆架区，远至南极锋。如此广阔的渔场，对舟山鱿钓业来说极具诱惑力。

1月至5月是阿根廷鱿鱼的主要汛期，这时渔场重心在纬度上由南向北逐渐移动，在经度上由西向东逐渐移动。4—5月鱿鱼性成熟之后，预产卵的鱿鱼群体就会沉降到马尔维纳斯群岛（福克兰群岛）北部六百至八百米的深水处。所以去西南大西洋鱿钓，刚好与"北太平洋"生产打了一个时间差。

许多"北太平洋"鱿钓船，在这一年没像往年一样在"北太平洋"鱿钓结束后就回家，而是直接去了西南大西洋。这样他们就要经夏威夷岛和厄瓜多尔，经过麦哲伦海峡，几乎横跨整个太平洋，经过六十多天的长途航行才能到达阿根廷马德林港，整个航程约为一万五千海里。

当时距"北太平洋"鱿钓渔获量遇"滑铁卢"尚有一年，远洋渔民是料不到一年后"北太平洋"鱿钓困局的，只是觉得，如果7月至11月在"北太平洋"鱿钓，12月至次年5月在西南大西洋公海鱿钓，这样的一个环球远洋鱿钓计划，实在太有诱惑力了。

继阿根廷渔场后，舟山渔民又开辟了东南太平洋的秘鲁渔场。那是在2004年。这一次新渔场开发行动，是在面临新困局的情况下展开的。

2003年，西南大西洋鱿鱼汛旺发时间比往年提早，赴阿根廷公海渔场的二十二艘舟山鱿钓船，六个月钓获鱿鱼约二万二千吨，比上年度增产六千多吨；每艘鱿钓船单产平均千余多吨，同比增长约36%。二十二艘渔船普遍赢利，情况最好的一艘获利三百多万元。

可紧接着2004年，西南大西洋却出现了鱿鱼产量锐减，甚至"绝产"的情况，给多数鱿钓企业或船东带来了巨额亏损。

这可能与水文变化有关。阿根廷鱿鱼资源情况不太稳定，大概率五年中会有两次低潮。1999年才进入西南大西洋的舟山鱿钓船，还是第一次遇到这种困局。困局中他们还接受了一个新名词：逃逸率。保证一定的逃逸率是国外保护海洋资源的一种手段，比如对于阿根廷鱿鱼，南大西洋渔业管理委员会就建议，要确保每年鱿鱼捕捞后，逃逸率为40%，渔场中留下来的性成熟的鱿鱼数量达到四万吨以上。历经舟山渔场四大渔产衰败的惨痛教训，舟山渔民对此并没抵触情绪，甚至还有心悦诚服的感叹。这更促使他们去寻找一个新的远洋渔场。

秘鲁渔场，舟山渔民"耳闻"已久，但从未"目睹"过。以前不太明白它为何能列入世界四大著名渔场，到了那里才知道，由于茎柔鱼鱼群的季节性洄游，秘鲁外海常年有成熟的雌雄茎柔鱼索食，因此秘鲁渔场全年都能捕鱿鱼，这与以前的舟山渔场全年无休渔是相似的。或许，当年认定世界四大著名渔场时，这是一个关键因素。

舟山渔民探捕秘鲁渔场的时间，比大规模捕捞的2004年早很多。根据如今掌握的资料，应该是在2000年，开辟阿根廷渔场的第二个年头。那一年有个叫蒋富军的舟山人，投资八百万元从广东买来一艘一千二百五十吨位的鱿钓船，命名为"新世纪57号"，投产西南大西洋渔场。汛期结束后，又经过麦哲伦海峡，转战至秘鲁渔场继续生产，这应该是舟山远洋渔船第一次出现在秘鲁渔场。

蒋富军捕过十三年鱼，不过购置这艘鱿钓船时他早已上岸，经营着一家修理厂。他只是这艘船的船东，船长、船员是雇用的，他并没亲赴远洋。蒋富军后来还投资办起过四星级宾馆，宾馆服务人员全部从渔民子女中招聘。所以蒋富军其实只是个投资人，不过他的投资总是与远洋渔业有着千丝万缕的关系，与他拼股的股东也基本上是"双转"渔民。在舟山远洋渔业发展初期，这些个体投资人的作用不可忽略。

2002年2月，蒋富军再次投资五百八十万元购置了八百五十吨位的"新世纪61号"鱿钓船。这年8月，蒋富军的两艘船穿过巴士海峡和太平洋诸岛，再次抵达秘鲁渔场，之后转场西南大西洋渔场，当年实现渔业收入一千九百多万元。

第一批去秘鲁渔场的渔民，感受最深的是秘鲁鱿鱼不同于以三四百克小条鱿鱼为主的阿根廷鱿鱼，大多是几十公斤的大鱿鱼。他们钓起的第一只鱿鱼竟有一米多长，重达一百公斤，这样的鱿鱼需要四五个小伙子一起拉网才能将其拖上船。

这种区别，主要在于阿根廷鱿鱼是滑柔鱼，秘鲁鱿鱼则是茎柔鱼，它们是两个不同的种群。茎柔鱼是柔鱼科鱿鱼中体型较大的。那几年正值寒冷年份，秘鲁鱿鱼种群结构发生变化，大体型个体占据了生存优势，种群发展较好。

不过，秘鲁鱿鱼的肉中富集氯化铵，加工成鱿鱼圈后吃起来有股酸味，加之个头太大，所以只能用作加工原料，不像阿根廷鱿鱼那样以冻品鲜销为主。起初几年，秘鲁鱿鱼运回国，价格比"北太平洋"鱿鱼低一半，但仍不太受欢迎，捕捞企业库存积压最多时竟达二十万吨。

之后鱿鱼脱酸工艺取得突破，用秘鲁鱿鱼制成的鱿鱼丝口感反而更好，其身价顿时倍增，从最低时吨价三四千元涨至最高时吨价八千元。再加上"北太平洋"鱿鱼、阿根廷鱿鱼因长期捕捞，产量开始下滑，这样秘鲁鱿鱼捕捞量就渐渐上升了。

到2010年时，舟山远洋鱿钓渔船有二百四十四艘，约占全国远洋鱿钓渔船总量的68%。其中"北太平洋"鱿钓渔船一百七十二艘，约占全国"北太平洋"鱿钓渔船的70%；东南太平洋公海鱿钓渔船七十二艘，约占全国的69%；西南大西洋鱿钓渔船二十六艘，约占全国的45%。

三大渔场三足鼎立，鱿钓业稳了。当一个渔场鱼发异常时，舟山渔民能迅速转移到另一个渔场。也有一些渔船，以两年为一周期，连续赶赴三大渔场，车轴转似的捕捞。秘鲁渔场的开发，使舟山远洋鱿钓有了更大的腾挪之地。

04

逆势，顺势，都飞扬

远洋渔场风生水起时，舟山传统渔场再现瓶颈。

2001年6月30日24时起，《中华人民共和国和大韩民国政府渔业协定》（下文简称《协定》）生效。

当年4月5日，新华社也报道了这一消息，大致内容是：

> 根据协议，协议生效第一年，我国将有二千七百九十六条渔船获准进入韩国管辖海域作业，韩国将有一千四百零二条渔船可进入我国管辖海域作业。但是，由于我国渔船数量庞大，许多渔船将不得不退出韩方一侧近海海域，渔业产量和效益将受到一定程度的影响。

当时，在中、韩两国海洋划界问题尚未解决的情况下，《协定》对两国渔船在黄海南部、东海北部水域从事渔业活动做出了一种过渡性双边安排。《协定》将中、韩两国各自领海以外的东海、黄海水域划分为三种不同性质的水域，采取不同的渔业管理措施。

暂定措施水域：为中、韩两国之间水域的中间部分，在该水域内，基本维持渔业生产和管理现状。

过渡水域：在暂定措施水域的中方一侧、韩方一侧，中、韩双方各设立一块过渡水域，四年后转为各自的专属经济区。在过渡期内，双方采取适当措施，逐步调整和减少在对方一侧过渡水域作业的本国渔船的渔业活动；双方采取共同养护和管理措施，但对进入本方一侧过渡水域的对方渔船的渔业活动不享有处理权。

专属经济区水域：中、韩双方过渡水域内侧水域为双方各自的专属经济区，双方对各自的专属经济区水域内的渔业资源开发利用享有主权权利，严禁对方渔船未经批准进入本国专属经济区从事渔业活动；获准入渔的对方渔船，必须遵守本国有关法律法规和规定，并接受监督、检查和管理。

这次渔场变更，关系到舟山两万渔民的生计问题。

《协定》规定的韩方一侧过渡水域渔业资源十分丰富，是舟山渔船特别是帆张网渔船的传统作业海域之一。根据《协定》，过渡水域转为专属经济区以后，舟山两千余艘渔船将要退出过渡水域。这些渔船要继续生产，势必转到其他渔场，转移的目的地，不外乎是当时资源基础已经十分脆弱的近海渔场。这样一来，近海渔场将更加拥挤，近海渔业资源将更加不堪重负，渔业资源衰退会进一步加剧。因此，当时舟山安排了五百多艘渔船弃捕拆解，五千多位渔民转产转业。

后来实际报废拆解的渔船远不止这个数。

2001年11月18日，拆解渔船第一锤在定海区敲下——

十七艘渔船被拆解，拉开了控制近海捕捞强度、减船减人的序幕。

许多渔民现场目睹了自己赖以生存的渔船被拆解的过程，流下了眼泪。

在一些小岛，退出近海捕捞的渔民，在拆解渔船时会把船上的"船魂灵"捡回来。

放置"船魂灵"是渔村里一种沿袭已久的习俗。渔民敬龙崇龙，视船为木龙，期望木龙有灵性，造新船时，会挑选铸有"顺治通宝""乾隆通宝"字样的铜钱作为"船魂灵"，放置到船心腹部位的水舱"骨架"里，以庇护渔船顺风顺水，捕鱼事业兴隆发达。

船没了，但"船魂灵"不能丢。

这些渔民上交了渔船的相关证书后，都会得到政府部门给予的一笔补偿金。其中有一部分骨干渔民立刻联合起来，拿出这些补偿金，再贷上一大笔资金，去打造鱿钓船。退出国内捕捞，转身投入远洋渔业。

由此也开始了鱿钓船的"鸟枪换炮"。

到了2003年，舟山远洋鱿钓又面临一个巨大的挑战。

这一年下半年，国家制定了三十年船龄远洋渔船的强制报废规定。当时舟山有一百七十五艘远洋鱿钓船要到龄了，约占全市远洋渔船总数的三分之二。考虑到这一特殊情况，农业部同意舟山将实施时间推迟至2006年1月1日。但尽管有了缓冲期，每年也必须有一批鱿钓船报废换新。

"北太平洋"鱿钓兴起时，大多数鱿钓船由原本从事其他作业的旧船改建而来。因为新造一艘鱿钓船，最少需投入两千万元，改装则只需一千万元左右。

还有少量鱿钓船是从国外买来的二手船，本已使用十多年。曾有一艘旧船，在"北太平洋"捕捞时，底板漏水，靠水泵不停抽水，两艘船一路"搀扶"，才勉强回到舟山。

这一代渔船报废后，最初由型宽六米的鱿钓船替代，这属于中等规模的经济型专业鱿钓船，不仅能够满足"北太平洋"鱿钓，也能适应西南大西洋作业要求。但到了后来，型宽八米、十米的远洋鱿钓船也陆续登场了。

型宽八米的鱿钓船，2013年在中国出现。全国第一艘的船号叫"顺舟811号"，船身长达五十二米。将驾驶室置于船体前端是这一船型的亮点，它使船长在掌舵时，有了更开阔的视野，航行时避碰能力得以提升。普通雷达的探测范围只有六至十二海里，而这艘船上的雷达，最远探测距离为四十八海里。船底不再是大平板，有了一定弧度，船的稳定性增强了。因为稳定性增强，舵盘不用蛮力就可打满舵，回正只需六秒钟，这样一来渔船灵敏性也提高了。船上的鱿钓灯具，从原本一百二十盏增至一百五十盏，亮度提升能吸引更多鱿鱼。

这样的鱿钓船，全国第一艘就诞生在舟山。

没过多久，型宽十米的鱿钓船在舟山出现，再次填补全省空白。这是一艘"绿色"渔船，严格按照欧盟标准设计，拥有先进的燃油磁化、燃油乳化、进气喷水和余热利用等节能技术，并用氨制冷取代氟利昂制冷。它的臭氧消耗潜能值（ODP）和全球变暖潜能值（GWP）均为零。

这一年，舟山远洋渔船达到四百艘。

过了一年后，耗资三千万元打造的"海利18号"鱿钓船，又一次把远洋鱿钓船装备推上新水平。在这艘船上的鱿鱼鲞加工间，自动剖片机能将新鲜的鱿鱼身体剖开，通过高温烘道，迅速将原料加工成鱿鱼鲞。捕捞与加工一体化，可节省储藏空间，也大大降低了运输成本。

鸟枪换炮，一纸旧船报废规定，危机倒逼改革，引出鱿钓船一系列技术更新，甚至让我们一下子赶上了国际水平，这是许多人万万没有料到的。

但同时，远洋鱿钓的成本也正在大幅度提升。

　　鱿钓成本增加，不仅因为造新船，还因为油价上升。

　　2004年，随着燃油价格的上涨，鱿鱼运输成本攀升到了销售价格的一半。就在这时，舟山市海利远洋渔业有限公司（以下简称海利公司）在公海建起一家鱿鱼加工厂。原本只为节省成本，却不料引起远洋鱿钓业的一系列变化。

　　这座鱿鱼加工厂建在秘鲁外海。

　　那年，驰骋在秘鲁外海渔场上的舟山鱿钓船有二十多艘，年产量两万多吨。运输成本增加，再加上那几年鱿鱼价格因产量大增而走低，造成大部分鱿钓船亏本。单价走低，短时间内很难回升，就只能在运输成本上动点脑筋。

　　那时还没大型远洋冷冻运输船。鱿鱼捕上来后，要去头去皮去内脏，清洗后切成14×4厘米或12×4厘米的生鱿鱼片，冷冻在船上冷库里，汛期结束时装回国，送入加工厂蒸煮成熟鱿鱼片，晾干后装袋封口，送进冷库速冻贮藏，最后出口或送往全国超市出售。如果在渔场就将生鱿鱼片制作成熟鱿鱼片，重量可减少三分之二，这样渔轮就能装载更多的鱿鱼，每个航次作业时间就可以延长，从而降低运输成本，并省掉后续加工环节。

　　秘鲁渔场范围大，可以常年生产，最需要这样的海上加工厂。

　　海利公司研制了一套能日产二十吨熟鱿鱼片的船用加工生产线，安装在"新世纪53号"船上。这艘船原是俄罗斯远洋拖网加工船，有宽敞的加工场地，三座冷库分别用于存放原料和成品。

改装后的"新世纪53号"加工船抵达秘鲁外海投产，海利公司两艘鱿钓船捕捞量满足不了它的加工量，于是它又与烟台一家渔业公司的秘鲁船队签订了代加工协议。烟台船队有十几艘鱿钓船，原本是一旦钓获的鱿鱼满舱就要回国，现在委托代加工，就能有更长时间在秘鲁渔场生产了。

这艘加工船，就自己捕捞和加工而言，两年共获毛利一千一百多万元；代加工收入更多，将近一千四百万元。加工船船员的年收入，比一般鱿钓手多出两三万元。

让人料想不到的是，由于加工船在海上直接加工生鱿鱼片，国内到岸的新鲜鱿鱼大幅减少，新鲜秘鲁鱿鱼的市场价格开始趋于稳定并且有所提升。

那些年，鱿鱼市场价格容易受捕捞产量高低的影响。产量多了，收购价会被压低，远洋渔民把风口浪尖钓来的鱿鱼，满心喜悦地送进收购市场，换来的却是一肚子苦水。产量少了，价格虽会稍许上扬，但不足以抵消产量大幅减少的损失。远洋渔民丰收欠产都吃亏，价格被压低是重要因素。

2004年，一场鱿鱼价格保卫战在舟山打响。

这一年年初，舟山"北太平洋"鱿钓船平均单产近六百吨，这产量在那时期的记录中不算低了，但鱼价却被压得很低。

　　渔民说，辛苦捕来的鱼，凭什么价格要由别人定？

　　于是，个体船东和远洋捕捞企业老总共八十八人聚首商议，推选出十二人，组成协调小组。"作战"方案是实行"四个统一"：统一入库、统一销售、统一价格、统一结算。

　　他们租用了舟渔公司的冷库，将所有进港鱿鱼入库冷藏，由一个平台来销售。

　　这场价格博弈，开始时确实朝着他们预期的目标在演变。从6月开始，一直坚持到10月，在供求双方对峙中，鱿鱼市场价格缓慢上涨。但隐患从一开始就存在，那就是销售速度也明显变慢，一些水产加工企业，原本库存不少鱿鱼，这种情况下不急于进货。

　　四个月后，形势出现逆转。要给船员发工资，要支出生产成本。部分船东还急需清空库存、回笼资金，于是退出了统一销售平台。几个船东退出后，这个联盟筑起的价格防线也就瓦解了。

　　组织这场价格战的人叫史如军，是舟山鱿鱼业的一名传奇人物。早年曾是国有渔业公司的一名中层干部，早在1992年就随渔船去印尼捕鱼，担任公司副经理后带领十四艘渔船赴"北太平洋"鱿钓。十几年后，他在回忆这场价格战时说："尽管这个战役是失败了，但后期的影响还是有的。当年的'北太平洋'鱿鱼卖到最后，价格还是提高了不少。"

　　为求证他的话，我找到了那几年鱿鱼价格的数据（年平均价）：

　　2003 年，每吨六千九百元；

　　2004 年，每吨七千五百二十二元；

　　2005 年，每吨六千七百五十元；

　　2006 年，每吨五千九百元。

　　这四年里，2006 年，"北太平洋"鱿鱼欠产，照理说价格应上扬，却创下历史新低。资源旺发的 2004 年，价格反而是四年中最高的。

　　史如军的话没错。

　　鱿鱼是来自大洋深处无污染源的绿色水产品，具有高蛋白、低脂肪、低热量的优点，其营养价值毫不逊色于牛肉。它的生产成本也大大高于肉类生产成本，但它的价格低于肉类，就显然不合理。

　　2004 年那场价格战失败后，许多鱿钓企业痛定思痛，感到只凭鱿鱼市场供给方单打独斗，且当时供给方还不够强大，是无法稳定鱿鱼价格的。

　　2006 年，在"北太平洋"鱿鱼价格跌入低谷的同时，柴油价格却每吨上涨了六百元。赴"北太平洋"的三百二十七艘鱿钓船，约九成亏损，其余大多只是保本，只有个别赚得微利，经营业绩之差创下 1992 年开始"北太平洋"鱿钓作业以来之最。

这一年鱿鱼价格低的特别之处是产量也低，与以往产量低价格就会上扬不同。原因是一部分加工企业因资金周转困难，一改以往大量收货的做法，反而大量抛售囤积货，而另一部分加工企业趁机抱团杀价，致使价格走低，雪上加霜。

于是，次年，舟山远洋渔业行业协会召集"北太平洋"鱿钓捕捞和加工企业，根据捕捞企业的最低心理价位和收购企业的最高心理价位，协商出台了指导价。

这个指导价，之后年年制定，成为市场价的参考。

但真正要避免恶性竞争，还需要建立产供销一体化的远洋渔业基地。

毕竟，鱿鱼和传统海产品的很大区别，是它以出口外销为主，鱿鱼价格还会受到国际供求形势的影响。2011年，鱿鱼价格雪崩，到年底，甚至跌破每吨六千五百元的成本价。这次暴跌的主要原因是出口订单不畅，"希腊蝴蝶"危机的滞后效应在舟山产生影响了。

"希腊蝴蝶"指的是2009年底爆发的希腊债务危机。在爱琴海边的这只"蓝色蝴蝶"的翅膀扇动下，欧洲债务危机愈演愈烈。虽然欧盟和国际货币基金组织豪掷重金救助重债国，但似乎并未遏制住这场危机的扩散。

而在舟山，2010年欧盟一跃成为舟山第一大水产品出口地区，并占据了舟山三分之一左右的出口量。2011年的前三季度，欧盟市场继续保有舟山水产品第一大出口市场地位，出口量约占总量的三成。在欧洲债务危机愈演愈烈的情况下，舟山对欧盟的水产品出口额仍保持上升势头，这使原本忧心忡忡的出口商和加工企业松了一口气。他们分析认为，舟山之所以能在困境下保持涨势，是因为出口欧盟的虾和鱿鱼等水产品具有不可替代性。

但从这年9月开始，敏感的出口商最早感觉到危机的滞后效应袭来了。原本出口紧俏的鱿鱼加工品对欧盟的出口量明显下滑，那些豪爽的欧洲客商开始不愿意下大订单了。接着，水产加工企业开始感受到寒意，所有企业的鱿鱼加工量至少下降了30%。

这次鱿鱼价格的低迷，一直持续到2013年。复苏的信号出现在秘鲁鱿鱼上。这时舟山远洋鱿鱼产量已约占全国鱿鱼产量的70%、世界产量的25%。其中，秘鲁鱿鱼又约占总产量的70%。自2011年底鱿鱼价格出现低迷后，秘鲁鱿鱼价格一直在每吨五千五百元左右的低位徘徊。但到了2013年11月，在产量大幅增加的情况下，平均价格超过每吨六千五百元，而且，秘鲁鱿鱼在市场上供不应求，以至于大批省内外客户纷纷来舟山抢购鱿鱼。

鱿鱼价格回暖，让依然咬定青山不放松的舟山鱿钓业人士重拾信心。

舟山远洋鱿钓业能够在全国占据龙头地位，很大一个原因，是一批远洋鱿钓企业和个体船东，无论身处顺势还是逆势，都以飞扬的姿态求发展。

顺势飞扬是常态，逆势向上却需要勇气和坚持。

早在2009年，"北太平洋"渔场鱼汛不发，鱿钓产量减幅超六成。鱿鱼销售价格虽上涨到历史高峰，但难以抵消减产损失。舟山仅两成的远洋企业尚有微利，三成勉强保本，一半亏本。在如此疲弱的情况下，群众渔业投资远洋渔船的热情却丝毫不减。该年申报两年内新建远洋渔船数量共四十二艘，远远超过前两年。

起步于1985年的舟山远洋渔业，至2018年已形成以远洋鱿钓为主体，金枪鱼钓、秋刀鱼舷提网为补充的产业模式，拥有农业部远洋渔业资格企业二十一家，为全国地级市之最。

这时候，如果转动地球仪，可以发现舟山的远洋渔业版图确实令人豪气顿生：从马绍尔群岛到瓦努阿图海域，向西延伸到塞拉利昂海域至马尔维纳斯群岛（福克兰群岛）；从太平洋白令海，穿过马六甲海峡，纵跨赤道，越过印度洋，经过好望角，直到西南大西洋阿根廷海域。从东经180°到西经60°，从北纬60°到南纬45°，舟山远洋渔船闯进了世界三大洋。

尽管开拓大洋的征程已经完成，鱿鱼产量与船队规模都处于领先地位，但鱿钓企业"低、小、散"问题仍比较突出，特别是由市场体系不完善带来的销售价格不稳定，更成为远洋渔业发展中的隐患。

有这样的隐患，在平常年份倒还好，但一旦遇到大风浪，就可能像小船难以驶出险滩。2015年，鱿钓业又一场风暴来临。南美洲发生了21世纪以来最大规模的厄尔尼诺现象，致使西南大西洋等海域水温异常，导致舟山远洋鱿钓三大渔场都难以形成鱿鱼旺汛："北太平洋"鱿鱼减产九成，西南大西洋减产八成，东南太平洋也减产三成。三个鱿钓渔场一起减产是前所未有的，这场风暴致使一些鱿钓企业无奈退出行业。三年后公海鱿鱼资源又开始见好，舟山渔民在"北太平洋"、阿根廷渔场的鱿钓产量又创下历史新高。舟山渔民总结历史教训，已经痛定思痛——在全国鱿钓看浙江、浙江鱿钓看舟山的业内共识下，一个从"全国最大"到"全国最强"，甚至期望达到"世界最强"的计划，悄悄酝酿成熟，呼之欲出。

第八章 荡气回肠金枪鱼

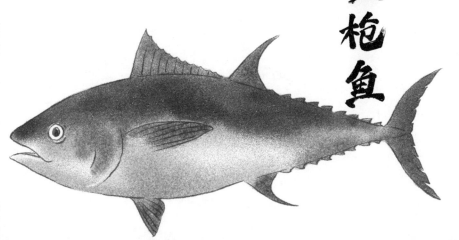

01

相隔四十年的凝望

　　舟山远洋渔业两"条"鱼，一"条"是鱿鱼，另一条是金枪鱼。

　　全球大洋公海上海鲜种类并不多，除了舟山已在大量捕捞的鱿鱼和金枪鱼，以及小批量捕捞的秋刀鱼和鳕鱼，排得上号的就剩下南极磷虾了。能有两"条"远洋鱼类与舟山结缘，已属相当不易。

　　如果说，在远洋鱼类中，鱿鱼是布衣，那么，金枪鱼就是贵族了。

　　金枪鱼是大洋暖水性洄游鱼类，生活在太平洋中部、大西洋中部和印度洋等低中纬度海域深处。

　　2020年，受新冠疫情影响，远洋渔业异常艰难：无法停靠国外码头，捕捞周期被迫缩短，每次出海的捕捞量和收入下滑，国外的需求和价格都在走低。

舟山金枪鱼产业却在这一年成功"逆袭"：自捕金枪鱼约七万吨。

以往舟山远洋渔业每年实现"三二一"，即三十万吨鱿鱼、二万吨金枪鱼、一万吨秋刀鱼。"跟着一条鱼去做世界渔民"，这一度是对舟山远洋渔业的一种形象性概括。这一捕捞格局，却在2020年发生了重大变化。

这约七万吨自捕金枪鱼中，价值较高的黄鳍、大眼金枪鱼捕捞量达三万余吨，占全国此类金枪鱼捕捞总量的半壁江山。

这一年的亮点，还有舟山远洋渔业基地的平太荣、大洋世家、康隆航运等多家远洋渔企，通过新建、购置和租赁，组成了我国最大的一支金枪鱼冷藏运输船队，把中国远洋渔船在世界各大洋捕获的绝大多数围网金枪鱼运回舟山。这一年，运回舟山的金枪鱼、类金枪鱼（鲣鱼）总量达十四万吨。

这一年的3月20日，投资超过十亿元的大洋世家海洋食品制造产业集聚区项目一期工程动工。建成后年加工和贸易量将达二十万吨以上，万吨规模的零下五十五摄氏度超低温冷库也算国内少有。舟山已向建成全球主要的金枪鱼加工与交易中心发起冲刺。

拥有九艘金枪鱼延绳钓远洋渔船的浙江鑫隆远洋渔业公司，在2020年6月由绍兴迁到定海远洋渔业小镇，成为继大洋世家后进驻舟山的又一重量级远洋金枪鱼捕捞新军。

到 2020 年底，浙江省有金枪鱼加工企业三十二家，其中舟山二十五家；浙江省金枪鱼年加工量四十万吨左右，其中舟山二十多万吨，若加上大洋世家在宁波的加工厂，则约三十万吨。

一个参与金枪鱼产业链全球竞争的大格局，这一年在舟山渐渐形成。

此时离舟山首次关注金枪鱼渔业，已时隔四十年。

金枪鱼又叫鲔鱼。三国时陆玑在《毛诗草木鸟兽虫鱼疏》中记载：

> 鲔鱼，形似鳣而色青黑，头小而尖，似铁兜鍪，口亦在颔下，其甲可以磨姜，大者不过七八尺。益州人谓之鳣鲔。大者为王鲔，小者为叔鲔。

只是到了近代，很少有人知道金枪鱼就是鲔鱼。甚至整条金枪鱼，也很少有人见过，除了在书本上。

1980 年，浙江省河豚贸易组访日，组内两位舟山渔业干部无意间"撞见"金枪鱼捕捞船，回来后一介绍，大家才知道，在邻国金枪鱼捕钓已是渔业大项了。

访日团原本是去采购一艘河豚钓船，在和歌山县那智胜浦渔港，他们看到港湾内停满了捕捞金枪鱼的渔船，有钓船，也有围捕船，都是他们从未见过的。渔船装有卫星助航仪、电子航海仪、雷达、测向仪，有自动液压操纵系统，还配置了零下五十摄氏度的快速冷冻设备，以及海水淡化和制冰设备。这些渔船可常年航行在赤道线海域钓捕金枪鱼，一次出海时间在十一个月左右，最长可达十三个月。

两位舟山渔业干部听了介绍，嘴上没说什么，心里暗暗吃惊。

那时，那智胜浦渔港的金枪鱼捕捞量居日本第一。在那里，他们还听说了不少有关金枪鱼的故事。早期的船，为什么造成金枪鱼模样，即两头削尖，中间浑圆光滑，像只纺锤？是因为金枪鱼是游泳健将，是世界上游得最快的鱼类之一，速度比陆地上跑得最快的动物还要快。它为什么这么喜欢游泳呢？其中一个原因是金枪鱼具有负浮力，只能一直处于运动之中，不然它就会尾巴朝下沉到海底。为此，它每天要猎食约等于自身体重四分之一的鱼类，来弥补能量消耗。金枪鱼在全世界各大洋东闯西窜，没有固定的栖息场所，所以许多人把金枪鱼称为"没有国界的鱼类"。金枪鱼多数品种体积巨大，最大的品种体长可达三米半，体重可达几百公斤，而最小品种的平均个体体重只有约三公斤。它的繁殖能力很强，一条五十公斤重的雌鱼，每年可产卵五百万粒之多。总之，金枪鱼是非常适合长期捕捞的远洋经济鱼类。日本人每年要吃掉几十万吨金枪鱼，所以他们除了自捕，还要大量进口。

访日那几天餐桌上的闲聊，都会涉及金枪鱼。这些信息如今在网上都找得到，但在那个年代，对舟山渔民来说却是闻所未闻，他们回来后还特意开会介绍。

在日本，接待他们的主人邀请他们吃金枪鱼生鱼片，价格贵得让他们咋舌，一小块精选的金枪鱼腹部鱼片，竟然卖到约五十美元。

这时舟山远洋渔业尚未起步，访日团带回的信息，如一颗种子埋进土里。

第一个赴太平洋捕捞金枪鱼的舟山渔民，叫王瑞庆。

1984年秋，他受舟山二渔公司派遣，到日本大洋渔业株式会社的渔轮上，学习金枪鱼围捕。

这时离河豚贸易组访日已有四年。这四年间，舟山二渔公司与日本大洋渔业株式会社开展补偿贸易，于1982年组织了一个渔业考察组访问日本，再次带回来许多令舟山渔业界感到新鲜甚至惊奇的消息。比如在日本市场，大黄鱼、带鱼价格不高，在日本每公斤价格只有四十日元左右，河豚、真鲷、平目鱼、纹甲墨鱼、鲅鱼却较贵，一般每公斤在一千日元左右，但最贵的是金枪鱼。还有，活鱼比冻鱼价格高五至八倍，冰鲜鱼比冻鱼价格高一至三倍，当然也有例外，如金枪鱼，只有冷冻品，但比所有活鱼都贵。这些信息中的最大亮点在金枪鱼身上。接着，1983年中国水产学会资源专业委员会的一次学术会议提出，公海上的金枪鱼资源都被外国捕获，要积极组织力量去捕捞，以取得我国应当获得的那部分权益。这些信息汇集在一起，再加上当时舟山二渔公司与日本大洋渔业株式会社签约成立了"舟洋渔业合营公司"，这才有了派出船员到日本学习太平洋金枪鱼围捕技术之举。

王瑞庆原是机帆船老大，后到舟山二渔公司应聘，放弃上千元的月收入，去拿六十几元的月工资，连接待他的招聘人员都不理解。他说自己看中的是舟山二渔公司从日本引进的艉滑道拖网渔轮，跑的是外海渔场，哪像他之前驾驶的是六十匹马力机帆船，当了十几年老大还未驾船驶出过传统渔场。

1983年底，舟山二渔公司首次派王瑞庆到日本学习灯光围网技术。回来后他担任了我国向日本引进的第一组灯光围网渔轮的主船船长，试捕的一百一十二天里，在外海捕获马鲛鱼一千一百五十七吨，为全国同类作业渔轮渔获的最大产量。于是，1984年秋，公司又派他到日本渔轮上实习围捕金枪鱼。

越过赤道时，按照惯例，轮船上要举行一个仪式，类似过愚人节，那是大航海时代延续下来的传统。日本船员画上大花脸，邀请他去参加，可他对唱歌跳舞一点兴趣也没。因为他看见海面上有三十多艘渔轮在围捕金枪鱼，渔轮有挂美国星条旗的，有挂日本太阳旗的，有挂韩国太极旗的，就是没有挂中国五星红旗的。他对自己说："总有一天，我的船队也要到这里来围捕，让五星红旗高高飘扬在太平洋上。"

围捕金枪鱼，在王瑞庆过去十多年的海上捕捞中，别说没干过，就连见也没见过。

渔轮的桅顶，有个小小的瞭望台，那是船长的指挥台。遇到风浪时，瞭望台在半空中大幅度摇摆，随时都可能把站在瞭望台上的人抛入浪涛。王瑞庆第一次登上这种瞭望台，双手紧紧抓住栏杆，一点也不敢放松。船一摇晃，他浑身就出冷汗，回到甲板上时，两腿还直打哆嗦。可上不了桅顶就当不了金枪鱼围网船船长。他咬咬牙，一次次爬上桅顶，终于能自如地观察渔情和目标了。

那次实习，王瑞庆差点丢了性命。

那是在一次甲板尾部起网时，洋面上突然狂风四起，船体剧烈摇晃，巨浪一个接一个扑到船上，起网的船员就像浸在海水里一样。

王瑞庆站在起网机的最前面，负责开动机器。忽然一个巨浪猛地扑来，他站立不稳，一个趔趄，眼见着就要被掀出船去。这时他的手触到了网绳，立刻拼命抓住，可被海水浸湿的网绳很滑，哪里还抓得住！他还是落进了海里，幸亏他水性好，头脑也清醒，危急时刻他将手指紧扣网眼不放。日本船员拼命拖网，总算把他连网带人拖了上来。他捡回了一条命。

被救上来后，他又和日本船员一起拖网，想不到又遇险情。一条半米多长的金枪鱼被风浪甩出网，砸在他的肩上，差点又把他砸入汹涌的波涛中。

接连遇到两次险情，船上一名台湾船员问他："你是来实习的，没有雇佣关系，不用来拖网，干吗冒这风险？"

他说："或许这个航次只会碰上这一回大风浪，机会难得，我想看看在风浪中捕捞金枪鱼该如何起网。"

日本船长听说此事后很感动，对他说："我相信，我的船和你的船，一定会在太平洋上再见的。"

那次实习时，他记下了三大本笔记，渔情、海况、潮汐、气候，记得完完整整，他还绘了一张渔场作业海图，为打入太平洋渔场做足了功课。

但这些功课最终没能派上用场。舟山二渔公司原本计划等王瑞庆实习回来后，买两艘金枪鱼围网船，让他当船长去太平洋上捕捞。但这一计划最终胎死腹中。

多年后，金枪鱼捕捞在舟山起步，选择的捕捞方式是延绳钓，而非他所学的围捕。

与延绳钓相比，金枪鱼围网渔船建造投入大，需要筹集巨额资金。船上装载的网具和属具，重二十吨左右。甲板上有二十多台捕鱼机械，如围网主绞机、上纲引纲绞机、浮子纲绞机、动力滑车等。这么大的装载量，要求渔船有较好的稳定性和抗风浪性，但又要能快速行驶，追得上高速游动的金枪鱼鱼群，而且续航时间也要长，才能去得了较远的海域。船上还得配备零下六十五至零下五十摄氏度超低温制冷设备。这样的标准，这样的投入，是20世纪80年代舟山任何一家渔企都难以企及的。

直到 2018 年，舟山才有了金枪鱼围网船。投资建造此船的大洋世家老总曾岳祥，特意邀请舟山二渔公司过去的老总胡声琪，参观两艘造价超亿元的金枪鱼围网船。当年的梦，终得圆满。

王瑞庆从日本金枪鱼围网船实习归来后，担任舟山二渔公司渔捞生产指挥部副指挥，带领全公司三十多艘渔轮一千一百多名船员，到离岸三百海里的对马海峡追捕马面鱼，但一直无缘金枪鱼围网船。1987 年，已是舟山市政协委员的王瑞庆，谈起那次太平洋上捕金枪鱼的经历时，对舟山远洋渔业充满期盼。他说："近海水产资源严重衰退，而远洋有鱼可捕。我到日本大洋渔业株式会社学习，随船到太平洋捕过金枪鱼。舟山早晚也要去捕金枪鱼。"

02

折翼，再起

就在王瑞庆发出此感叹的第二年，舟山二渔公司瓦努阿图金枪鱼项目启动，这是舟山首次涉足金枪鱼捕捞，也是中国大陆的第一次尝试，人们无不对它寄予厚望，但没料到的是，由于缺乏跨国经营经验，船队历经艰险后，项目却折翼瓦努阿图。

瓦努阿图群岛位于南太平洋，地处澳大利亚和斐济附近，属于太平洋三大岛群之一的美拉尼西亚岛群。该岛群由八十多个岛屿组成，渔业资源丰富，盛产金枪鱼。

1988年5月11日，赴瓦努阿图船队起航。船队的组成，如今看来十分寒碜，当年却是竭尽所能了：一艘"舟山2号"六百吨位运输船，装载十二艘玻璃钢小钓艇，拖带六十九点四吨位"东渔机12号"渔轮。

船上有六十六名船员，包括二十四名出国捕捞金枪鱼的船员。

海上航行，全程约四千二百五十海里。

这是一次艰险的航行。

出发后第十七天，"舟山2号"轮驶近赤道线。

室外气温高达三十九摄氏度，甲板上有四艘小钓艇的船壳油漆被晒得起泡了。运输船机舱内温度更高，这时空调又突然坏掉，夜晚船员只得睡到甲板上。

出发后第二十一天，船队驶入巴布亚新几内亚的俾斯麦群岛附近海域。

天空黑得像锅底一样，海上刮起九级大风，暴雨加涌浪阵阵袭来，拖带"东渔机12号"轮的三十二毫米粗钢绳突然绷断，系缆桩也连带损坏，"舟山2号"轮与"东渔机12号"轮不得不在狂风暴雨中准备靠岸接缆。在通过VHF海事电台频率同巴布亚新几内亚当局联系无果后，"舟山2号"轮毅然决定驶进巴国内海避风。

出发后第二十二天，每天固定联系的通信信号中断。

这次远航，舟山二渔公司要求"舟山2号"轮从离港之日起，每日向公司报告所在海区位置。船员家属亲友闻讯，纷纷赶到公司。四天后，公司终于又收到了信号，原来船队进入当地内港避风后，全部证书被收缴，电台不被允许使用，后经我国驻巴布亚新几内亚大使馆交涉，船队才被放行。船员家属获悉亲人无恙后纷纷喜极而泣。

出发后第三十天，船队终于抵达瓦努阿图最大的岛屿桑托岛。

行程如此艰难，但谁也没想到，不到一年，这一项目便受挫中止。二十四名出国捕捞船员在回程船上，心情黯然，不少人泪湿衣襟。

当时舟山对远洋渔业涉外关系的复杂性认识不足，像瓦努阿图共和国就规定，外国渔船经瓦方同意后，可在距瓦陆地十二至二百海里之间的海域进行捕捞作业；只有其本国公民和本国公司才可以在距瓦陆地十二海里内的海域捕鱼；距瓦陆地六海里内的捕鱼事宜则由当地省政府管辖。对此情况，首次出征的舟山渔民显然没有了解充分和透彻。十二条玻璃钢小钓艇接连在生产海域、作业方式、鱼种等方面受限，柴油、饵料供应也发生困难。这个项目经济损失达一百八十八万元。这样的损失自然要有人来担责，为此舟山二渔公司的一名副经理被撤销了职务。

首战失利，铩羽而归，舟山刚刚起步的金枪鱼捕捞事业被蒙上了一层阴影，之后便是长达四年的沉寂期。

四年的时间，舐血疗伤。

中国远洋渔业是在世界二百海里专属经济区这一海洋新体制建立之后才起步的，这时候沿海国家普遍加强了对本国渔业资源的管理，"自由捕捞""无偿开发"已成为历史，同时传统资源已被充分利用，资源开发竞争十分激烈。从国内捕捞转入世界渔业，是一个大跨度的跳跃，面临的风险是以往不曾遇到过的。舟山远洋渔业在发展初期，根据财力和渔业企业当时具有的技术装备、生产经验，选择了拖网作业。一些企业从国外引进了大型拖网加工渔船，但这些装备对于金枪鱼捕捞来说，并不具有兼容性。瓦努阿图项目的失败，一定程度上说明那种小投入的玻璃钢小钓艇不具备竞争力。

四年后的重装上阵，从大手笔投入金枪鱼捕捞装备开始。

1993年，舟山各船厂开始打造一批金枪鱼延绳钓船，钓船载重一百八十五吨，主机、冷藏机、钓机与日本、韩国等国的同类钓船相当，达到那时候的先进水平。

当时估算，一艘钓船投产一年半即可收回成本。

这批延绳钓船要去的渔场，主要是太平洋的密克罗尼西亚联邦特鲁克岛海域。

密克罗尼西亚海域有"金枪鱼老巢"之称，在此进行延绳钓作业可捕获黄鳍金枪鱼、大眼金枪鱼，但当地渔业比较落后，仍以鱼叉、曳绳钓、手钓、刺网和撒网等传统作业方式为主。每年入渔密克罗尼西亚海域作业的船只大约有五六百艘，在我国大陆渔船进入该海域捕捞之前，主要有美国、日本、韩国和我国台湾地区的渔船在此作业。

1993年5月7日，定海水产（集团）公司的四艘渔轮三十二名渔民，从青垒头定海水产集团码头起航，赴密克罗尼西亚的特鲁克岛。这将为定海远洋渔业改写零的历史。四艘船的船号为"定远洋"的"961号""962号""963号""964号"。此时定海水产（集团）公司组建才不到一年，为此次起航，公司投资约三百二十万元，将四艘渔轮改装成冷冻作业船，新置了钓具和雷达、测向仪、卫星导航仪、彩色鱼探仪等先进设备。

船队穿越太平洋，经过十昼夜航行，抵达特鲁克岛。这是一个呈三角形的岛屿，每条边长都是六十多千米，中间是一个巨大的礁湖。

船队停泊在特鲁克港。5月25日投入钓捕作业，他们钓捕的渔场距特鲁克岛十小时航程。

第一天四艘船钓到七条金枪鱼，条重五十公斤左右，算是保本。

第二天钓到了十六条，条重在五十至七十五公斤之间，有了较好的经济效益。

第三天钓到了二十条，条重一百公斤左右，可以说是丰收的一天了。

…………

在大洋上钓捕金枪鱼，对船上渔民来说都是生平第一遭，他们觉得既新鲜又刺激。

下午三四时，开始延放钓绳，钓绳是用玻璃丝做的，主绳隔一段系一根支绳，支绳长四五十米，上面挂着L形鱼钩。钩子如筷子般粗，钩着饵料鱿鱼。

一开始由于技术生疏，他们只放了三四百枚钩子，以后逐渐增加到五六百枚。

渔轮从船尾"吐"出钓绳后，慢慢在大洋上漂流，一直漂流到第二天早晨五六时才收钩。

开动起钓机，长长的钓绳随着钓机的转动徐徐地收上船来。一条条活蹦乱跳的金枪鱼被钓上舱面，鳞光闪闪。

那时的金枪鱼价格约为每吨两万美元。要想卖到这等高价，金枪鱼表皮不能有丝毫损伤。为此，他们在甲板上铺了红地毯。

渔民们小心翼翼地从鱼嘴中卸下钩子，举起橡皮榔头，将金枪鱼砸晕，动作要敏捷，不能让金枪鱼挣扎。然后，在鱼肚上剖开十厘米长的口子，掏出内脏，挖出鱼鳃，再将冰块塞进被掏空的鱼肚，完成以上步骤后将鱼放入冷冻舱内，速冻至零下六十摄氏度，准备返航后销往当地市场和日本。

如此这般处理过的金枪鱼，鱼肉鲜美，没有腥味，口感仿佛刚捕捞上来的活鱼。

与鱿钓相比，钓捕金枪鱼更辛苦些。鱿鱼钓上来后，虽然也要理鱼，但不像理金枪鱼这样复杂。

每次出海，三四天一个航次。特鲁克岛及周围海域属热带雨林气候，高温多雨。许多天来他们都是冒雨作业。

不过苦归苦，收入也可观。去密克罗尼西亚的金枪鱼延绳钓船，实行联产计酬，扣除金枪鱼销售成本、上缴公司三个点的管理费后，船员能获得六个点的利润分成。

这年12月9日，定海远洋船队从密克罗尼西亚归来，钓获金枪鱼约一百七十八吨，总产值约一百三十七万美元，获毛利约四十一万美元。

当时捕获的金枪鱼，没有运回国，在渔场直接销售了。虽然这种捕到后立即卖掉的方式，处于金枪鱼产业链的最低端，但获得的丰厚收益还是十分令人振奋的。投入约三百二十万元，七个月生产收回项目投资折合人民币约一百九十八万元，还有比这回报率更高的投资项目吗？于是船队归来之时，公司就决定再投资建造四艘远洋渔轮。

紧接着，12月13日，赴密克罗尼西亚的另一支船队——舟渔公司四艘延绳钓船，也从密克罗尼西亚归来。他们钓获金枪鱼约二百吨，销售额约一百八十九万美元，获毛利约五十二万美元。

这支船队中，有舟山造船行业建造的首对金枪鱼延绳钓船。

舟渔公司船队出发时间是这一年的5月17日，比定海船队早，但到达密克罗尼西亚的时间却比定海船队晚，他们在航行途中遇到了两次风暴。

舟山气象台预测到一个热带低压已在南太平洋生成，正朝西北方向移动，将与舟渔公司船队正面相遇。

舟渔公司船队接收到舟渔公司指挥部用电报发来的气象预报后，立即改变航向，调头转向正南方快速行驶。

过了几天，气象台又发现另一个热带低压生成。此时，船队已行至附近，刚脱离第一个低压，立刻遇上了第二个低压。千钧一发之时，船队改变航向，向东行驶，在两个热带低压的间隙中堪堪穿过，虎口脱险。

这时候，舟山远洋渔业在气象上已能得到后方气象台的专项预报。这种专项天气预报，大大降低了远洋捕捞的风险系数。

捕捞金枪鱼，从此在舟山遍地开花。

翌年，舟渔公司赴密克罗尼西亚的金枪鱼钓船增加到了九艘。

舟山远洋渔业（有限）总公司沥港分公司的三十二名船员，驾驶四艘延绳钓船，赴西太平洋帕劳共和国钓捕金枪鱼，历时五个月，捕获金枪鱼七十多吨。

中太平洋马绍尔共和国海域，也有了舟山远洋渔业总公司的四艘冰鲜金枪鱼钓船。

除了国有和集体渔业公司，个体渔民也参与进来。

泗礁岛一位叫王满福的渔民，与三个儿子、两个亲戚一起集资三十五万元，再贷款八十五万元，建造了一艘载重九十一吨的钢质渔轮，挂靠中国远洋渔业公司船队，赴中太平洋马绍尔群岛海域钓捕金枪鱼。四十天试捕，六个航次，捕获金枪鱼十多吨。——群众渔业走出国门，在我国大陆的金枪鱼捕捞领域还是头一遭。

那时候，从帕劳共和国诸岛、塞班岛、提尼安岛、关岛、密克罗尼西亚联邦诸岛，至马绍尔群岛，在赤道0°与北纬8°之间、东经135°与155°之间，舟山延绳钓船不断涉足新的金枪鱼渔场。

1994年，定海水产（集团）公司远洋船队在特鲁克岛附近海域钓捕后，又转移到密克罗尼西亚联邦首都帕利基尔附近海域。它是第一个获准进入该海域钓捕金枪鱼的中国大陆船队。

这片海域里的金枪鱼，每条轻则几十公斤，重则近百公斤。世界上约七成金枪鱼产量出自此海域，日本每天有三架货机，从密克罗尼西亚的波纳佩岛将金枪鱼空运回日本，加工成生鱼片供食客品尝。

这一年，船队经过八个多月钓捕，共钓获金枪鱼约二百四十八吨，销售额约一百九十万美元，获毛利约五十二万美元，均比头一年增加两成以上。他们的生产实绩名列全省赴中太平洋钓捕船队的首位。

因为公司远洋船队的出色战绩，定海水产（集团）公司在这一年11月30日改建为舟山远洋渔业集团公司，与当时已存在的舟山市远洋渔业有限总公司实行两块牌子、一套班子，各具独立法人资格。之后集团公司先后投产渔船四十多艘，还带领一批个体渔船到远洋生产

有不少舟山渔场传统渔业老大的后代，在那时候成为纵横太平洋捕捞金枪鱼的名老大。

有个叫周增平的渔民，爷爷、父亲都是渔老大。他高中一年级辍学下海捕鱼，1994年底被聘到舟山远洋渔业集团公司。第二年5月，他驾船赴帕劳捕捞金枪鱼，不久因垂钓技术好当了船长。第三年又赴马绍尔，成为四艘船的总队长，创下一天捕获十吨金枪鱼的纪录。按当时价格算，这一天捕捞收入达十三万美元。

远洋捕捞，相比近海作业，不太容易产生名老大。因为近海作业，只要通过长期积累，掌握各个海域的潮流、底质和鱼汛情况，再加上点好运气，便能获得高产。高产次数多了，便成了名老大。渔村里父子相传，名老大的后代再没悟性，收成也不会差到哪里去。远洋渔业就不同了，鱼越捕越远，渔场越来越广，到哪都是陌生的海洋，捕捞主要依靠各种助渔仪器，代代相传是不可能的。老大之间的业绩也不像过去那么容易拉开距离。但是，还是有一些远洋老大在陌生的海域里、巨大的挑战中，克服重重困难，脱颖而出。

1995年元宵夜，定海人民路。

一百多盏花灯高悬路边，早春料峭的寒意拂不去节日热烈的气氛。吃完团圆饭的人们走出家门来观赏灯会。有一盏花灯，装载在一辆重型卡车上，造型是一艘巨型金枪鱼延绳钓船，船体通亮。那灯船仿佛正乘风破浪，遨游在浩瀚的太平洋上。

围观这盏花灯的人特别多！

03

从最低端到最高端

20世纪90年代的舟山金枪鱼捕捞，大都采取与外商合资、合作或补偿贸易的方式，就地捕捞和销售。十年后，这种处于产业链最低端的经营方式已不能让人满意。

改变这种方式，先要有超低温渔船，把捕上来的金枪鱼在船上贮存起来，满载后运回来。

2000年4月，舟山二渔公司从日本购置一艘超低温金枪鱼延绳钓船，与青岛海洋渔业有限公司的渔船一起赴印度洋试捕。这是我国首个在印度洋渔场进行捕捞作业的金枪鱼船队。舟山二渔公司的那艘船，是舟山第一艘超低温金枪鱼渔船。

同年10月12日，扬帆集团股份有限公司自行设计建造的国内首艘超低温金枪鱼钓船在舟山下水。这艘船的船东来自台湾。

同年年底，舟山市正泰船舶工业有限公司也开始建造两艘金枪鱼超低温钓船，每艘船造价五百八十万元。这两艘船的船东来自香港。

次年8月，浙江省终于有了第一艘金枪鱼超低温钓船。

这艘船叫"新世纪37号"，属浙江省远洋渔业集团股份有限公司。它的冷藏鱼舱容积达六百立方米，可贮藏一百吨金枪鱼。它也是由扬帆集团股份有限公司设计制造的。6日，这艘船开赴太平洋。

尽管这些金枪鱼超低温钓船都不属于舟山本土公司，但舟山已能建造这样的远洋钓船了。

长期以来，一些具有金枪鱼钓船先进制造技术的国家和地区，为保持它们在公海金枪鱼作业上的优势地位，实行技术保密策略。中国大陆金枪鱼捕捞只能依靠进口二手钓船和小型金枪鱼钓船，无法发展公海金枪鱼钓捕作业。而舟山这时期开始建造的超低温金枪鱼钓船，能使捕上来的金枪鱼在二十四小时至三十六小时内冷却到零下五十摄氏度以下，并可将此温度保持十至十二个月，从而解决了渔场远离陆地、港口导致的金枪鱼保鲜要求过高的难题。

2004年10月，国家发改委批准舟山建造超低温金枪鱼延绳钓船十三艘。

2007年3月15日，由舟山自行投资建造的第一艘大洋性远洋超低温金枪鱼钓船"舟远渔202号"，起航赴太平洋进行捕钓作业。

曾以发明脉冲惊虾仪闻名的高华明，为这艘船研制了国内首创的超低温单体速冻机，冷藏舱温度达到零下五十五至零下五十摄氏度。高华明这时已是舟山德昇海洋生物工程研究所的所长了。

有了这种超低温船，"超"新鲜的金枪鱼就能被运回国了。

但想要超低温远洋渔船运回来的金枪鱼上岸，还得岸上有超低温冷库。

2003年，上海首次派遣远洋渔业捕捞队赴海外作业，捕获金枪鱼万余吨。遗憾的是，因岸上没有相应的仓储设备及冷冻处理技术，这万余吨金枪鱼还是无法在上海上岸。

金枪鱼的冷冻保鲜条件近乎苛刻，一摄氏度左右时只能保鲜十二天，长时间保鲜必须在零下五十摄氏度，并且要恒温，否则鱼肉就会变质走味。只有在岸上建起超低温冷库，金枪鱼才能来到舟山。

2005年7月，舟山市西峰水产有限公司建起了超低温冷库。同时建起的还有金枪鱼车间，用以加工金枪鱼鱼柳。

很快，舟山不少水产企业纷纷开始建造超低温冷库。

舟山金枪鱼产业链，上升到了"捕捞＋半成品加工"阶段。

一条条披着冰霜的金枪鱼通过传输带，经分级、解冻、去除内脏和头部、蒸煮、去皮、去刺等十几道加工工序，变成一条条冒着热气、散发着香味的鱼柳，最终被包装整齐，运送到零下三十摄氏度的速冻间，等待出口。

到2013年，已有十五家舟山企业从事金枪鱼半成品加工，产品主要销往泰国、以色列、西班牙，以及部分美洲、非洲国家。

在金枪鱼产业链上，比鱼柳等级更高的是罐头。鱼柳是半成品，由鱼柳加工为罐头，才是成品。

2015年上半年，在舟山出口产品报表中，首次出现了金枪鱼罐头，其中有浙江海博食品有限公司出口香港的五十四吨油浸金枪鱼罐头，以及出口美国的三十四吨盐水金枪鱼罐头。虽说在这之前也有零星的金枪鱼罐头出产，但数量不大，未被列入专项统计。

因此，舟山金枪鱼产业链上升到"捕捞＋半成品＋成品"阶段，严格意义上说是从2015年开始的。

从鱼柳出口到罐头出口，时间相隔十年。

一条金枪鱼，从捕捞上来到粗加工成鱼柳，身价翻倍；从制成半成品鱼柳再到精加工成罐头，身价再次翻倍。

但这还不是金枪鱼产业链的最高端，最高端的是生食。

鲜美的舟山金枪鱼，因为保鲜技术瓶颈，在很长一段时间里很难以生鱼片面目出现在国人餐桌上。

有人说这是因为中国人不喜欢吃生鱼片，其实并非完全如此，在高级酒店的自助餐厅里，那些从国外进口的金枪鱼生鱼片常被争抢一空，还有人专门为吃生鱼片而去这些餐厅的。

用来制作生鱼片的金枪鱼，储存条件非常苛刻，必须是零下六十摄氏度。而且这种超低温，从金枪鱼捕上来后经简单加工急速冷冻，到海上运输，到上岸后贮存，一直到被制作成生鱼片，必须全程保持不变。只有这样，吃到嘴里的生鱼片，才会细腻、滑嫩、软糯。

2017 年，历经十年技术攻关，浙江海洋大学、浙江省海洋开发研究院等单位，联合浙江兴业集团有限公司、浙江海力生集团有限公司等舟山市水产龙头企业，终于完成"金枪鱼质量保真与精深加工关键技术及产业化"项目。

在这年 1 月召开的 2016 年度国家科学技术奖励大会上，该技术获得国家科学技术进步奖二等奖，这是该年度海洋渔业领域获得的唯一的国家科技进步奖。

这项新研发的技术，解决了在一条五十到一百公斤的金枪鱼从海里钓上船后，如何在短时间内将鱼身最中心的温度降到超低温的难题。降温速度不够快，就达不到生吃标准。

在保鲜技术研究成功前，2014 年，在百年渔港沈家门，一家金枪鱼专卖店已开业。这家店里供应的，是符合生食标准的金枪鱼刺身和鱼块。店内存放鱼肉的超低温冰柜，可以最大限度地锁住鱼肉水分，使肉质接近鲜活状态，保鲜期长达两年。

开这家店的，是平太荣远洋渔业集团有限公司。

金枪鱼鱼柳以前都是出口的。金枪鱼罐头虽也在国内销售，但大部分还是出口到国外。生鱼片，让舟山群岛群众与金枪鱼有了从未有过的亲密接触。

2018年8月23日晚，定海远洋渔业小镇开市典礼在舟山国家远洋渔业基地举行。大洋世家在其开在小镇上的金枪鱼体验馆渔人广场店，进行了蓝鳍金枪鱼解体秀。

大批市民围观了一条金枪鱼被解剖成一片片生鱼片的全过程，只见厨师先去掉鱼头，又在鱼体背部开刀，取下四分之一的鱼背部肉，经过一步步分割，一片片精致的鱼肉便呈现在众人眼前。

难得一见的金枪鱼解体秀，那庖丁解牛般的视觉盛宴，让许多观众屏住呼吸。

金枪鱼鱼肉，可分成大腹、中腹、赤身三种。大腹为鱼腹与鱼颈连接位置，其肉油脂丰厚，呈粉红色，价格最贵；中腹为腹中部，肉口味次之，颜色稍深，价格比大腹便宜；背部的肉叫赤身，呈鲜红色，肉质鲜美细腻，但油脂较少，价格最便宜。许多人边看边听介绍，感叹一条鱼还有这么多名堂呀！

解体秀这种带有祭祀特色的表演，成为那天晚上人气超高的节目。料理专家以精湛技艺处理金枪鱼，使得鱼肉保持鲜美的状态，入口软糯甘甜，特有的丰腴美味在口腔中化开。

在远洋渔业小镇开市前后，这样的解体秀，大洋世家已举行多次。每次解体秀，主角都是号称金枪鱼中"劳斯莱斯"的蓝鳍金枪鱼。2013年，在上海国际展览中心举办的第八届国际渔业博览会上，解体的蓝鳍金枪鱼重约六十九公斤；第二年，在北京朝阳大悦城，解体的蓝鳍金枪鱼近一人长，重约八十公斤，价值十六万元人民币；2020年，在东海开渔节暨舟山远洋渔市节中，登场的同样是一条重达八十公斤的蓝鳍金枪鱼。

当然不只有解体秀。解体秀不过是引爆市场热点的一种事件营销方式。大洋世家在全国布局的五十多个专卖网点，才是它想拉动金枪鱼国内消费的真正秀场。杭州、宁波、温州、嘉兴、舟山、丽水、北京、上海、广州、厦门、郑州、沈阳、南京、无锡、常州、苏州，都有大洋世家的海鲜专柜、品牌体验店、专营批发店、网店等——大洋世家零售终端，在国内金枪鱼企业里是领先的。

这家远洋企业，是万向三农集团有限公司投资的农业产业化国家重点龙头企业。2017年4月，它从杭州迁到了舟山国家远洋渔业基地定海远洋渔业小镇。

大洋世家最早的金枪鱼冷藏加工基地在宁波保税区，2010年12月竣工投产。按照与舟山签订的协议，其将把位于杭州、宁波等地的四大加工企业集聚到舟山，斥巨资打造国内领先、国际一流的综合海洋食品制造产业园，并谋划建设金枪鱼产业文化园。

签订协议时，这家公司已有十九艘超低温金枪鱼延绳钓船，分布在太平洋、印度洋、大西洋渔场，主要渔获品种有大眼金枪鱼、黄鳍金枪鱼、长鳍金枪鱼、剑鱼、旗鱼。还有四组金枪鱼围网船，布局在太平洋的巴布亚新几内亚、密克罗尼西亚、基里巴斯、瑙鲁等岛国的专属经济区，主要渔获品种为鲣鱼和黄鳍金枪鱼。

大洋世家入驻定海远洋渔业小镇后，舟山渔业与国际接轨的进程加快了。

挪威赛马克渔业股份公司与大洋世家签署了三文鱼中国销售经营权和贸易合作协议，每年出口我国约一万吨三文鱼。从此，每周三次，该公司会把刚捕上来的三文鱼从挪威空运到萧山机场，现身大洋世家所有线下体验店。

大洋世家的金枪鱼围网船，获得了MSC（海洋管理委员会）可持续渔业标准认证。MSC认证是全球公认的可持续捕捞标准认证。它的获得，有助于大洋世家进一步开拓欧美市场。大洋世家是中国首家获得此项认证的远洋渔业企业。

2019年6月8日，首届中国-中东欧国家博览会暨国际消费品博览会、第二十一届中国浙江投资贸易洽谈会举行推进"一带一路"建设大会。大会的一个重要议程是重大项目的签约仪式。大洋世家与金洋渔业（斐济）公司现场签约：在太平洋岛国基里巴斯的圣诞岛，建设金枪鱼捕捞、加工和补给基地；在塔拉瓦岛，开展虱目鱼等网箱养殖，以及新建五艘大型金枪鱼围网船。

2020年9月，在"寻'鲜'纳士·享味舟山——上海餐饮企业进舟山推介活动"中，大洋世家与超越美食精英会、常熟市烹饪协会、苏州市餐饮商会、河北省饭店烹饪餐饮行业协会、安徽省饭店业协会、大连市餐饮行业协会签订供货协议，拓展舟山海鲜更广阔的内销市场。"上海米其林餐厅期待舟山海产品加盟"成为那次活动的亮点。

同年11月6日，在第三届中国国际进口博览会的浙江-欧洲数字经济和高新技术产业高峰对接会上，大洋世家与日本的长崎鱼市株式会社签下了总金额约三千万美元的日本鲜鱼购销合同。

舟山海鲜走出去，国外海鲜走进来，大洋世家开启了舟山远洋渔业面向国内外大市场的新格局。

04

本土大型企业横空出世

　　一艘艘装载千吨金枪鱼的超低温钓船或运输船，停靠在定海远洋渔业小镇码头，卸下的金枪鱼送入舟山远洋渔业基地腹地的超低温冷库，经过精深加工后，通过冷链物流体系，"游"上全国各地老百姓的餐桌。

　　这般场景，和舟山本土的一家远洋渔业大型企业密切相关。它就是平太荣远洋渔业集团有限公司（以下简称平太荣）。

　　平太荣是舟山最新崛起的本土金枪鱼捕捞加工企业。2007年12月，浙江平太荣远洋渔业有限公司成立，平甫一亮相，就新建四艘超低温金枪鱼延绳钓船，开赴中西太平洋渔场生产。这批渔船，吸收国外同类先进渔船的优点，续航时间可达一百五十天，船员生活舱也十分舒适。高扬的起手式一下子引起同行关注。

到了2013年，它由单个公司升级组建集团公司，产业涉及远洋捕捞、运输、加工、储藏、销售、集装箱冷链物流、货物进出口、石油化工、生物技术研发运用、餐饮服务、职业培训及船舶修造等众多领域。不过金枪鱼仍是它最亮眼的"产品"。

创建平太荣的人叫倪剑波，岱山秀山人，十七岁下海捕鱼，从事过蟹笼船、灯光围网等作业，几乎是紧随每个时期的海洋捕捞热点，一路闯过来的。

2006年是舟山远洋鱿钓的黄金年，他观望一阵后，却另辟蹊径，选择了金枪鱼延绳钓。做此决定，是因为他觉得自己"跟风"了大半辈子，却并无太大成就，想找条走的人不多的新路，试试看。

那令行业内人士为之瞩目的四艘新船建造前，他曾将自己的两艘灯光围网船改造成金枪鱼作业船，又购买了两艘旧的金枪鱼渔船。但他马上发现这四艘船体量太小，体量小就没有行业话语权，运营成本也会居高不下，立刻又转手将它们卖掉了。

卖掉旧船造新船，新船是他为开辟东太平洋、"北太平洋"两个金枪鱼渔场"量身定做"的，他亲自设计船型，亲自监工。这种新型作业船，舱容量增大了，自动化程度和抗风等级提高了，能在高纬度海域捕捞作业。

东太平洋、"北太平洋"原本属于鱿鱼的生产渔场，对于金枪鱼捕捞来说，还是块"处女地"。他的新船一下海，就捞起一桶桶金。趁热打铁，他又继续造新船求增量，这样到了2012年，平太荣旗下已拥有十八艘金枪鱼延绳钓船，规模为全国最大，年捕金枪鱼近一万吨，实现销售额一亿八千万元。

这时候，农业部推出新建渔船补助政策，国内一批新建远洋渔船享受到了政策优惠，而他的新建船因为是在政策出台前造的，无缘补助。他感到很郁闷，一气之下又造了六艘新船，这下终于享受到了补助。

到了2021年，平太荣已拥有五十一艘低温和超低温金枪鱼延绳钓船。这一庞大的远洋捕捞船队，编成七个纵队，分布在夏威夷群岛、库克群岛、斐济群岛、塔希提岛周围海域，主捕长鳍金枪鱼，兼捕大眼金枪鱼、黄鳍金枪鱼、剑鱼、旗鱼等，年捕捞量达二万五千吨。同时，平太荣在斐济群岛、库克群岛、塔希提岛设立了补给基地。

夏威夷群岛，位于太平洋中部，呈弧状横贯北回归线。

库克群岛，位于南太平洋，由十五个岛屿和岛礁组成，分布在约二百万平方千米的海面上。

斐济群岛，太平洋上珍珠般的岛屿，地跨东、西半球，介于赤道与南回归线之间，由三百多个岛屿组成。

塔希提岛，位于南太平洋，是法属波利尼西亚向风群岛中的最大岛屿。

这些岛附近的海域都串联起来，就是平太荣远洋金枪鱼延绳钓船队的庞大渔场。

除了捕捞船，平太荣还有两艘仓储温度达到零下六十摄氏度的六千吨级超低温远洋运输船。这种运输船共有八个货舱，能够一次冷藏运输三千至五千吨金枪鱼。

在平太荣的金枪鱼精深加工基地，有三千吨级低温冷库和四千吨级超低温冷库各一座，加工车间设施均按国际食品安全标准要求建造，年加工能力为一万吨国际品质金枪鱼产品。产品除供给国内之外，还销往日本、泰国及斐济等地的市场。

这个本土大型企业，呈现的是强者风范。

金枪鱼本身就是海洋鱼类中的强者。金枪鱼和枪鱼是"绝代双骄"，蓝鳍金枪鱼和蓝枪鱼则是其中最强的两种。捕捞这些强者鱼类，自己也要是强者。

随着平太荣船队规模的扩大，倪剑波以中方金枪鱼单位代表的名义出席各种国际金枪鱼行业例会的频率也逐年增高。

参加这种例会，有那么重要吗？答案是肯定的。

2018年，"平太荣冷2号"金枪鱼超低温冷藏运输船，驶进了美属萨摩亚帕果帕果港。这座港口是南太平洋岛国和地区监管最为严格的港口，美国海岸警卫队对所有进出港船只实施登船检查，一旦缺少相关文件或手续不全，船只就会被扣，面临处罚。因此，以往众多金枪鱼捕捞渔船都对这座港望而却步，不敢冒险。

为这一天，平太荣准备了许久。"平太荣冷2号"接受了各项检验，最终顺利过关，开始卸载金枪鱼。它成了我国首艘顺利进入美属萨摩亚港口，并安全通过美国海岸警卫队检查的远洋渔业船。

那年流行用"厉害了，我的××"说事，这件事的新闻标题也就被写成《厉害了，我的平太荣!》。

其实，这件事的"机遇"就来自一次国际例会。

2017年3月，倪剑波在美属萨摩亚参加由库克渔业部门举行的入渔合作履约培训会议。那次会议上，库克渔业部门向平太荣发出了来港口卸载、转运的邀请。倪剑波觉得，集团旗下的二十九艘金枪鱼捕捞船已全部申请了欧盟卫生标准注册，其中有十四艘渔船已认证成功，"平太荣冷1号""平太荣冷2号"更是拥有一流的国际先进装备设施，完全有能力、有条件接受挑战。于是他果断决定去帕果帕果港"试水"。

顺利过关后，平太荣在国际金枪鱼业界的影响力得到提升。

长期以来，欧盟对远洋渔获的准入设有很高的门槛：非欧盟国家捕捞渔船、运输船、加工厂须预先注册，注册后其远洋水产品才能进入欧盟市场。

以往我国企业出口金枪鱼到欧盟，无论是从海上直输还是运回国内加工再出口，都得租赁日本等的欧盟注册冷冻运输船或走集装箱途径，存在租赁难、成本高、船期不可控、装运数量受限、延误生产等问题，运输时间一长，金枪鱼品质也会受到影响。

2019年，超低温金枪鱼冷冻运输船"平太荣冷1号""平太荣冷2号"，通过欧盟注册。这不仅标志着平太荣朝着国际化又迈进了一步，更说明我国出口欧盟金枪鱼自主运输得以实现，让历史翻到了新的篇章。

在金枪鱼行业，能把鱼卖到欧盟去，意义不一般。同样一整条金枪鱼，出口到欧盟比销往亚洲市场，能增加每吨二百美元左右的收益。更为重要的是，打开欧盟市场能拓宽销售渠道，能够防止个别亚洲采购商随意压价，使企业获得更大的定价话语权。

2016年，平太荣被中国远洋渔业协会批准设立中国南方金枪鱼交易中心。这意味着平太荣可以依托舟山国家远洋渔业基地，逐步建立华东、华南地区金枪鱼交易平台。

这些年来，全国许多地区纷纷成立金枪鱼交易中心。烟台于2009年成立了中国金枪鱼交易中心，中国国际金枪鱼交易中心则在2020年在上海长兴岛横沙渔港挂牌成立，厦门也宣布打造全国金枪鱼集散交易中心。国家允许众多金枪鱼交易中心各显神通，相互竞争，其实就是想改变我国在世界金枪鱼交易市场上的被动局面。

长期以来，全球金枪鱼八成以上销往日本，价格也由日本市场决定。同质的产品，如果是韩国或中国台湾地区捕捞的，在日本市场就可以卖出一个好价格，而中国大陆的产品，则会被强制压价，每公斤售价要低10%左右。究其原因，是金枪鱼在中国大陆的市场销售量不大，没有自己的市场做后盾，其压价就相对容易。因此，要想在国际金枪鱼市场有话语权，得让来自深海的金枪鱼，不仅进入星级酒店自助餐厅，还得进入千家万户。当然，各地纷纷上马交易中心，也有各自的"小算盘"，因为一旦真正做成交易中心，不仅能形成金枪鱼集散地，而且会拥有区域定价权。

从金枪鱼本身的营养价值来看，它也应出现在中国人的餐桌上。金枪鱼肉富含蛋白质、脂肪、维生素D，钙、磷和铁等矿物质的含量也较高，还含有大量肌红蛋白和细胞色素等，其中的脂肪酸大多为不饱和脂肪酸。鱼背含有大量的二十碳五烯酸（EPA），前中腹部所含的二十二碳六烯酸（DHA）比例特别高。

金枪鱼还真的跟舟山有缘。2018年12月10日傍晚，在东海大沙渔场，"浙岱渔03356号"船捕获了一条蓝鳍金枪鱼，重一百二十七公斤，体长近两米。这艘船是一艘帆张网船，渔老大叫胡宏海。当时，船上渔民还与这条蓝鳍金枪鱼合了影，发到微信朋友圈里"炫"了一把。

蓝鳍金枪鱼在大西洋、太平洋和印度洋都有分布。太平洋蓝鳍金枪鱼是环太平洋洄游的高度洄游性鱼类，产卵场在日本南部到菲律宾北部海域。12月的太平洋蓝鳍金枪鱼，其洄游地点应该在国际日期变更线附近，沿日本暖流南下，怎么会游到舟山附近海域来？

有人说，因为舟山有远洋渔业小镇，所以它提早游到舟山洋面来"报到"了。这当然是句戏谑之言。

但家门口海域捕不到蓝鳍金枪鱼，并不妨碍金枪鱼成为舟山的新"鱼皇"。

2017年至2021年，舟山金枪鱼进关量约三十五万吨。2020年，舟山国际农产品贸易中心的金枪鱼交易量突破六万吨。

愈来愈多的金枪鱼延绳钓船和围网渔船，从舟山出发，驶向中西太平洋、大西洋、印度洋和东太平洋，并不断开拓新的渔场。2021年6月7日，"昌荣7号"轮和"昌荣8号"轮从舟山起航，赴北大西洋捕捞最名贵的蓝鳍金枪鱼。这是中国第一对针对高纬度海域的专业化远洋渔船。

在定海远洋渔业小镇，大洋世家优品产业园正在建设中，目标是成为中国高端海洋食品制造产业区。其中，金枪鱼精深加工生产线的年生产能力为十五万吨以上。

到底什么才算是金枪鱼的精深加工？这里面有许多常人所不知道的细节，比如一条鱼从超低温仓库出来，在低温车间加工后再回到超低温仓库，用时绝对不能超过半小时。验鱼是金枪鱼加工的首道工序。通过切尾与解冻，来观察鱼肉的收缩性与光泽度，判断鱼的品质，然后将鱼分成A、B、C、D四个等级，A级的价格约为D级的一点五倍。

还从来没有一条鱼，能享受金枪鱼这样的加工待遇。

第九章　西码头涅槃

01

干览，西码头

作为浙江省特色小镇，定海远洋渔业小镇不是行政建制镇，行政区划上它属于干览镇。

干览的"览"字，是舟山人自创的会意字，许多人会将"干览"写成"干览"。不过，"览"字已被国务院批准列入《通用规范汉字表》，所以规范的写法就是"干览镇"。

干览更早的地名叫"竿缆"，在宋朝地方志上就有记载，宝庆《昌国县志》："竿者，篙竿；缆者，船缆；即以系船而得名，并设'竿缆渡'。"此处"面东北之灌门……北有海口而入"（清康熙《定海县志》）。灌门是舟山本岛北侧海域的重要航路，元大德《昌国州图志》记载："灌门，去州两潮，屹乎中流，有一砥柱，望之如人拱手而立。水汇于此，旋涌若沸……"此图志中，"竿缆"已叫"干礁"了。有此变化，与那"砥柱"有关。舟山有一古谚叫"老大好做，灌门难过"，其来源便是灌门的这一石柱。从东海黄大洋进入西码头港，必经凉帽山水道，湍急海水中屹立着一块礁石，经过的渔船经常在此翻覆。吊诡的是，渔民干脆把这块礁石叫作干礁石。原本是致使渔船颠覆的"祸首"，渔民却说它是稳稳系住急流中渔船的系缆石，岂不怪哉？然而怪则怪矣，没有比这地名更能准确体现舟山渔民在惊涛怒浪中微妙的祈求心态的了。

相比干礁，西码头这一地名的"资历"就浅多了，不过也沉淀着许多故事。

干礁土地上原本有两条大河，河水入海处各筑了一座碶闸，分别是东碶和西碶。西碶便是如今的西码头。明朝海禁后，朝廷徙民入大陆，并在舟山设置一个关、三个寨、六个隘、二十八个烽堠，皆是军事设施。在西碶设了西碶寨和西碶堠，就有一小队兵留驻，这使西碶在舟山群岛寂寞的海禁期里，多少有了点人气。但西碶真正变成西码头，与1950年国民党舟山守军撤逃台湾有关。国民党败逃前，在西碶修建了两座简易码头：一座是浮码头，可供万吨级舰船停靠；另一座是登陆艇码头，是用数只揭掉盖板和底板的汽油桶叠排海中，外捆铁线，中贯木桩，内灌混凝土而造就的。后来在撤退的约十四万八千人中，从这两座码头撤出的就有八万多人。从此，这个地方就叫西码头了。

西码头在之后岁月里几经变迁：原先的码头或废弃或破败。又新造固定式码头，客货两运，有客轮往返于岱山、长涂、秀山、衢山诸岛。又开通汽车轮渡航线。由这里始发的渡轮，航行四个半小时便能到达上海金山。在舟山跨海大桥建成前，这里是舟山去上海的最快捷通道。到这时，西码头跟远洋渔业还没什么关系，但若说没一点儿关系，也不对。追溯历史，在宋朝时西碶就是开放渔埠了。春、秋蟹汛，鱼市鼎沸，干碶还有条龙潭街，以小海鲜著名。这么一联想，更多人觉得若不是两次海禁，这里成为一个渔业重镇也未尝不可能。1992年干碶撤乡建镇时，就提出过要在西码头建设水产品交易市场。西码头附近还有个活蟹交易集市，渔业村有一百五六十艘捕蟹船。

西码头港区水深，港域开阔，呈月牙形，且前有圆山岛做屏障，避风条件亦好，只用来进行海上客运实在可惜。

不过那些年里，客运业还是鼎盛之时，小至附近村民到码头边设的贩卖各种水果或茶叶蛋的小摊，大至镇里的建设规划，比如接线公路浇筑、狭窄山路拓宽，几乎都围绕着西码头客运业打转。有关它成为远洋渔业港口的设想就算再美好，也显得不合时宜。

尽管如此，那些年里干碶还是出了些惊动四方的奇事。

离西码头约一千八百米有一座圆山岛，面积不到零点三平方米。1981年，干碶人在这座岛上养了六百八十条蝮蛇。岛上有蜈蚣、蜥蜴和土鼠，但不够蝮蛇果腹。他们便挖了两个小池塘，从西码头附近的金钵盂岛荡田里捉来青蛙和蝌蚪，自养自繁，供蝮蛇食用。有人担心这些蝮蛇会游到对岸大岛上去，他们就做了试验，把蝮蛇扔到海里，证实它们不会游水。这些蝮蛇养大后，都用于出口创汇。

干碶人还养过鲍鱼。鲍鱼一般生活在水清的自然海域，在浑水区内进行鲍鱼的工厂化养殖，当时在全省还是头一遭。那是在1993年，七万个鲍鱼苗被放入干碶一家养殖场的鱼槽内。那鱼槽建在冷库下层，天热时最高温度不会超过二十七摄氏度，适合鲍鱼生长；为使浑水变清，还建了过滤设施。

雷霆雨露终究是来了。

1998年9月，舟山本岛另一座北大门——马岙三江码头启用。西码头客运量开始分流，开往高亭、衢山、泗礁、秀山的客轮改从三江始发。马岙自古是个好地方。1983年，马岙挖掘出了凉帽蓬墩原始村落遗址，证明其人居时间当从五六千年前开始。马岙东北角之海口三江浦也是古渡埠。只不过因为从马岙到定海城里，要翻越三座山岭，而且那过岭公路还是1949年建的，盘绕弯曲，年久失修，所以才一直把客运重心放在西码头。马岙其实就紧邻干碶，它的入海口三江码头，与岱山、嵊泗、上海的距离，还比西码头与它们的距离更短些。

20世纪90年代末，为发展舟山北部经济，交通运输部门重新开发三江港，先建定海至马岙公路，再建三江客运港区。到了2003年，此时，随着通航已九年的西码头至上海金山海峡汽车轮渡航线移至三江，西码头作为海陆客运枢纽，是彻彻底底谢幕了。

如今，许多人都觉得西码头区域能成为定海远洋渔业小镇，1998年至2003年的那次"角色转换"起到了非常关键的作用，是好事。但在当年，人们可不这样认为。

西码头扩建成二级群众渔港时，周边都是半农半渔的乡镇，只有七百二十七对小渔船，渔业产量不过五万多吨，不禁令人担心起它的前景。好在那是一个在白纸上撒下种子也能发芽的年代，转机来得很快，渔港还没建成，就有外地客商来考察。第一个建冷库的本地人是一个木匠。第一个涉足远洋捕捞的则是一家水产食品公司，其购置了两艘钢质渔轮，建起鱼片、鱼粉各一条生产线。出现这种具有跨行业性质的介入，在当年是大大出乎许多人意料的。到了后来，西码头沿港冒出大大小小水产冷冻企业三十多家，生产的虾仁、鱿鱼、烤鳗中有近半数销往欧盟及日本市场。后来，港区内云集冷冻厂、油库、冰库、机械厂、修造厂、渔用仓库。到了2007年，西码头已有了年销售额上亿元、出口额一千万美元的龙头企业。原先的活蟹交易市场，变成水产品交易市场，开张头一天，交易额就达一千二百多万元，一下子就轰动了舟山。

西码头渔港在2004年成为国家一级渔港，2007年又成为国家级中心渔港，这是舟山第四座国家级中心渔港。

到了此时，一次凤凰涅槃开始在这里酝酿。

02

"航母"下水，凤凰涅槃

　　舟山打造国家远洋渔业基地，是在 2010 年 2 月全市渔业大会上提出的。

　　此时，舟山已有远洋渔船二百多艘，群众远洋渔业公司二十二家，捕捞规模和产量产值都位列浙江省第一。鱿鱼捕捞年产量十七万至二十万吨，远超处于第二位的带鱼产量（约十二万吨）。全市大多数水产加工企业都在经营鱿鱼，年加工鱿鱼二十万吨左右。当时国际市场鱿鱼需求每年递增 10% 以上。加工、销售鱿鱼的经济效益自然也很好，每吨鱿鱼的加工利润一般在五百元左右。此外，舟山已有集散鱿鱼的基础条件和设施，港口、码头、冷藏库、保税库、海运陆运等条件都已具备。

　　但当时最大的问题，是舟山没有远洋渔业的航母级企业，基本上只有散兵游勇式的单兵作战。

2011 年，十九个股东单位组建了舟山远洋渔业的"航母"——舟山惠群远洋渔业发展有限公司（以下简称惠群远洋）。很快，舟山大部分有实力的远洋企业都加盟了惠群远洋。舟渔公司是股东之一，股东中还有国内具有实力的物流企业——大新华物流。惠群远洋的主营业务覆盖了远洋渔业整条产业链：远洋捕捞，远洋水产品加工、销售，水产品装卸、仓储、配送，渔业信息咨询服务，船舶修理，燃料油销售，劳务派遣，货物及技术的进出口贸易，水产品交易中介服务。

2012 年底，惠群远洋进行改造提升，优化股权结构，改变原先股权小而散的格局。舟山国家远洋渔业基地建设发展集团有限公司成为最大股东，为加快远洋基地核心设施建设创造条件。

这样的规模与组建形式，在舟山渔业历史上是空前的。

在舟山组建远洋渔业航母级企业的设想，源于 2009 年底赴台湾的一次考察。那次考察中，台湾渔业的一些特点，给舟山远洋鱿钓业人士留下了深刻印象。

我国台湾地区的远洋渔业始于 20 世纪 60 年代初期，一开始也是小打小闹，形不成合力，直到成立了渔会和较大的远洋渔业企业后，才有了起色。经过四十余年发展，台湾已拥有大型远洋渔船七八百艘，年产量七八十万吨，鱿鱼、金枪鱼等远洋生产量居世界前列，确立了其在世界远洋渔业中的重要地位。

惠群远洋借鉴的就是台湾龙头企业——丰群水产股份有限公司的模式。

惠群远洋是舟山打造国家远洋渔业基地的一个起手式。从之后的 2015 年 4 月，农业部批准在定海干碶设立全国唯一的国家远洋渔业基地；2016 年 2 月定海远洋渔业小镇入围浙江省特色小镇第二批创建名单。

惠群远洋组建后，当年 8 月，舟山就开始在西码头建设万吨级远洋渔业公共服务码头。

靠泊不便，冷藏空间紧张，是当时舟山远洋渔业亟须解决的问题。

冷藏运输船从远洋装运渔获回来，要在沈家门马峙锚地过驳，大船的货卸到小船上，小船的货装到码头上，再运到冷库。这样就多了一笔费用——过驳费。过驳费的吨价不低于二百元，若按远洋产量三十万吨计，一年支付的过驳费不低于六千万元。过驳还耗费时间，驳载一艘船，一两天不算长，渔获质量自然会受影响。

万吨级远洋渔业专用码头接连建起了三座。惠群远洋成立当年年底，第一座万吨级专用码头投用。2013 年，这座码头卸货约十八万吨，但该年度舟山远洋捕捞总产量是近三十万吨，可见还有很大一部分远洋鱼进关仍采用锚地驳载方式。于是，到了 2014 年，第二座万吨级码头建成运营，此时西码头日装卸能力达到二万五千吨。又隔两年，因为装卸量仍在增长，舟山开始建设一座五千吨级码头，建成后只过了一年又将其扩建成万吨级码头——这是第三座。

在码头建设的同时，二万七千吨级的冷库于2014年10月投入运营。冷库距离码头只有二百米。码头上，大型吊机将一包包渔获从冷藏运输船吊到货车上，然后货车迅速将它们运进冷库。至此，舟山远洋渔获告别锚地驳载时代。

三座码头的卸货能力，不但能满足舟山远洋渔船的卸货需求，还能使全国的远洋渔船前来停泊卸货成为可能。之后几年，果然有广东、福建、上海、江苏、山东等地的远洋捕捞船前来舟山卸货，甚至连韩国、日本的冷藏运输船也纷纷前来。

当然，仅仅建几个深水码头，造一座大型冷库，还不足以吸引全国各地的远洋渔船货投舟山，造就万船云集的关键因素还在于交易方式革命。

市场其实就是一个集散地，要集得拢，还要散得开。

2011年12月13日上午，位于西码头的舟山水产品交易中心开业。其推出的水产电子交易平台实现了大宗水产品的网上交易，开创了国内水产品交易的新模式。短短十分钟时间，平台上就完成了约三百吨水产品的交易。

十年后，这一平台升级为"远洋云＋"系统。

这个数字化平台，集线上交易、数字仓储、云上物流、数字金融等模块系统于一体，可实现百万用户同时在线、每秒成交五百笔业务。

在这个平台上，买卖双方可以仓单和订单为基础开展挂牌和竞价交易，并接受融资租赁等嵌入式在线服务。

试运行首个月，单日最高交易额是以往的五倍，单月在线交易额达十一亿元。到了2021年1月，单月交易额首破三十五亿元。

而这一产业数字化平台的交易模式，仍在升级中。平台最新的蓝图是，在海产品被捕捞上远洋渔船的第一时间，就通过平台监控和数据反映，立即实现渔获交易，也就是说，海产品一捕上船，就可以易主了。这样的现捕现卖模式，能够最大限度地缓解船东的资金运转压力，同时也可以减轻仓储压力。

这是一种空前便捷的交易方式，它触到并缓解了远洋捕捞周期长、渔获长时间停留在渔场和运输途中的痛点。同时，这也是一个极富想象力、极其大胆的计划。要实现现捕现卖的渔获大宗交易，除了"远洋云＋"数字化系统，还需要来自溯源技术和定位技术的保障，在每艘远洋渔船的船舱安装专业监控设备，建立以渔获为中心的信用体系，从而实现海上交割。

其实，这样的痛点治理持续已久。

掌握交易价格的参与权、表达权、主动权乃至主导权，曾是舟山鱿钓企业的最大期望。鱿鱼价格很低，但渔业成本很高；生产形势很好，但经济效益不好。这成为舟山远洋鱿钓渔民积年的心头之痛。

2019年，我国首个"中国远洋鱿鱼指数"在舟山发布，主要包括资源丰度指数、市场价格指数和行业景气指数三项内容。数据来源为中国远洋渔业协会收集数据、舟山远洋渔业鱿鱼交易平台交易数据及上海海洋大学监测数据。

其中，舟山国家远洋渔业基地承担了这一指数中最为重要的市场价格指数的发布任务，并为此建立了国内鱿鱼价格的数据采集系统，构建了指数分析模型。

经过几十年的发展，中国远洋鱿钓渔业船队规模已达全球第一，鱿鱼年产量也连续十多年稳居世界首位。与此同时，舟山形成了以民营远洋鱿钓企业为主体的产业特色，成为全国"远洋鱿钓第一市"。"世界鱿钓看中国，中国鱿钓看舟山"的地位，使舟山发布鱿鱼价格指数水到渠成。

交易方式实现革命的同时，"鱼尾巴"功能也在被放大。一条全球优质海洋资源高附加值加工链，正在定海远洋渔业小镇形成。

浙江大洋兴和食品有限公司是较早在小镇落户的企业之一。这是一家智能化的工厂。生产车间内，工人对超低温液氮速冻生产线进行反复测试，研究速冻水产品失水率、细胞组织破坏率，以及最终水产品鲜度。生产车间外，一台自动搬运机器人沿专用车道，在原材料区精准叉起一箱原材料，快速载入生产车间，卸下货物后又即刻驶出车间，整个过程顺畅、迅速、精准。这样具有未来科技感的情形在以往传统的水产品加工企业里是看不到的。

智能化已贯穿整个生产流程——智能生产流水线上，形状不一的金枪鱼被刀具均匀切割。这种刀具叫作"鱼体定重定尺寸智能切片设备"，内置激光位移传感器，能利用激光对鱼体的形状进行三维建模，然后驱动刀片灵活调整切割点位和角度。这种智能切片设备控制的切割动作十分精确，切好的鱼片厚薄统一，减少了人工切割更容易产生的尺寸误差、鱼片外观受损等问题，让产品更加契合市场需求。

就连去工厂参观考察，也不是像以往那样必须更换车间专用的服装并佩戴口罩，而是在一个舒适的空间内戴上VR眼镜，用全景模式观看整个生产流程。

这颠覆了人们对渔业的既有认知，让人们对在定海渔业小镇重点打造海洋健康产品制造业有了全新认识。

至2021年底，在这个超六平方千米的舟山国家远洋渔业基地核心区，集聚了大洋世家、浙江大菱、中农发集团、浙江兴业集团、大连巨戎、上海宇培、宁波欧亚等具有较强实力的远洋捕捞、加工贸易、冷链物流以及装备制造企业。

投资十二亿元打造的大洋世家优品产业园，在2020年底已完成土建工程。金枪鱼、三文鱼、蟹虾类三条远洋水产品精深加工生产线，以及配套的超低温和低温冷库、冷链物流、研发中心等设施投产后，预计将形成年产值人民币二十亿元、利税人民币一亿元、出口额一亿五千万美元以上的生产集聚能力。

交易、加工转型升级的同时，捕捞也向新的空间拓展。

"跟着一条鱼去做世界渔民"是不够的，除了鱿鱼、金枪鱼，舟山渔民还要捕更多的远洋鱼。

周杰伦唱过一首情歌，其中一句歌词是"秋刀鱼的滋味，猫跟你都想了解"，秋刀鱼的滋味是怎么样的呢？定海一家日本料理店的厨师说，炭烤盐烧是秋刀鱼最好吃的做法——抹上一层盐，放在炭火上烤至酥香，再淋上柠檬汁，这样的秋刀鱼吃起来满嘴留香。

洄游于西北太平洋海域的秋刀鱼，营养价值不逊色于金枪鱼，而且价格适中，资源恢复周期也较短。

2010年时，中国大陆有三艘远洋渔船从事秋刀鱼作业，其中舟山占了两艘。

这两艘船原是鱿钓船，是从2008年开始投入秋刀鱼捕捞的。船东蔡继军，花近千万元买了两艘鱿钓船，鱿钓与捕捞秋刀鱼的主要设备具有通用性。蔡继军对船做了局部改造，安装上舷提网，就去捕秋刀鱼了。

和鱿鱼一样，秋刀鱼也有趋光性。夜里用诱鱼灯吸引秋刀鱼到船舷边来，就能下网捞鱼。秋刀鱼汛期是8月到11月。

2011年，舟山"北太平洋公海秋刀鱼渔场开发及捕捞技术产业化示范"被列入浙江省农业科技成果转化资金项目。到了2014年，一些赴"北太平洋"的鱿钓船上，开始挂上一排排红色灯泡。这些灯泡是用来吸引秋刀鱼鱼群的。而浙江增洲造船有限公司的新接订单中，也有了"七十六米鱿鱼兼秋刀鱼钓船"。

2015年，全省首支秋刀鱼围网捕捞船队出现在北太平洋公海。这支船队也是舟山的，属于一家名叫"欣海"的渔业公司。

从此，秋刀鱼成了继鱿鱼、金枪鱼后，舟山远洋捕捞的第三条鱼。

秋刀鱼之后，世界大洋公海鱼类还有南极磷虾是舟山远洋捕捞的空白点。磷虾资源在全球分布极为广泛，主要有南极磷虾、太平洋磷虾、北方磷虾，最常捕捞也是数量最多的就是南极磷虾。

谋划南极磷虾项目成为舟山远洋人的新目标。2022年初，总投资二点六八亿元的中国农发明珠工业园在舟山国家远洋渔业基地开园。浙江明珠海洋食品有限公司和中国水产舟山海洋渔业制品有限公司率先入驻园区运营。这个园区的后期目标中就有引入南极磷虾加工项目这一项。其实，中国农发明珠工业园的磷虾加工项目，在提出时已有了扎实的理论基础和实践经验：

2007年，中国就加入了南极海洋生物资源养护委员会（CCAMLR）。中国渔船持农业部颁发的"渔业捕捞许可证"，可前往南极捕捞。目前中国赴南极捕捞磷虾的已有多家公司。

2014年，浙江海力生集团有限公司联合浙江海洋大学和浙江省海洋开发研究院，共建院士专家工作站。其于2016年完成了南极磷虾油的产业化建设。2018年，南极磷虾油生产车间建站并投入使用。

新一代舟山远洋人满怀梦想驰骋在远洋，他们已有了不同于以往的远洋生活，这是因为公海上驰骋着全国首创的远洋保障船。

在秘鲁外侧的东南太平洋公海渔场是舟山渔民远洋鱿钓的主要海域。那里活动着四百多艘远洋渔船共一万多名远洋渔民。其中，中国渔船近三百艘，其中有二百四十多艘来自舟山。那里距舟山有一万多海里。2017年，舟山在东南太平洋建立全国首个公海服务基地，并定期派遣远洋保障船巡航。

舟山最早的远洋保障船是"普远801号"轮。这艘船原是浙江省两艘首制"北太平洋"鱿钓船之一，被改装成远洋保障船后，刚开始巡航就抢救了一名渔民。

那是在2017年3月，一艘鱿钓船在距秘鲁约二千四百海里公海渔场作业时，船上有名船员突然感到脑部剧痛，迫切需要回港救治。那艘鱿钓船最快航速是五节（海里/小时），抵达秘鲁港口需要二十多天。幸运的是，"普远801号"最快航速可达十一节，它护送船员和陪护医生赴秘鲁利马港治疗，仅用了十天时间。

远洋保障船既救助中国渔民，也救助外国渔民。

这年7月31日，江苏的"苏远渔8号"船上的一名印尼籍船员腹痛难忍。接到救援请求后，舟山远洋保障船随船医生为他做了紧急救治，又经四昼夜疾驶，将他送到港口医院。病人经治疗后终于脱离了危险。

远洋渔船最怕遇到船员生病。鱿钓船一般日产鱿鱼约五吨，按每吨鱿鱼价格一万元计算，一天收入约五万元。从公海渔场送病人回港，耗时七八天乃至十几天是常事，生产损失不是一笔小数目。没有远洋保障船时，远洋渔民小病小伤熬一熬是常事，但往往小病拖成大病，小伤拖成残疾。有了远洋保障船，这一难题解决了。而且，它收费低廉，送伤病员回港治疗，需要船东支付的仅燃油和报关费用。

在巡航的四年里，"普远801号"在海上治疗渔民一百一十八人次。其中救治病危渔民十七人次，他们被其专程送回秘鲁港口救治。

到了2020年，受新冠疫情影响，沿海诸多国家封港，远洋渔民登岸难度加大。在这种情况下，远程医疗救治开始得到大力推广。这年年底，在东太平洋公海作业的"新世纪75号"船上，一名渔民腹疼难耐，船医网约相隔万里的舟山医院医生，通过远程视频会诊为其治疗，渔民经治疗后痊愈。

"新世纪75号"是艘金枪鱼捕捞船，从2020年起兼做海上医疗船，船上有诊疗室，配备了船医，借助舟山群岛网络医院会诊平台，为渔民提供海上应急救治。在东太平洋公海，这样的舟山船还有一艘——"新世纪86号"。它们不仅为船上渔民服务，也为东太平洋、印度洋作业区内其他船只服务。

新冠疫情期间，远洋渔轮上最让人担心的是渔民染上病毒。有一艘渔轮上，一名渔民连续发烧十五天，伴有恶心症状。他被"新世纪75号"收治后，经舟山医院远程会诊，排除了染疫可能。全船人绷紧的神经才松懈下来。没过几天这名病人就康复了。

2021年，在东南太平洋，第二代远洋保障船"普远98号"投入使用。这艘船配备了手术室、问诊室、病房，以及全自动血液分析仪、移动数字化X光机、B超仪等医疗设备设施，有了更强的海上救治能力。

远洋保障船除了救死扶伤，还处理其他险情。秘鲁一艘小渔船遇险，远洋保障船及时赶到抢险，五名船员得以死里逃生。一艘鱿钓船主机发生故障，在洋面上动弹不了，亟待别的船拖带它去港口维修厂，远洋保障船也承担起这一任务。

凡此种种，以前都是令远洋渔民头痛的问题，如今都因远洋保障船而得到解决。

除了"有形"的远洋保障船，还有一样"无形"的事物正在润物细无声地保障远洋渔民的生产作业安全。

2021年，在"海兴716号""海兴817号"两艘远洋渔船上，一套船载终端设备正悄悄改变渔民们在大海上的生产生活。

依托该设备，这两艘试点远洋渔船实现了无线网络全覆盖，并且可以处理气象信息、提供航路规划等。岸上专家通过网络视频指导船员维修、保养机舱也成为可能。

这就是定海区以数字赋能开展的"蓝海渔人"项目。

它的目标是满足远洋渔业公司实施远程实时监管和及时应对突发状况的需要，大幅度改善远洋渔船的生产工作环境。项目利用全球宽带卫星通信网组网，由空间卫星、覆盖全球的四十个地面主站及船载终端构成。

此时，定海区已有远洋渔业企业十四家、远洋渔船二百一十八艘。

这年3月，舟山发布"船联网暨渔船'一张屏'精密智控重大科技攻关揭榜挂帅项目"，浙江省海洋开发研究院揭下了北斗卫星导航系统定位落水渔民的榜单。

科研人员在多年研发攻关基础上，利用北斗短报文技术，成功开发出民用北斗个人救生终端设备。海上定位水平精度小于九米，待机时间大于五年，连续工作时间大于七天，具备落水自动报警和手动报警功能，每分钟报告新的位置。这个设备大幅提升了海上救援的响应速度和搜救效率。

除了以上保障远洋船员安全的措施，他们的生活质量也因船内设备的转型升级得到了较大的改善。

2020年底，舟山的十艘远洋渔船带着一种新型"船用植物工厂试验设备"出海了。有了这种设备，就能够在船上种植生菜、小白菜、木耳菜等蔬菜，而且可以连续采摘。以往远洋船储备的蔬菜一般只有土豆、洋葱或干蔬菜，渔民们长期吃不上新鲜叶菜，只能靠服用一些维生素片作为营养补充。把蔬菜"种"到远洋渔船上去的，是科技专家张志刚。之后他成立了舟山海农海洋科技有限公司。2021年浙江省青春助力乡村振兴带头人"青牛奖"名单中，有他的名字。

"我的师兄曾经跟随渔船出过一次近海，在海上待了两周左右，下了船回到家第一顿饭，他一个人吃掉了四盘蔬菜。"张志刚说。正是师兄的出海经历，让他产生了研制智能蔬菜培育箱的念头。

张志刚最先研制出来的，是一个形如小冰箱的智能蔬菜培育箱，培育原产欧洲的金玉兰菜，一种可以在黑暗环境中生长、形似娃娃菜菜心的蔬菜。为弥补品种单一的缺陷，后来他又研发了微型船用植物工厂。这样一来，船上种植的蔬菜品种就变得丰富起来了。

对于常年漂泊在海上的渔民来说，能吃到新鲜蔬菜，实在是一件让人愉悦的事。

03

远洋休渔，近海修复

人类在利用海洋资源时，从一次次教训中修正自己的行动
轨迹，终于找到一种共生共荣的模式。

舟山渔民开发远洋时，一直伴随着对海洋资源衰退的忧虑，
担心会有那么一天，远洋也捕不到大量的鱼了。

舟山远洋渔业协会调查发现：2007年到2011年，西南大西
洋鱿钓船平均单产在两千吨以上；之后低产成为常态，一般单
产在二百至四百吨，2019年甚至出现了五十吨的最低平均单船
产值，这已近乎"绝产"。尽管这主要是由海况变化所致，几年
后鱿鱼资源又得以恢复，但还是令人担心。

近海渔业资源衰退的惨痛教训，舟山渔民刻骨铭心。无序
竞争、大肆捕捞，东海曾一度面临"无鱼"窘境。渔民望洋兴

叹，无奈之下，只能远渡重洋。他们觉得近海发生的悲剧，不能再发生在远洋了。

舟山的十三位渔老大，在 1993 年 5 月的舟山渔业会议上，向全省渔民发出倡议书，要求在东海实施伏季休渔制度。

这十三位渔老大，都是带头船老大或者名老大。在发出倡议书前，他们经历了从 1979 年开始舟山对底拖网作业实施的为期四个月的禁渔期，因禁止不彻底而功亏一篑，感到仅靠舟山一地实施休渔远远不够，必须从更高层级上制订休渔政策。

这份倡议书发出以后，引起农业部的高度重视。此后，农业部派人到舟山调研，十三位渔老大明确提出，东海渔场有必要实施伏季休渔制度。

再之后，在这份倡议书基础上起草的人大代表议案，经市、省人大逐级递交至全国人大。1995 年，经农业部批准，东海开始实行两个月的伏季休渔。1998 年起，伏季休渔期延长到三个月。2009 年，伏季休渔制度再做重大调整，拖网、帆张网等部分作业休渔时间延长到三个半月，而灯光围网、灯光敷网及蟹笼等笼壶类作业，也首次被列入伏季休渔范围。

1995 年其实不是开始实施休渔期的好时机。这一年，舟山渔区已全面推行渔业股份合作制，渔船都是渔民自己合资打造的，正巴望着靠它们来发家致富。所以起初，许多渔民难免有抵触情绪。好在休渔效果马上显现——休渔期正是鱼、虾、蟹产卵和成长的时节，让幼小的鱼儿虾子安心地成长，让抱着卵的蟹静静地产卵。这样一来，渔业资源得到了明显的恢复，渔民能够从开捕后捕捞到的质好价高的成鱼中夺回休渔期间的产值损失。这使渔民从休渔中尝到了甜头。最明显的改变是，由于休渔期间少捕了大量幼鱼，到开捕时，当龄带鱼的个体增重率提高五成。因此，大多数渔民也较快完成了从"要我休渔"到"我要休渔"的心态转变。

近海休渔的经验，在远洋公海鱿鱼资源一出现衰退迹象时，就被舟山远洋渔民"复制"了。

跟倡导近海休渔一样，舟山是公海休渔最积极的倡议者之一。2019年10月在舟山举办的中国远洋鱿钓发展三十周年总结大会暨可持续发展高峰论坛，舟山率先提出了"加强公海鱿鱼资源保护，自主实施休禁渔"的倡议。

2020年，我国在西南大西洋、东太平洋等公海渔场试行自主休渔。其中西南大西洋7月至9月休渔，东太平洋9月至11月休渔。

这次公海自主休渔主要涉及两种水产：阿根廷滑柔鱼和茎柔鱼。这两种鱿鱼生命周期均在一年左右，休渔后其产量上升很快。

那年舟山在西南大西洋公海作业的远洋渔船约有九十艘，在东太平洋公海作业的远洋渔船约有二百六十艘，无一例外地全都自主休渔了。

舟山鱿鱼产量占全国总量的六成以上，秘鲁、赤道鱿鱼产量在全国占绝对优势。舟山远洋渔船的休渔，举足轻重。

到了2022年，我国公海自主休渔又扩展到了印度洋北部。

舟山渔民在远洋实施公海自主休渔的同时，在近海修复舟山渔场也下了很多功夫。

全世界的渔获大部分来自水深二百米以内的近海大陆架，渔业的根基在沿岸，沿岸渔业的成本最低，捕捞品种最丰富——东海渔场多么珍贵！

从只依靠近海渔业资源，到希望通过远洋渔业来弥补近海渔业资源衰退的损失，再到"远洋要开发，近海要修复"，这是舟山渔民的渔业资源保护和利用意识的又一次突破。

"修复舟山渔场"的说法，在2014年就出现了。这一年的舟山市"两会"上，多个民主党派、多名政协委员提交提案，要求切实修复舟山渔场海洋生态，加强东海渔业资源的调查和保护，振兴舟山渔场。

一位渔民代表在会上说：20世纪70年代，家门口可以捕到鱼；80年代，开船五小时捕到鱼；90年代，开船十多个小时才能捕到鱼；到了21世纪，只有走出国门才能捕到鱼。这是多么让人痛心啊！

管好门口这片海，找回东海"这条鱼"。修复舟山渔场，最早是从严打"三无"船舶、严惩非法捕捞着手的。"三无"船舶即无船号、无船籍港、无船舶证书的渔船和渔运船。"三无"渔船是"偷猎者"，"三无"渔运船则是为"三无"渔船提供收购、运输、补给等后勤服务的"帮凶"，这些船舶总在伏季休渔期偷偷出现在舟山渔场。

舟山在全国率先实施海洋行政执法体制改革创新，组建成立综合行政执法部门，整合渔政、海监、港航等综合执法力量，实现海上执法职能、队伍、人员的"三集中"，并联合海事管理、公安边防等机构部门建立起紧密型海上综合执法机制。

2014年伏季休渔期间，对在舟山的"三无"渔船和渔运船，查获时正在捕捞或收购渔获的，一律依法没收后强制拆解；查获时正在港口停泊或航行的，则一律拆除捕捞设施、没收渔具。

一场渔业资源保卫战打响了。那些船头无船号、船尾无船籍港标识的"三无"船舶，随着电动切割机的火花飞溅被"大卸八块"。

"三无"船舶被整治后，违禁违规的渔具成为东海幼鱼的"第一杀手"。这场修复舟山渔场的战役转向攻克这一难关。

这时候舟山渔场还有不少"一电四网"禁用渔具。"一电"指电脉冲惊虾仪，"四网"指多层囊网、地笼网、滩涂串网和珊瑚网。除此之外，在帆张网、拖网、单船有囊围网等捕捞作业渔船上，还有不少密眼囊网，即网目尺寸小于农业部规定的最小值的网具。于是，在2016年伏季休渔结束时，舟山对所有出海渔船进行检查，凡网具不合格的，一律不予放行。

规矩靠自觉遵守，也靠铁腕管理。爱护幼鱼，渔民都懂，他们最担心的是"老实吃亏"。因此，在渔业资源保护上，严处违规者尤其重要。

"不予放行"，意味着若不更换违规渔具，就不能去捕鱼了。到了翌年再次在渔村检查时，发现渔村基本做到了违规渔具陆上、船上（港口）、海上（滩涂）"三不见"。

整治渔场秩序后，修复舟山渔场的战役向纵深拓展。

卸下渔获之后，将一袋袋废塑料瓶等船上垃圾带上岸来，渐渐成为舟山渔民的新风俗。

海洋垃圾，尤其是塑料垃圾，一直是公众最为关注的海洋环境问题之一。塑料垃圾会严重威胁海洋动物的生命安全。它们会逐步分解成微塑料。

微塑料是指直径小于五毫米的塑料碎片和颗粒，被称为"海中 PM2.5"。它会进入鱼类、贝类等的体内，最终影响整个食物链安全。

现在生活条件好了，在海上渔民都喝瓶装水。舟山有数十万渔民，若每位渔民一天扔一个塑料瓶到海里，那每天近海就会多出数十万只塑料瓶。2019 年，舟山倡导废塑料瓶不落海。该年 10 月 12 日，"浙定渔 11116 号"船回港，首先"下船"的是三只装得满满当当的垃圾袋，由此拉开了舟山渔民海上作业时将废塑料瓶带回港的序幕。

这个政策得到拥护的原因在于渔民们有切肤之痛。捕鱼三十多年的舟山渔民郑伟庆感叹：有一回一网下去，拖上一网的塑料瓶和烂网，只能从垃圾堆里翻鱼。还有位渔民说：过去习惯了，垃圾随手扔，认为这么大的海怕啥。前几年在长江口拖虾，拖上来的垃圾吓煞人，一船都装不下。

舟山渔场是浙江、江苏、福建和上海三省一市渔民的传统作业区域。舟山渔民也是海上垃圾这一"公地悲剧"的最直接受害者。

现在他们不愿再当受害者，就先从自己做起，不再往海里丢垃圾。

舟山最早的海上垃圾打捞船，是民间自发打造的。

船东杨世钗在嵊泗经营一家船务清舱公司。他于2015年、2018年分别打造了两艘海上垃圾清理船即"沧海9号"和"浙嵊清0001号"，已在嵊泗海域捞起一万多立方米的海洋垃圾。

这些垃圾中有的是附近渔船上渔民扔的，有的是海岛游客丢弃的。一些游客在海边游玩后喝完瓶装水，把塑料瓶留在海边或往大海里一扔了事。杨世钗的垃圾清理船，打捞上来最多的就是塑料瓶。

垃圾清理船每天在嵊泗大、小黄龙岛，嵊山岛，枸杞岛，花鸟岛等海域巡逻，花费的可不是小数目。两艘船共雇用八名工人，他们的工资、奖金加上燃油费、伙食费、船只保养费等，每年大致花费二百万元，这些钱都是由杨世钗自掏腰包的。

说起来，杨世钗做这事，也与塑料瓶有关。早年他看到了一段视频，央视十三套播的：在太平洋里捕获了一头鲸鱼，剖开一看，肚子里全是塑料瓶等垃圾。

　　他下决心要做这好事，是在 2015 年 5 月。这一天，杨世钗跟往常一样，坐在电视机前收看中央电视台的新闻类节目，正好看到习近平总书记当年 5 月 25 日考察舟山的新闻。"绿水青山就是金山银山"这句话，让坐在沙发上的杨世钗突然站了起来。就在这一瞬间，他做出一个决定：造一艘垃圾打捞船，去海上捞垃圾。

　　海洋环境保护行动中，民间力量不可小视。舟山"渔嫂发力，携手共建美丽蓝港"案例，入选"2020 美丽浙江生态环境治理十佳优秀案例"。这个案例的主角便是民间的东海渔嫂。

　　东海渔嫂瞄准的垃圾主要是船用废电池。

　　中国水产科学研究院东海水产研究所的一项研究结果表明，一节渔用废电池全部溶出的汞、镉、铬、铅等重金属，足以使二百八十五立方米水体内的一半生物死亡。

　　随着灯光围网、帆张网、流刺网等捕捞工具的广泛应用，干电池使用量极速增长。每艘灯光围网、帆张网、流刺网作业渔船，平均每月消耗一号干电池分别约为四百二十节、二百一十节和一百六十节。

　　以前，这些电池在海上耗尽电量后，都是被扔到海里的。

　　浙江等沿海省份虽然已在开发绿色替代产品，但由于各种原因，还没被渔民普遍接受。

　　作为试点，嵊泗渔政部门曾实施废电池回收每节奖励一毛钱的办法，鼓励渔民将废电池带回来交给回收站，并动员舟山渔嫂督促她们的丈夫回收废电池。"老婆有命令，废电池带回来，阿拉总要听的嘛。"渔民这样调侃道。

2021年12月16日，从事近洋张网作业的"浙岱渔09617号"船，在出海六天后带回二百九十六节废电池，交给岱山县长涂镇渔嫂协会会长胡松素。

这年六十二岁的胡松素，带领一群平均年龄超过五十的渔嫂，专门回收废电池。

长期的海上作业，让渔民们养成了"什么都往海里扔"的习惯。能把塑料瓶、废电池带回来，一方面是他们开始认识到保护海洋环境就是保护海洋资源，就是为子孙后代积德，另一方面也是他们向来习惯于生活上听"贤内助"、生产上跟"带头船"，这两拨人一起努力，"垃圾不落海"就渐渐成了渔村新风尚。

除了塑料瓶、废电池等，还有种垃圾危害较大，它就是渔船上的含油污水。

渔船开捕时，因机器渗漏、维修及机舱清洁而产生的含油污水，常被储存在机舱底部。积累到一定量后，渔民就将这些含油污水排入大海。

明知道含油污水排放入海，会对海洋造成污染，直接影响鱼虾的生存环境，但渔民也无可奈何：含油污水不排进海里，积在船上怎么处理？

2019年，舟山许多渔船上开始安装油水分离器。

在渔船机舱间，一人高的油水分离器摆在柴油发动机边上，舱底水中所含的少量油污经它分离后输入残油柜。残油柜内的油污在渔船回港后处理。

说是少量，聚拢起来也不少。

以三百艘拖虾船为例，一个航次一般为半个月，每艘船平均年作业约十八个航次。一艘船一个航次产生残油约零点一三立方米，那么三百艘拖虾船一年就要分离油污约七百立方米。

油污漂浮在海面上，薄薄一层，厚度一般不超过一毫米。以此计算，一个油水分离器，一年相当于让七十多万平方米的海面免穿"脏衣服"。

光有油水分离器还不够，积存起来的残油，带回港后必须有地方可回收。

于是，渔港建起了渔船污染物智能化防治项目——"海洋云仓"。它不仅能回收处置渔船所携含油污水，而且能够全流程监管"哪艘船舶在什么时候把污染物交给了谁，有多少，最后去了哪里"。

有了"海洋云仓"数据，就可以实行环保码管理制度：出海三个月以内上交过含油污水的渔船，"海洋云仓"管理后台将赋予绿码；三个月以上未上交的，赋予黄码；超过六个月未上交的，则赋予红码。被赋黄码、红码的渔船将被重点监管。

大海不是垃圾场，并不是想"不是"就能"不是"的。舟山渔区"垃圾不落海"，挑战的是渔村千百年来形成的习俗。

　　修复舟山渔场，最终还是要依靠科技。科技是一把双刃剑：科技进步带来捕捞力增强，但人们不加节制，伤害了渔业资源；如今，要修复渔业资源，还得依靠科技发力。

　　在远洋渔业高度发展的同时，多层次的渔业生态修复模式被提出和付诸实施：

　　东极黄兴岛磨里湾海域，背靠天然港湾，历来是大黄鱼的栖息地。如今，浙江海洋大学科研人员选择这里建起了大黄鱼野化训练基地——一个用围网围起来的标准足球场那般大的大黄鱼"幼儿园"。时值2021年底，一艘活水船把五万尾岱衢族大黄鱼鱼苗和两万尾一岁龄大黄鱼幼鱼运送到这所海洋"幼儿园"。活水船舱门打开，鱼苗和幼鱼顺着软管从船舱滑入围网。

　　普陀白沙海域，随着"轰"的一声巨响，海面水花四溅，一座重达两吨的钢筋混凝土人工鱼礁沉入海里，直至约十二米深的海床。这是给鱼儿创造宜居的海洋环境，半年后藻类、浮游动物就会以这座人工鱼礁为家，从而可以给大黄鱼提供充分的饵料和舒适的栖息地。人工鱼礁一直在更新换代，从最初的旧渔船开始，到钢筋混凝土礁，再到现在的新型钢架礁……自2003年以来，舟山投放各类人工鱼礁投放量已超五十万立方米。迭代升级后的新型钢架礁，能减少沉降，增加接触面，提高对生物的附着力，吸引更多鱼群集聚。

　　舟山市国家级和省级海洋特别保护区的总面积已逾二千四百五十六平方千米，近乎全域海洋保护。在嵊泗马鞍列岛国家级海洋特别保护区的嵊山后头湾海底，水下高清摄像系统摄下了一段视频，在视频中能清晰地看到在礁群中自由穿梭的各类鱼群，除虎头鱼外，还有带鱼、海蜒、青占鱼、海鳗等，以及礁群上附着的藤壶、瘤荔枝螺、海藻和其他浮游动物。这才是适合鱼类生活的良好环境。

从予求予取，到倍加珍惜，人与鱼的关系终于调整到了一个较好的状态。要让许多鱼儿能从渔网笼罩下逃逸而去，要让鱼儿捕捞有更多"熔断机制"。

只有年年有余，才能年年有鱼。